小李飞刀1

多情剑客无情剑（下）

古龙 著

河南文艺出版社
·郑州·

古 龙

1938—1985

作为华语小说界一代宗师，“古龙”二字本身已成为一个文化符号。

古龙以惊人的才华，创作出《小李飞刀》《陆小凤》《楚留香》等七十多部精彩绝伦的经典。这些作品中涌动着永恒的热血、自由和生命力，不仅征服了一代代读者，更引发了巨大的文化浪潮，被无数次改编为影视、游戏、动漫，风靡整个中文世界，半个世纪风行不衰。

古龙为人，像他笔下的英雄们一样，豪气干云、放浪形骸、嗜酒如命、风流倜傥。其传奇一生的尽头，在医生下达严禁饮酒的告诫之后，豪饮三天三夜，大醉归西。

古龙是孤独的，一颗滚烫狂放的自由灵魂，与冷漠的现实世界显得那么格格不入；古龙又是幸运的，无数读者通过他的作品与他成为了知己。

中文世界如果没有古龙，将多么寂寞！没有读过古龙的人生，将多么寂寞！

目　录

第五十七章

火 花

他身上穿着套青布衣服，本来很新，但现在已满是泥污、汗垢，肘间、膝头已也被磨破。

他身上也很脏，头发更乱。

但他远远站在那里，龙啸云都能感觉到一股逼人的杀气。

他整个人看来就如同那柄插在他腰带上的剑。

一柄没有鞘的剑。

是阿飞。

阿飞毕竟来了。

世上也许只有阿飞一个人能追踪到这里。

最狡猾、最会逃避、最会躲藏的动物是狐狸。

最精明、受过最严格训练的猎犬，也未必能追得着狐狸。

但阿飞十一岁时就曾经赤手空拳捉住了一条老狐狸。

这段追踪的路程显然很艰苦，所以他才会这么脏。

但这才是真正的阿飞。

只有这样，才能显出他那种剽悍、冷酷、咄咄逼人的野性。

一种沉静的野性，奇特的野性。

龙啸云居然很快恢复了镇定，笑道：“原来是阿飞兄，久违久违。”

阿飞冷冷地瞧着他。

龙啸云道：“兄台竟真的能追踪到这里，佩服佩服。”

阿飞还是冷冷地瞧着，他的眼睛明亮、锐利，经过两天的追踪，似乎又恢复了几分昔日那种剑锋般的光芒。

那和荆无命死灰色的眼睛正是种极强烈的对比。

龙啸云笑了笑，道：“兄台追踪的手段虽高，只可惜却也被这位荆先生发觉了。”

阿飞的眼睛瞧向荆无命。

荆无命也在瞧着他。

两人的目光相遇，就宛如一柄剑刺上了冰冷灰暗的千年岩石。

谁也猜不出是剑锋锐利，还是岩石坚硬。

两人虽然都没有说话，但两人的目光间却似已冲激出一串火花！

龙啸云瞧了瞧荆无命，又瞧了瞧阿飞道：“荆先生虽已发觉了你，却一直没有说出来，你可知道是为了什么？”

阿飞的目光似已被荆无命吸引，始终未曾移开过片刻。

龙啸云又笑了笑，慢慢悠然道：“因为荆先生本就希望你来。”

他转向荆无命，接着笑道：“荆先生，在下猜得不错吧？”

荆无命的目光似也被阿飞所吸引，也始终没有移动过。

过了很久，龙啸云又大笑道：“荆先生希望你来，只有一个原因，因为他要杀你！”

龙小云立刻接着道：“荆先生要杀的人，至今还没有一个人能活着的！”

阿飞的目光这才移向荆无命的剑。

荆无命的目光几乎也在同一刹那间移向阿飞腰带上插着的剑。

这也许是世上最相同的两柄剑！

这两柄剑既不是神兵利器，也不是名匠所铸。

这两柄剑虽然锋利，但太薄、太脆！都很容易被折断！

剑虽相同，两人插剑的方法却不同。

阿飞的剑插在腰中央，剑柄是向右的。

荆无命的剑却插在腰带右边，剑柄向左。

这两柄剑之间，似乎也有种别人无法了解的奇特吸引力。

两人的目光一接触到对方的剑，就一步步向对方走过去。但目光还是始终未离开过对方的剑！

等到两人之间相距仅有五尺时，两人突然一起停住了脚步！

然后，两人就像钉子般被钉在地上。

荆无命穿的是件很短的黄衫，衫角只能掩及膝盖，袖口是紧束着的，手指细而长，但骨节凸出，显得很有力。

阿飞的衣衫更短，袖口几乎已被完全撕了下来，手背也很细、很长，但却很粗糙，宛如砂石。

两人都不修边幅，指甲却都很短。

两人都不愿存在任何东西妨碍他们出手拔剑。

这也许是世上最相像的两个人！

现在两人终于相遇了。

只有在两人站在一起时，你仔细观察，才能发觉这两人外貌虽相似，但在基本上，气质却是完全不同的。

荆无命脸上，就像是戴着个面具，永远没有任何表情变化。

阿飞的脸虽也是沉静的、冷酷的，但目光随时都可能像火焰般燃烧起来，就算将自己的生命和灵魂都烧毁也在所不惜。

而荆无命的整个人却已是一堆死灰。

也许他生命还未开始时，就已被烧成了死灰。

阿飞可以忍耐，可以等，但却绝不能忍受任何人的委屈。

荆无命可以为一句话杀人，甚至为了某一种眼色杀人，但到了必要时，却可以忍受任何委屈。

这两人都很奇特，很可怕。

谁也猜不透上天为什么要造出这么两个人，又偏偏要他们相遇。

秋已残。

木叶凋零。

风不大，但黄叶萧萧而落，难道是被他们的杀气所摧落的？

天地间的确充满了一种说不出的萧索凄凉之意。

两人的剑虽然还都插在腰带上，两人虽然还都连手指都没有动，但龙啸云父子却已紧张得透不过气来。

突然间，寒光闪动。

十余道寒光带着尖锐的风声，击向阿飞。

龙啸云竟先出了手。

他自然也并不奢望这些暗器能击倒阿飞，但只要阿飞因此而稍有分心，荆无命的剑就可刺他咽喉。

剑光暴起。

一连串“叮叮”声音后，满天寒光如星雨般堕了下来。

荆无命的剑已出手，剑锋就在阿飞耳畔。

阿飞的手已握着剑柄，但剑尖还未完全离开腰带。

暗器竟是被荆无命击落的。

龙啸云父子的脸色都变了。

荆无命和阿飞目光互相凝注着，面上却仍然全无丝毫表情。

然后，荆无命慢慢地将剑插回腰带。

阿飞的手也垂下。

又不知过了多久，荆无命突然道：“你已看出我的剑是击暗器，而非刺你？”

阿飞道：“是。”

荆无命道：“你还是很镇定。”

暗器击来荆无命的刺出，阿飞除了伸手拔剑，绝未慌张闪避。

荆无命没有等阿飞答那句话，接着又道：“但你反应已慢了……”

阿飞沉默了很久，目中露出了一丝沉痛凄凉之色，终于道：“是。”

荆无命道：“我能杀你！”

阿飞想也不想道：“是！”

听到这里，龙啸云父子交换了个眼色，暗中都不禁松了口气。

荆无命突又道：“但我不杀你！”

龙啸云父子脸色又都变了。

阿飞凝视着荆无命死灰色的眼色，过了很久，才缓缓道：“你不杀我？”

荆无命道：“我不杀你，只因你是阿飞。”

他死灰色的眼睛中突又露出了一种无法形容的痛苦之色，这种眼色甚至比阿飞现在的眼色还沉痛。

他遥注着远方，仿佛远处站着一个人。

一个仙子与魔鬼混合成的人。

又过了很久，他才缓缓接着道：“我若是你，今日你就能杀我。”

这句话也许连阿飞都听不懂，只有荆无命自己心里明白。

无论任何人，若是过了两年阿飞那种生活，反应都会变得迟钝的，何况，他每天晚上都被人麻醉。

无论任何一种有麻醉催眠的药物，都可令人反应迟钝。

荆无命不杀阿飞，绝不会动了同情恻隐之心，只不过因为他了解阿飞的痛苦，因为他自己也和阿飞有同样的痛苦。

他要阿飞活着，也许只是要阿飞陪着他受苦。

——失恋的人知道有别人也被遗弃，痛苦就会减轻些，输钱的人看到有别人比他输得更多，心里也会舒服些。

阿飞木立，似乎还在咀嚼着他方才的两句话。

荆无命道："你可以走了。"

阿飞霍然抬头，断然道："我不走。"

荆无命道："你不走？要我杀你？"

阿飞道："是！"

荆无命沉默了很久，缓缓道："你为的是李寻欢？"

阿飞道："是，只要我活着，就不能让他死在你手里。"

龙小云忽然大声道："林仙儿呢？你难道忍心让她为你痛苦？"

阿飞心上宛如突然被人刺了一针，胸口似已突然痉挛。

荆无命再也不瞧他一眼，转身走向龙啸云，一字字道："我喜欢杀人，我喜欢自己杀，你明白么？"

龙啸云勉强笑道："我明白。"

荆无命道："你最好明白，否则我就杀你。"

他也不再瞧龙啸云，又转过身，道："李寻欢在哪里？带我去！"

龙啸云偷偷瞟了阿飞一眼，道："可是他……"

荆无命冷冷道："我随时都可以杀他！"

阿飞只觉胃也在痉挛、收缩，突然弯下腰呕吐起来。

他吐的是苦水，只有苦水。

因为这一两天来，他根本就没有吃什么。

"你一定要答应我，你一定要回来，我永远都在等着你……"

这是他最心爱的人说的话。

为了这句话，无论如何他也不能死。

可是李寻欢……

李寻欢不但是他最好的朋友，也是他平生所见人格最伟大的人，他能站在这里，看着别人去杀李寻欢么？

他继续呕吐。

现在，他吐的是血。

李寻欢根本不知道自己在哪里，也不想知道自己在哪里。

他也分不出现在是白天，还是晚上。

他甚至连动都不能动，因为他所有关节处的穴道都已被点住。

没有食物，也没有水。

他已被囚禁在这里十多天。

就算他穴道没有被闭住，饥饿也早已销蚀了他的力量。

荆无命在冷冷地瞧着他。

他软软地倒在角落里，就像是只已被掏空了的麻袋。

地室中很暗。看不清他的面色和表情，只能依稀分辨出他褴褛肮脏的衣衫，憔悴疲倦的神态和那双充满了悲伤绝望的眼睛。

荆无命突然道：“这就是李寻欢？”

龙啸云道：“是！”

荆无命仿佛有些失望，又有些不信地再追问了一句，道：“这就是小李探花？”

龙小云笑了笑，抢着道：“就算是雄狮猛虎，被饿了十几天，也会变成这样子的。”

龙啸云叹息着，道：“我本不愿这样对他，可是……人无伤虎心，虎有伤人意，经过上次的教训，我不愿再有任何意外。”

荆无命沉默了很久，突又道：“他的刀呢？”

龙啸云考虑着，沉吟道：“荆先生是不是想看看他的刀？”

荆无命没有回答，因为这句话根本就是多问。

龙啸云终于自怀中取出了一柄刀。

刀很轻，很短，很薄，几乎就宛如一片柳叶。

荆无命轻抚着刀锋，仿佛不忍释手。

龙啸云笑道：“其实，这不过是柄很普通的刀，并不能算是利器。”

荆无命道：“利器？……凭你这种人也配谈论利器？”

他眼睛忽然扫向龙啸云，冷冷道："你可知道什么是利器？"

他的眼睛虽然灰暗无光，但却带着种无法形容的诡奇妖异之力，就好像你在梦中见到的妖魔之眼，令你醒来后还是觉得同样可怕。

龙啸云觉得连呼吸都困难起来，勉强笑道："请指教。"

荆无命眼睛这才回到刀锋上，缓缓道："能杀人的，就是利器，否则，纵是干将莫邪，到了你这种人手上，也就算不得利器了。"

龙啸云赔笑道："是是是，荆先生见解的确精辟，令人……"

荆无命根本没有听他在说什么，突又道："你可知道至今已有多少人死在这种刀下？"

龙啸云道："这……只怕已数不清了。"

荆无命道："数得清。"

金钱帮之崛起，虽然只有短短两年，但在创立之前，却已不知经过多久的策划，上官金虹最服膺的两句话就是："凡事预则立，不预则废。""一分耕耘，一分收获。"

金钱帮之所以能在短短两年中威震天下，并不是运气。

龙啸云也听说过，金钱帮未创立之前，就已将江湖中每个小有名气的人的来历底细都调查得清清楚楚。

这要花多大的人力物力？

龙啸云始终不能相信，此刻忍不住问道："真的数得清？有多少人？"

荆无命道："七十六。"

他冷冷接着道："这七十六人中，没有一人的武功比你差。"

龙啸云只能赔笑，目光缓缓转向李寻欢，像是还要他证明一下，荆无命说的这数字是否可对。

但李寻欢却似连点头摇头的力气都没有了。

龙小云眨着眼，忽然笑道："李寻欢自己若也死在这种刀下，那才真的大快人心。"

他话未说完，刀光一闪，飞向李寻欢。

龙小云几乎开心得要叫了起来。

但刀光并没有笔直击向李寻欢的咽喉，半途中突然一折，"当"的一声，落在李寻欢身旁的石地上。

原来荆无命用暗器的手法也不错。

荆无命突然道："解开他的穴道。"

龙啸云愕然，道："可是……"

荆无命没有给他说话的机会，厉声道："我说解开他的穴道。"

龙啸云父子对望了一眼，立刻明白他的意思了。

龙啸云道："上官帮主要的只是李寻欢，并不在乎他是死的还是活的？"

龙小云道："上官老伯自己滴酒不沾，自然也很讨厌酒鬼，真正的酒鬼只有死才能不喝酒，才会令人看得顺眼些。"

龙啸云目光闪动着，道："何况，带个死人回去，总比带活人方便得多，也绝不会再有任何意外。"

龙小云道："但荆先生自然不会向一个全无反抗之力的人出手，所以……"

荆无命厉声道："你们的话太多了。"

龙啸云笑道："是是是，在下这就去解开他的穴道。"

出手点穴的人是他，要解开自然很容易。

龙啸云拍了拍李寻欢的肩头，柔声道："兄弟，看来荆先生是想和你一较高下，荆先生剑法高绝天下，兄弟你出手可千万不能大意。"

到了这种时候，他居然还能将"兄弟"两字叫得出口来，而且说得深情款款，好像真的很关心。

这种人你能不佩服他么？

李寻欢什么话也没有说。

他已无话可说，只是艰涩地笑了笑，慢慢地拾起了身旁的刀。

他凝注着手里的刀，目中似已有泪将落。

这的确是名满天下、例不虚发的小李飞刀。

现在，刀已回到他手里。

可是他还有力将这柄刀发出么？

美人迟暮，英雄末路，都是世上最无可奈何的悲哀。

这种悲哀最令人同情，也最令人惋惜。

但在这里，没有任何人同情他，更没有人惋惜。

龙小云目中闪动着狡黠的笑意，悠然道："小李飞刀，例不虚发，这一次不知道还灵不灵？"

李寻欢抬头瞧了他一阵，又慢慢地垂下头。

荆无命缓缓道："我要杀人，一定先给人一个机会，这就是你最后的机会，你明白么？"

李寻欢笑了笑，笑得很凄凉。

荆无命道："好，你站起来吧！"

李寻欢喘息着，又咳嗽起来。

龙小云柔声道："李大叔若已站不起，小侄可以扶你一把。"

他眨了眨眼，立刻又接着笑道："但我看这根本是用不着的，据说李大叔的飞刀不但能坐着发，就连躺着时发出来也同样准。"

李寻欢叹息了一声，似乎想说话。

但他的话还未说完，已有一个人冲了进来。

阿飞！

阿飞的脸全无丝毫血色，嘴角却带着丝血痕。

在这片刻之间，他似已老了许多。

他飞一般冲进来，但身形在一刹那间就停顿，一停顿就静如山石。

荆无命道："你还不死心？"

李寻欢的头已抬起，目中又似有热泪盈眶。

阿飞瞧了他一眼，只瞧了一眼，就转头面对着荆无命，一字字道："要杀他，就得先杀我！"

他说得很沉着很镇静，并没有激动。

这更显示了他的决心。

荆无命死灰色的眼睛又起了种很奇特的变化，道："你已不再关心她？"

阿飞道："我死了，她还是能活下去。"

说这句话的时候，他虽然还是同样镇静，但目中却不禁露出了一丝痛苦之色，呼吸似也有些困难。

这并没有瞒过荆无命。

他心里似乎立刻得到了某种奇特的安慰和解脱，淡淡道："你不怕她伤心？”

阿飞道：“活着不安，就不如死，我若不死，她更伤心。”

荆无命道：“你认为她是这种人？”

阿飞道：“当然！”

在阿飞心目中，林仙儿不但是仙子，也是圣女。

荆无命嘴角突然露出了一丝笑意。

谁也没有看到过他的笑，连他自己都已几乎忘却上一次是什么时候笑的。

他笑得很奇特，因为他脸上的肌肉已不习惯笑，已僵硬。

他从不愿笑，因为笑可令人软化。

但这种笑却不同——这种笑正如剑，只不过剑伤的是人命，这种笑伤的却是人心。

阿飞竟完全不懂他是为何而笑的，冷冷道：“你不必笑，你虽有八成机会杀我，但也有两成机会死在我剑下。”

荆无命笑容已消失不见，道：“我说过不杀你，就一定会留下你的命。”

阿飞道：“不必。”

荆无命道：“我要你活着，看着……”

这句话还未说完，剑光已飞起。

剑光交击，如闪电。

但还有一道光芒比剑更快，那是什么？

骤然间，所有的光芒都消失。

所有的动作也全都停止。

第五十八章

英雄

荆无命的剑，已刺入了阿飞的肩胛，但只刺入了两分。

阿飞的剑，距离荆无命咽喉还有四寸。

他肩上的血已开始渗出，渗入衣服，染红了衣服。

荆无命的剑为何没有刺下去?

荆无命的肩胛处，斜插着一柄刀!

小李飞刀!

是什么奇异的魔力使李寻欢能发出这柄刀来的?

龙啸云父子的脸色苍白，手在发抖，一步步向后退，退到墙角。他父子心里都很奇怪，李寻欢是哪里来的力量发刀的?

李寻欢已站起。

荆无命缓缓转过头，凝注着李寻欢，死灰色的眼睛中还是全无表情，也不知过了多久，突然道："好刀！"

李寻欢笑了笑，道："并不很好，只不过是你先对我有了轻视之心，竟全没有将我放在眼里，否则我未必能伤你！"

荆无命冷笑："你能骗过我，就是你的本事，你就比我强。"

李寻欢淡淡道："我并没有骗你，也没有说我不能发刀，只不过是你自己这么想而已，是你自己的眼睛骗了自己。"

荆无命沉默了半晌，一字字道："是，错的是我，不是你。"

李寻欢叹了口气，道："很好，你虽是凶手，却不是小人。"

荆无命眼角瞟过龙啸云父子，冷冷道："小人还不配做凶手。"

李寻欢道："好，你走吧。"

荆无命厉声道："你为何不杀我？"

李寻欢道："因为你也没有要杀我的朋友。"

荆无命垂下头，望着自己肩上的刀，缓缓道："但我这一剑，本想废去他这条手臂的。"

李寻欢道："我知道。"

荆无命道："你这一刀却很轻。"

李寻欢道："人予我一分，我报他三分。"

荆无命霍然抬头，凝视着他，虽然没有说一个字，但目中竟又有了种奇特的变化，就好像他在瞧着上官金虹时一样。

李寻欢缓缓道："我还要告诉你两件事。"

荆无命道："你说。"

李寻欢道："我虽伤了七十六个人，其中却有二十八人并没有死，死的都是实在该死的。"

荆无命默然。

李寻欢低低咳嗽了几声，接着又道："我这一生，从未杀错过一个人！所以……我只望你以后在杀人之前，多想想，多考虑考虑。"

荆无命又沉默了很久，才缓缓道："我也要告诉你一件事。"

李寻欢道："我也在听。"

荆无命道："我从不愿受人恩情，更不愿听人教训！"

说到这里，他突然在肩上那柄刀的刀柄上用力一拍。

露在外面的刀锋，直没入肉，直至刀柄。

鲜血涌出。

"当"的一声，剑也落在地上。

荆无命的身子摇了摇，但面上还是冷如岩石，硬如岩石，全没有半分痛苦之色，甚至连一根肌肉都没有颤抖。

他没有再说一个字，也没有再瞧任何人一眼，大步走了出去。

英雄？……什么叫英雄？难道这就是英雄？

英雄所代表的意思，往往就是冷酷！残忍！寂寞！无情！

也有人曾经替英雄下过种定义，那就是：杀人如草，好赌如狂，好酒如渴，好色如命。

当然，这都不是绝对的，英雄也有另一种。

但像李寻欢这样的英雄世上又有几人？

英雄也许只有一点是相同的——无论要做哪种英雄，都不是件好受的事。

阿飞的神情也很萧索，长长叹了口气，道：“他这一生，只怕永远也不能使剑了。”

李寻欢道：“他还有右手。”

阿飞道：“但他习惯的是左手，用右手，就会慢得多。”

他又叹了口气，道：“对使剑的人说来，‘慢’的意思，就是‘死’！”

他一向很少叹息。

现在，他叹息的非但是荆无命，也是他自己。

李寻欢凝注着他，眼睛里闪着光，缓缓道：“一个人只要有决心，就算两只手一起断了，用嘴咬着剑，也会同样快的，他的气若已馁，就算双手俱全，也没有什么用。”

他笑了笑，接着道：“世上双手俱全的人很多，但出手快的又有几人？”

阿飞静静地听着，黯淡的眼睛中，终于又露出了逼人的神情。

他突然冲过去，紧紧握住了李寻欢的手臂，嗄声道：“我明白你的意思。”

李寻欢道：“我知道你一定会明白的。”

这句话说完，两人都已热泪盈眶。若有第三人在旁边瞧见，一定也会被感动得热泪盈眶。

只可惜龙啸云父子都不是这种人，他们正在悄悄往外溜。

李寻欢是背对着他们的，仿佛根本没有觉察。

阿飞仿佛瞧了一眼，却并没有说什么。

直到他们父子都已溜出了门，阿飞才叹了口气，道：“我也知道你还是要放他们走的。”

李寻欢笑了笑，道：“他救过我。”

阿飞道：“他只救过你一次，却害过你很多次。”

李寻欢笑得有些凄凉，道：“有些事很难忆起，有些事却终生难以忘记。”

阿飞叹了口气，道：“那只不过因为是有些事，你根本拒绝去想而已。”

他也许还是未经世故的少年，但对人生某些事的看法，他却比大多数人都深刻、尖锐。

李寻欢也不禁叹息了一声，缓缓道：“但还有些事你纵然拒绝去想，却偏偏还是时时刻刻都要想起，人，永远都无法控制自己的思想，这也是人生的许多种痛苦之一。”

阿飞道：“你呢？你真的只记得他救过你，真的已将别的事全都忘了？”

李寻欢笑了笑，淡淡道：“也许并不是忘了，而是从未记恨，因为他也有他的苦恼。”

阿飞沉默了很久，突然也笑了笑，道：“我现在才知道，人生中的确有很多事是完全不公道的。”

李寻欢道：“不公道？”

阿飞道：“不公道，譬如说，有些人一生都很善良，只不幸做错了一件事，这件事往往就会令他抱恨终生，非但别人不能原谅他，他自己也无法原谅自己。”

李寻欢默然。

他很了解“一失足成千古恨”这句话的意义。

阿飞接着道：“但像龙啸云这种人，他一生中也许只做过一件好事——只救过你，所以你就永远不会觉得他是个十分坏的人。”

他语声中显然有很多感慨。

李寻欢忽然明白他的意思了。

他是在为林仙儿不平。

他始终认为林仙儿这一生中只做错过一件，而李寻欢却始终不能原谅她。

“爱”的确是奇妙的，有时很甜蜜，有时很痛苦，也有时很可怕——它不但能令人变成呆子，也能令人变成瞎子。

龙啸云父子溜出门的时候，心里不但很愉快，也很得意。

龙啸云忍不住笑道：“你记着，别人的弱点，就是我们的机会。能把握住机会的人，就永远不会失败。”

龙小云道：“李寻欢的弱点，孩儿现在已全都知道了。”

龙啸云道："所以他迟早总要死在我们手上的。"

他忽然听到有人在笑。

笑声是从对面的屋檐上传下来的。

一个人正箕踞在屋檐上，啃着条鸡腿，却赫然正是胡疯子。

他眼睛盯在鸡腿上，并没有瞧这父子两人一眼，仿佛连这鸡腿都比他们父子好看多了。

他冷笑着道："你们用不着溜得这么快，李寻欢绝对不会追出来的，否则他就根本不会让你们走出这道门。"

龙啸云的脸已有些发青。

他已明白李寻欢的力量是从哪里来的了。

但胡疯子也是不能得罪的。

龙啸云突然笑了，抱拳道："这些天让你破费来照顾我那兄弟，实在过意不去。"

胡疯子悠然道："其实那也没什么，李寻欢吃得并不多，每天只要两条鸡腿几个馒头就够了。替你守门的，又是个白痴，我每次点了他的睡穴，他都以为是自己真的睡着了。"

龙啸云暗中咬着牙，只恨不得立刻让那人长睡不醒。

胡疯子接着道："你对我有过好处，我也帮过你的忙，我们已互无赊欠，对你这种人，我本来连话都懒得说了。"

龙啸云只有赔着笑，听着。

胡疯子道："但有句话我却非说不可，最后一句话。"

龙啸云道："在下正洗耳恭听。"

胡疯子道："你虽是个混蛋，上官金虹更混蛋，你若真想和他结拜兄弟，还不如自己赶快找根绳子上吊好些。"

这果然是他最后一句话，说完了这句话，他就一个字都不再说了，凌空一个翻身，已落在屋背后，转眼就瞧不见了。

龙啸云目送着他，嘴角渐渐露出一丝得意的微笑，悠然道："想不到我和上官金虹结拜的事，江湖中已有这么多人知道。"

沿着墙角，慢慢地走着。

李寻欢和阿飞都没有说话。

他们都知道沉默通常都比言语更真挚、更可贵。

黄昏。

高墙内有人在吹笛，笛声中也带着秋的萧瑟。

这种乐声往往最容易令人忆起往事，也最容易引起相思。

阿飞忽然道："我得回去了。"

李寻欢道："她在等你？"

阿飞道："嗯。"

李寻欢沉吟着，终于忍不住道："你认为她一定在等你？"

阿飞的脸色又苍白了些，沉默了很久，才缓缓道："这次是她要我来救你的。"

李寻欢说不出话来了。

他一向很了解林仙儿，但这次他却很难猜得到她的用意。

阿飞道："我这一生，只有两个最亲近的人，我希望……你们也能做朋友。"

这几句话他分了很多次才说完，说得很艰涩，显见他心里很痛苦。

李寻欢瞧着他痛苦的眼色，心里更是说不出的怜悯悲伤。

只有真正爱过的人，才能了解爱情的力量是多么可怕。

笛声已远了，听来却更凄凉。

李寻欢忽然道："我也想见见她。"

阿飞的嘴闭得很紧。

李寻欢笑了笑道："若是不方便，你替我去谢谢她也一样。"

阿飞终于开了口，道："我……我只希望你莫要伤害她。"

阿飞本不会说这种话的，因为他知道李寻欢从未伤害任何人——李寻欢伤害的只是他自己。

只有为了林仙儿，阿飞才会说这种话。

猛抬头，眼前一片灯火辉煌。

不知不觉间，他们又走回了那条长街。

这条街晚上比白天更热闹，各式各样的摊子前，都悬着很亮的灯笼，每个人都在大声吆喝着，吹嘘着自己的货物。

一串串亮晶晶的糖葫芦，在灯光下看来更亮得如同宝石。

李寻欢脚步突然停下。

每一串糖葫芦中，仿佛都映着一张脸。

一张穿红衣服的小姑娘的脸，大大的眼睛，笑起来一边一个酒窝。

然后，他就看到了那卖包子和水饺的小铺。

“铃铃是不是还在等着？”

李寻欢突然觉得很惭愧，他居然已将这件事完全忘记了。

他眼角虽已有了皱纹，但谁也不能说他已老了。

那正和铃铃第一次到这里来的眼色一样——阿飞也从未到过这种地方。

李寻欢笑了。

看到自己的朋友还没有失去赤子之心，总是令人愉快的。

阿飞忽然道：“我们已有很久没有在一起喝两杯了。”

李寻欢笑道：“你想喝？”

阿飞微笑着，道：“也不知为了什么，只有和你在一起时，我才会想喝酒。”

他面上居然也露出了笑容。

李寻欢的心情更开朗，笑道：“饺子下酒，愈喝愈有……我们就到那边的饺子铺去如何？”

阿飞笑道：“很好，再贵的地方，我就请不起了。”

这世上有很多种事很奇妙。

譬如说：愈丑的女人愈喜欢作怪，愈穷的人愈喜欢请客。

请客的确也比被请愉快得多，只可惜这种愉快并不是人人都懂得享受。

饺子铺里的生意并不太好，因为生意大半已被外面的摊子抢走了，所以现在虽然正是吃晚饭的时候，店里也只有四五桌客人。

角落里的桌子上，坐着个白衣人。

李寻欢第一眼就瞧见了他。

阿飞第一眼瞧见的也是他。

无论任何人走进来，目光首先就会被他所吸引。

虽然坐在这种烟熏油腻的小店里，但这人全身上下仍是一尘不染，那件雪白的衣服就像是刚从熨斗下拿出来的。

他穿得虽简单，却很华贵。

但这些都不是他吸引人的地方——吸引人的，是他的气质。

一种无法形容的傲气。

他旁边的几张桌子都是空着的，因为无论谁和他坐在一起，都会觉得自惭形秽，有他在这里，别人的声音都小了些。

这正是那天在屋檐下，以一小锭银子击断青衣大汉扁担的人，也正是手指宛如利剪将卖卜瞎子银棍剪断的人。

他为什么还留在这里？难道也在等人。

他本来正在举杯，李寻欢一走进来，他的动作也立刻停止，目光也立刻转也不转地盯在李寻欢脸上。

他对面还坐着个人，是个身穿红衣裳的小姑娘，辫子很长。

第五十九章

勇 气

她随着他的目光回过头，才发现李寻欢，立刻雀跃着冲了过来，紧紧拉住了李寻欢的手娇笑着道："我知道你一定会来的，我知道你一定不会忘记我。"

铃铃果然还在这里等着。

李寻欢也有些激动，反握住她的手，道："你……你一直都在这里等？"

铃铃点了点头，眼眶已红了，咬着嘴唇道："你为什么来得这么迟，人家都快等得急死了……"

阿飞突然道："你真的是在等他？"

铃铃这才看到阿飞，神情立刻变得有些异样——她当然是认得阿飞的，阿飞却不认得她。

他非但未上过那小楼，甚至连做梦都未想到过。

铃铃眨了眨眼，终于道："若不是等他，我在这里干什么？"

阿飞冷冷道："不等人，也有很多事情可以做，若是等人，眼睛总是看着门的，无论谁在等人，都不会背对着门的。"

李寻欢从未想到他会说这句话。

他平时本来一向不愿刺伤人，现在却忽然变得很尖锐，尖锐得可怕。

因为他不能忍受别人欺骗他的朋友。

李寻欢心里在叹息。

阿飞的看法不但尖锐，而且和任何人都不同，对大多事情他都看得比别人透彻，比别人清楚。

在林仙儿面前他为什么就会变成瞎子呢？

铃铃眼圈又红了，眼泪已快流了下来，凄然道："你若也在同一个地方等人等了十几天，你就会知道我为什么要背对着门了。"

她悄悄拭了拭泪痕，幽幽地接着道："开始的时候，每个人走进来，我的心都会跳，总以为是他来了，后来我才知道，你等的人若不来，就算将眼睛看着也没有用的，用眼睛盯着门，只有令你等得更心焦，若再不转过身，我简直要发疯。"

阿飞没有再说什么。

他发觉自己说得太多了。

铃铃头垂得更低，道："若不是那位吕……吕大哥好心陪着我，只怕我也会发疯。"

李寻欢目光一转过去，就立刻和那白衣人的目光相遇。

李寻欢微笑着走过去，道："多谢……"

白衣人忽然打断了他的话，淡淡道："你用不着替她谢我，因为我留在这地方，并不是为了陪她，而是为了等你。"

李寻欢道："等我？"

白衣人道："不错，是等你。"

他笑了笑，笑容中也带着种逼人的傲气，缓缓接着道："世上只有少数几个人值得我等，小李探花就是其中之一。"

李寻欢还未表示出惊异，铃铃已抢着道："我并没有告诉你我等的是什么人，你怎会认得他的？"

白衣人淡淡道："你若想在江湖中走动，若想活得长些，就有几个人是你非认识不可的，小李探花也正是其中之一。"

阿飞突然道："还有其他几个人是谁？"

白衣人眼睛盯着他，道："别的人不说，至少还有我和你！"

阿飞瞧了瞧自己的手，目中突然露出一种说不出的凄凉萧索之意，缓缓转过身，在旁边的桌上坐下，道："酒，白干。"

店伙赔着笑，道："客官要什么菜下酒？"

阿飞道："酒，黄酒。"

会喝酒的人都知道，一个人若想快醉，最好的法子就是用酒来下酒，用黄酒来下白干。

只不过这种法子虽然人人都知道，却很少有人用，因为一个人心里若没有很深的痛苦，总希望自己醉得愈慢愈好。

白衣人一直在很留意地瞧着。

他锋利的目光渐渐松弛，甚至还露出种失望之色，但当他目光转向李寻欢时，瞳孔立刻又收缩了起来。

李寻欢也正在瞧着他，道：“阁下大名是……”

白衣人道：“吕凤先。”

这的确是个显赫的名字，足以令人耸然动容。

但李寻欢却没有觉得意外，只淡淡地笑了笑，道：“果然是银戟温侯吕大侠。”

吕凤先冷冷道：“银戟温侯十年前就已死了！”

这次，李寻欢才觉得有些意外。

但他并没有追问，因为他知道吕凤先这句话必定还有下文。

吕凤先果然已接着道：“银戟温侯已死了，吕凤先却没有死！”

李寻欢沉默着，似在探索着这句话的真意。

吕凤先是个很骄傲的人。

百晓生在兵器谱上，将他的银戟列名第五，在别人说来已是种光荣，但在他这种人说来，却一定会认为是奇耻大辱。

他绝不能忍受屈居人下，但他也知道百晓生绝不会看错。

他一定毁了自己的银戟，练成了另一种更可怕的武功！

李寻欢慢慢地点了点头，道：“不错，我早该想到银戟温侯已死了。”

吕凤先盯着他，冷冷道：“吕凤先也已死了十年，如今才复活。”

李寻欢目光闪动，道：“是什么事令吕大侠复活的？”

吕凤先慢慢地举起了一只手，右手。

他将这只手平放在桌上，一字字道：“令我复活的，就是这只手！”

在别人看来这并不是只很奇特的手。

手指很长，指甲修剪得很干净，皮肤很光滑，很细。

这正很配合吕凤先的身份。

你若看得很仔细，才会发现这只手的奇特之处。

这只手的拇指、食指和中指，肤色竟和别的地方不同。

这三根手指的皮肤虽也很细很白，却带着很奇特的光彩，简直就不像是血肉骨骼组成的，而像是某一种奇怪的金属所铸。

但这三根手指却又明明是长在他手上的。

一只有血有肉的手上，怎会突然长出三根金属铸成的指头？

吕凤先凝注着自己的手，突然长长叹息了一声，道："只恨百晓生已死了。"

李寻欢道："他不死又如何？"

吕凤先道："他若不死，我倒想问问他，手，是不是也可算作兵器？"

李寻欢笑了笑，道："我今天才听人说过一句很有趣的话。"

吕凤先道："说的是什么？"

李寻欢道："只有杀人的，才可算做利器。"

他接着又道："手，本来不是兵器，但一只能杀人的手，就不但是兵器，而且是利器。"

吕凤先沉默着，仿佛并没有什么举动。

但他的拇指、食指和中指，却突然间就没入了桌子里。

没有发出任何声音，甚至连杯中盛得很满的酒都没有溢出，他手指插入桌子，就好像用快刀切豆腐那么容易。

吕凤先悠然道："这只手若也能算兵器，不知能在兵器谱中排名第几！"

李寻欢淡淡道："现在还很难说。"

吕凤先道："为什么？"

李寻欢道："因为一件兵器要对付的是人，不是桌子。"

吕凤先忽然笑了。

他笑得很傲，也很冷酷，道："在我眼中看来，世人本就和这张桌子差不多。"

李寻欢道："哦？"

吕凤先缓缓道："其中当然也有几个人是例外的。"

李寻欢道："几个人？"

吕凤先冷冷道："我本来以为有六个，现在才知道只有四个。"

他有意扫了阿飞一眼，接着道："因为郭嵩阳其人已死了，还有一个，虽然活着却也和死了相差无几。”

阿飞是背对着吕凤先的，根本没有看到他的脸色。

但就在这一刹那间，他脸色突然又发了青。

他显然已听懂了吕凤先的意思。

李寻欢突然笑了笑，道：“那人也会复活的，而且用不着十年。”

吕凤先道：“只怕未必。”

李寻欢道：“阁下既能复活，别人为什么就不能复活？”

吕凤先道：“那不同。”

李寻欢道：“有什么不同？”

吕凤先冷冷道：“因为我的‘死’并不是死在女人手上的，而且心也一直没有死。”

“喳”的一声，阿飞手里的酒杯碎了。

但他还是静静地坐着，动也没有动。

吕凤先连瞧都不瞧了，眼睛盯着李寻欢，道：“我这次出来，为的就是要找这四个人，证明我的手能不能算利器，所以我才会在这地方等着你！”

李寻欢沉默了很久，才缓缓道：“你一定要证明？”

吕凤先道：“一定。”

李寻欢道：“你要证明给谁看？”

吕凤先道：“给我自己。”

李寻欢突然又笑了笑，道：“不错，任何人都可以骗得过，只有自己是永远骗不过的……”

吕凤先霍然站起来，一字字道：“我就在外面等着你！”

饺子店里的客人，不知何时都已走得干干净净。

铃铃咬着嘴唇，似已吓呆了。

李寻欢慢慢地站了起来。

铃铃忽然拉住他衣角，悄悄道：“你……你一定要出去？”

李寻欢笑得很辛酸，道：“人生中有些事，你只要遇着，就永远再也无法逃避。”

他目光转向阿飞。

阿飞没有回头。

吕凤先已走出了门。

阿飞突然道："慢着。"

吕凤先脚步停下，也没有转身，冷笑道："你也有话要说？"

阿飞道："不错，我也想证明一件事。"

吕凤先道："你想证明什么？"

阿飞的手紧握着酒杯的碎片。

鲜血，正一滴滴自他手中滴落。

他一字字缓缓道："我只想证明我究竟是活着的，还是已死了！"

吕凤先霍然转身。

他像是这才第一次看到了阿飞这个人。

然后，他瞳孔又渐渐收缩，嘴角却露出了一丝冷酷的笑，道："好，我也等着你！"

坟墓。

江湖中每天都有决斗，各式各样的人，为了各种不同的原因，以各式各样的方式决斗。

但决斗的地方只有几种。

荒野，山林，坟墓……

若真是不死不休的决斗，十次中必有九次是选在这种地方的——仿佛这种地方的本身，就带着种"死"的气息。

夜已渐深，有雾。

吕凤先白衣如雪，静静地站在灰色的坟碑前，在凄迷的夜雾中看来，正就好像来自地狱的使者，要将"死"的信息带给世人。

铃铃依偎在李寻欢身旁，似在颤抖。

是冷，还是怕？

阿飞突然道："你走开！"

铃铃的身子又往后缩了缩，道："我……"

阿飞道："你。"

铃铃咬着嘴唇，抬头去望李寻欢。

李寻欢的目光仿佛很遥远。

是他的心已远，还是雾太浓？

铃铃垂下头，嗫嚅着道：“你们要说的话，我不能听么？”

阿飞道：“你不能听，任何人都不能听。”

李寻欢轻轻叹息了一声，柔声道：“人家陪了你很多天，你至少也该去陪陪他。”

铃铃垂着头，呆了半晌，突然跺着脚，大声道：“我根本不想留在这里，根本不想来的，你们这些人什么都不知道，只知道杀……你杀我，我杀你，究竟是为了什么，连你们自己都不知道……假如要这样才算英雄，最好天下的英雄都一起死光！”

李寻欢、阿飞、吕凤先，都只是静静地听着。

然后再静静地瞧着她飞奔出去。

阿飞甚至连瞧都没有瞧，等她脚步声远，才抬头面对李寻欢，道：“我从未求过你什么事，是吗？”

李寻欢道：“你从未求过任何人。”

阿飞道：“现在，我却有事要求你。”

李寻欢道：“你说。”

阿飞咬着牙，道：“这一次，你无论如何再也不能阻拦我，一定要让我去！你若抢着出手，我……我就死！”

李寻欢神色显得很痛苦，黯然道：“可是，你根本用不着这么做。”

阿飞道：“我一定要这么样做，因为……”

他神情更痛苦，惨然接着道：“因为吕凤先说得实在不错，再这样下去，我活着，也和死了差不多，我绝不能放过这机会。”

李寻欢道：“机会？”

阿飞道：“我若想复活，若想新生，这就是我最后的机会。”

李寻欢道：“以后难道就没有机会了么？”

阿飞摇了摇头，道：“以后纵然还有机会，可是我……今天我若失去了这勇气，以后就永远不会再有勇气振作！”

一个人受的打击太大，就会变得消沉，若是消沉得太久，无论多坚强的人，也会变得软弱，勇气也必定会消失。

李寻欢沉默了很久，才叹息着道：“你的意思，我明白，可是……”

阿飞打断了他的话，道：“我知道我出手已慢了，因为这两年，我也已感觉到自己的反应渐渐迟钝，甚至已有些麻木。”

李寻欢柔声道：“只要你有决心，一切都会恢复的，只不过，现在还不是时候。”

阿飞道：“现在正是时候！”

李寻欢道：“现在？为什么？”

阿飞慢慢的摊开手掌。

鲜血已染红了他的手，酒杯的碎片还嵌在肉里。

阿飞道：“因为现在我忽然发现，肉体上的痛苦不但可以减轻心里的苦恼，而且还可以使人精进、振作，也可以使人敏锐。”

他说得不错。

痛苦本就可刺激人的神经，令人的反应敏锐，也可以激发人的潜力——就算是一匹马，当你鞭打它，令它觉得痛苦时，它也会跑得快些。负了伤的野兽也通常都比平时更可怕。

李寻欢沉思着，道：“你有信心？”

阿飞道：“你对我没有信心？”

李寻欢突然笑了，用力拍了拍他肩头，道：“好，你去吧！”

第六十章

友 情

阿飞却还在沉吟着，终于忍不住道：“方才那小姑娘……她是谁？”

李寻欢道：“她叫铃铃，也很可怜。”

阿飞道：“我只知道她很会说谎。”

李寻欢道：“哦？”

阿飞道：“她并不是真的在等你——她等你，也许还有别的原因。”

李寻欢道：“哦？”

阿飞道：“她若真的在等你，自然一定对你很关心。”

李寻欢道：“也许……”

阿飞抢着道：“你现在的样子，谁都看得出你必定受了很多罪，可是她却根本没有问你是怎么会变成这种样子的。”

李寻欢淡淡道：“也许她还没有机会问。”

阿飞道：“女孩子若是真的关心一个人，绝不会等什么机会。”

李寻欢沉默了半晌，突又笑了，道：“你难道怕我会上她的当？”

阿飞道：“我只知道她说的不是真话。”

李寻欢微笑道：“你若想活得愉快些，就千万不要希望女人对你说真话。”

阿飞道：“你认为每个女人都会说谎？”

李寻欢固然不愿正面回答他这句话，道：“你若是个聪明人，以后也千万莫要当面揭穿女人的谎话，因为你就算揭穿了，她也会有很好的解释，你就算不相信她的解释，她还是绝不会承认自己说谎。”

他笑了笑，接着道：“所以，你若遇见了一个会说谎的女人，最好的法子，是故意装作完全相信她，否则你就是在自找苦吃。”

阿飞凝注着李寻欢，良久良久。

李寻欢道："你是不是还有话要说？"

阿飞突也笑了笑，道："就算有，也不必说了，因为我要说的你都已知道。"

望着阿飞的背影，李寻欢心里忽然觉得说不出的愉快。

这倔强的少年毕竟没有倒下去。

而且，这一次，他说了很多话，居然全没有提起林仙儿。

爱情，毕竟不能占有一个男子汉的全部生命。

阿飞毕竟是个男子汉。

男子汉若是觉得自己活着已是件羞辱时，他就宁可永不再见他所爱的女人，宁可去天涯流浪，去死。

因为他觉得已无颜见她。

但阿飞真能胜得了吕凤先么？

这次他若又败了，吕凤先纵不杀他，他还能再活得下去么？

李寻欢弯下腰，剧烈地咳嗽起来。

他又咳出了血。

吕凤先还在那里等着，没有说过一句话。

这人的确很沉得住气。

只有能沉得住气的敌人，才是可怕的对手。

阿飞突然一把扯下了衣衫，用那只已被鲜血染红了的手在身上揉着。

酒杯的碎片又刺入他肉里。

血，即使在如此凄迷的夜雾中，看来还是鲜红的。

只有鲜血才能激发人原始的兽性——情欲和仇恨，别的东西或许也能，但却绝没有鲜血如此直接。

阿飞仿佛又回到了原野中。

"你若要生存，就得要你的敌人死！"

吕凤先望着他渐渐走近，突然觉得一种无法形容的压力。

他忽然觉得走过来的简直不是个人，而是只野兽。

负了伤的野兽！

"仇敌与朋友间的分别，就正如生与死之间的分别。"

"若有人想要你死，你就得要他死，这其间绝无选择的余地！"

这是原野上的法则，也是生存的法则。

“宽恕”这两个字，在某些地方是完全不实际的。

血在流，不停地流。

阿飞身上的每根肌肉都已因痛苦而颤抖，但他的手，却愈来愈坚定。

他的目光也愈来愈冷酷。

吕凤先永远无法了解这少年怎会在忽然间变了。

但他却很了解阿飞的剑法。

阿飞剑法的可怕之处并不在“快”与“狠”，而是“稳”与“准”。

他一出手就要置人于死命，至少也得有七成把握，他才会出手。

所以他必须“等”。

等对方露出破绽，露出弱点，等对方给他机会——他比世上大多数人都能等得更久。

但现在，吕凤先似已决心不给他这机会。

吕凤先看来虽然只是随随便便地站在那里，全身上下每一处看来仿佛都是空门，阿飞的剑仿佛可以随便刺入他身上任何部位。

但空门太多，反而变成了没有空门。

他整个人似已变成了一片空灵。

这“空灵”二字，也正是武学中最高的境界。

李寻欢远远地瞧着，目中充满了忧虑。

吕凤先的确值得自傲。

李寻欢实未想到他的武功竟如此高，也看不出阿飞有任何希望能胜得了他——因为阿飞简直连出手的机会都没有。

夜更深。

荒坟间忽然有碧光闪动，是鬼火。

吹的是西风，吕凤先的脸，正是朝西的。

有风吹过，一点鬼火随风飘到了吕凤先面前。

吕凤先镇静的眼神突然眨了眨，左手也动了动，像是要拂去这点鬼火，却又立刻忍住。

在生死决斗中，任何不必要的动作，都可能带来致命的危险。

只不过他的手虽没有动，但左臂肩的肌肉已因这“要动的念头”而紧张起来，已不能再保持那种“空灵”的境界。

这当然不能算是个好机会，但再坏的机会，也比没有机会好。

只要有机会，阿飞就绝不会错过。

他的剑已出手。

这一剑的关系实在太大。

阿飞今后一生的命运，都将因这一剑的得失而改变。

这一剑若得手，阿飞就会从此振作，洗清上一次失败的羞辱。

这一剑若失手，他势必从此消沉，甚至堕落，那么他就算还能活着，也会变得如吕凤先说的那样——生不如死。

这一剑实在是只许成功，不许失败的。

但这一剑真能得手么？

剑光一闪，停顿！

“锵！”剑已折！

阿飞后退，手里已只剩下半柄断剑。

另半柄剑被夹在吕凤先的手指里，但剑尖却已刺入了他的肩头。

他虽然夹住了阿飞的剑，但出手显然还是慢了些。

鲜血正从他肩头流落。

这一剑毕竟得手了！

阿飞脸上仿佛突然露出了一种奇异的光辉——胜利的光辉！

吕凤先脸上却连一丝表情也没有，只是冷冷地瞧着阿飞，断剑犹在他肩头，他也没有拔出来。

阿飞也只是静静地站着，并没有再出手的意思。

他的积郁和苦闷已因这一剑而发泄。

他要的只是“胜利”，并不是别人的“生命”。

吕凤先似乎还在等着他出手，等了很久，突然道：“好，很好！”

这句话的意思很明显，能从他这种人嘴里听到这句话，就已是令人觉得振奋，觉得骄傲。

但他在临走前，却又突然加了句。

“李寻欢果然没有说错，也没有看错你。”

这句话是什么意思？李寻欢曾经对他说过什么？

吕凤先的身影终于在夜色中消失。

李寻欢的笑脸已出现在眼前。

他用力拍着阿飞的肩头，笑道："你还是你，我早就知道那点打击决不会令你泄气的，世上本就没有常胜的将军，连神都有败的时候，何况人？"

他笑得更开朗，接着又道："可是从现在开始，我对你更有信心了……"

阿飞突然打断了他的话，道："你认为我从此不会再败？"

李寻欢笑道："吕凤先的武功，已绝不在任何人之下，若连他也躲不过你的剑，只怕世上就没有别人能躲得过？"

阿飞道："可是……我却觉得这一次胜得有些勉强。"

李寻欢道："勉强？"

阿飞道："我出手已不如以前快了。"

李寻欢道："谁说的？"

阿飞道："用不着别人说，我自己也能感觉得出……"

他目光还停留在吕凤先身影消失处，缓缓接着道："我觉得他本可胜我的，他出手绝不该比我慢。"

李寻欢道："他武功的确很高，甚至也许比你还高，但你却把握住了最好的机会，这才是别人绝对比不上你的地方，所以你才能胜！"

他笑了笑接着道："所以吕凤先虽败了，也并没有不服，连他这种人都对你服了，你自己对自己难道还没有信心？"

阿飞终于笑了。

对一个受过打击的人说来，世上还有什么比朋友的鼓励更珍贵？

李寻欢笑道："无论如何，这件事都该庆祝……你喜欢用什么来庆祝？"

阿飞笑道："酒，当然是酒，除了酒还能有什么别的？"

李寻欢大笑道："不错，当然是酒，庆祝时若没有酒，岂非就好像炒菜时不放盐……"

阿飞笑道："那简直比炒菜时不放盐还要淡而无味。"

阿飞睡了。

酒，的确很奇妙，有时能令人兴奋，有时却又能令人安眠。

这几天，阿飞几乎完全没有睡过，纵然睡着也很快就醒，他总想不通自己在“家”时怎会一躺下去就睡得像死猪。

等阿飞睡着，李寻欢就走出了这家客栈。

转过街，还有家客栈。李寻欢突然飞身掠入了这家客栈的后院。

三更半夜，他特地到这家客栈中来做什么？

已将黎明，后院中却有间房还亮着灯。

李寻欢轻轻拍门，屋里立刻有了响应，一人道：“是李探花？”

李寻欢道：“是！”

门开了，开门的人竟是吕凤先。

他怎会在这里？李寻欢怎会知道他在这里？为什么来找他？

难道他们两人之间还有什么秘密的约定？

吕凤先嘴角带着种冷漠而奇特的微笑，冷冷道：“李探花果然是信人！果然来了。”

一个女孩子的声音接着道：“我早就说过，只要他答应，就绝不会失信。”

站在吕凤先身后的，竟是铃铃。

铃铃怎会和吕凤先在一起？

李寻欢究竟答应过什么？

灯光昏黄，李寻欢的脸却苍白得可怕，他默默地走进屋子，突然向吕凤先深深一揖道：“多谢。”

吕凤先淡淡道：“你不必谢我，因为这根本是件交易，谁也不必谢谁。”

李寻欢也淡淡地笑了笑，道：“这种交易，并不是人人都会答应的，我当然要谢你。”

吕凤先道：“这的确是件很特别的交易。你要铃铃对我说时，我的确吃了一惊。”

李寻欢道：“所以我才会要她解释得清楚些。”

吕凤先道：“其实用不着解释，我也已很了解，你要我故意败给阿飞，只不过是希望他能因此而振作起来，莫要再消沉。”

李寻欢道：“我的确是这意思，因为他的确值得我这么样做！”

吕凤先道：“这只因你是他的朋友，但我却不是……我简直想不到世上会有人向我提出如此荒谬的要求来。”

李寻欢道：“但你却终于还是答应了。”

吕凤先目光刀一般盯着他，道：“你算准了我会答应？”

李寻欢又笑了笑，道：“我至少有些把握，因为我已看出你不是凡俗的人，也只有你这种非凡的人，才会答应这种非凡的事。”

吕凤先还在盯着他，目光却渐渐和缓，缓缓道：“你也算准了他绝不会要我的命。”

李寻欢道：“我知道他胜了一分就绝不会再出手的。”

吕凤先突然叹了口气，道：“你果然没有看错他，也没有看错我。”

他忽又冷笑道：“我只答应你让他胜一招，那意思就是说，他若再出手，我就要他的命。”

李寻欢目光闪动，道：“你有这把握？”

吕凤先厉声道：“你不信？”

两人目光相视，良久良久，李寻欢突然又一笑，道：“现在也许，将来却未必。”

吕凤先道：“所以我本就不该答应你的，让他活着，对我也是种威胁。”

李寻欢道：“但有些人就喜欢有人威胁，因为威胁也是种刺激，有刺激才有进步，一个人若是真的达到四顾无人的巅峰处，岂非也很寂寞无趣？”

吕凤先沉默了很久，缓缓道：“也许……但我答应你，却并不是为了这缘故。”

李寻欢慢慢地点了点头，道：“你当然不是。”

吕凤先道：“我答应你，只因为你交换的条件很优厚。”

李寻欢笑了笑，道：“若没有优厚的条件，怎能和人谈交易？”

吕凤先道：“你说，只要我答应你这件事，你也会答应我一件事。”

李寻欢道：“不错。”

吕凤先道：“但你却没有指明是什么事。”

李寻欢道：“不错。”

吕凤先道：“所以我可以要你做任何事。”

李寻欢道：“不错。”

吕凤先目光突然又变得冷酷起来，一字字道："我若要你去死呢？"

李寻欢神色不变，淡淡道："以我的一条命，换回了他的一条命，这也很公道。"

他淡淡地说着，嘴角甚至还带着微笑，就仿佛他的生命本就不属于自己，所以他根本漠不关心。

铃铃的身子却已颤抖起来，忽然扑倒在吕凤先面前，嘶声道："我知道你绝不会这么样做的，我知道你也是个好人……是不是？是不是？……"

吕凤先的嘴紧紧地闭着，连瞧都没有瞧她一眼。

他只是冷冷地凝视着李寻欢，紧闭着的嘴角，显得说不出的冷酷、高傲。

这种人本就不会将别人的生死放在心上。

铃铃望着他的嘴，脸色愈来愈苍白，身子的颤抖愈来愈剧烈。

她很了解李寻欢。

她知道这张嘴里只要吐出一句话，李寻欢立刻就会去死的。

他既然能为别人活着，自然更可以为别人而死。

死，往往都比活容易得多。

她也很了解吕凤先。

别人的生命，在他眼中本就一文不值。

她突然晕了过去。

因为她不愿，也不敢从他嘴里听到那句话。

晕厥，其实也是上天赐给人类的许多种恩惠之一，人们在遇着自己不愿做、不愿说、不愿听的事时，往往就会以"晕厥"这种方法来逃避。

李寻欢从不逃避。

他始终面对着吕凤先，正宛如面对死亡。

也不知过了多久，吕凤先突然长长叹了口气，道："想不到世上真有你这种人，阿飞能交到你这种朋友，真是福气。"

李寻欢笑了笑，道："你若对他了解得多些，就会知道我能交到他这种朋友更是福气。"

这是何等深挚、何等伟大的友情！

第六十一章

承 诺

吕凤先冷傲的眸子里，突然露出一种寂寞之意——一个人觉得寂寞的时候，就表示他正在渴望着友情。怎奈真挚的友情并不是人人都能得到的。

吕凤先冷冷道：“你的意思是说，你能为他死，他也会为你死，是不是？”

李寻欢道：“是。”

吕凤先声音更冷酷，道：“但你已算准了我不会杀你，至少不会在这种情况下杀你，是不是？”

李寻欢默然。

沉默，通常只代表两种意思——默认和抗议。

吕凤先瞪着他，脸孔渐渐松散，突然又叹了口气，道：“我的确不会杀你……你可知道是为了什么？”

李寻欢还没有说话，吕凤先已接着道：“因为我要你永远欠着我的，永远觉得我对你有恩……”

他竟也笑了笑，道：“因为我若要杀你，以后还有机会，但这种机会以后只怕永远不会再有了。”

他心里的意思，是不是想以此换得李寻欢的友情？

李寻欢沉默了很久，突也笑了笑，道：“你还有机会。”

吕凤先道：“哦？”

李寻欢道：“我还要求你做一件事。”

吕凤先瞪着他，就像是从未见过这个人似的，过了很久，才冷笑道：“你第一次交易还未付出代价，就想要我做第二件事了？这算是什么样的交易？”

李寻欢道："这不是交易，是我求你。"

吕凤先脸色虽很黯，眼睛却在发着光，道："既然不是交易，我为何要答应？"

李寻欢微笑着，他的眸子平和、明朗而真诚。

他凝视着吕凤先，微笑着道："因为这是我求你的。"

这句话回答得不但很妙，甚至有些狂妄。

这本不像李寻欢平时说的话。

但吕凤先却没有生气，心里反而忽然觉得有种奇特的温暖之意，因为他已从李寻欢的眸子里看到了一丝友情的光辉。

这也许就是唯一能驱走人间寂寞与黑暗的光辉。

这是永恒的光辉，只要人性不灭，就永远有友情存在。

吕凤先喃喃道："别人都说李寻欢从不求人，今日居然肯来求我，看来我的面子倒不小。"

李寻欢笑道："我既已欠了你的，再多欠些又何妨？"

吕凤先又笑了，这次才是真心的笑。

他微笑道："有人说，学做生意最大的学问就是要懂得如何欠账，看来你本该去做生意的。"

李寻欢道："你肯答应？"

吕凤先叹了口气，道："至少我现在还未想出拒绝的法子，你趁此机会，赶快说吧。"

李寻欢咳嗽了几声，神情又变得很沉重，缓缓道："你若在两年前遇见阿飞，我纵不求你，你只怕也要败在他手下。"

吕凤先沉默着，也不知是默认，还是抗议。

他能以沉默表示抗议，也已很不容易。

李寻欢道："你若在两年前见到过他，就会发现那时的他和现在简直不像是同一个人。"

吕凤先道："只不过短短两年，他怎会改变得如此多？"

李寻欢长长叹息了一声，道："只因他不幸遇上了一个人。"

吕凤先道："女人？"

李寻欢道："自然是女人，世上也许只有女人才能改变男人。"

吕凤先冷笑道："他不是改变，而是堕落，一个男人为了女人而堕落，这种人非但不值得同情，而且愚蠢得可笑。”

李寻欢叹息着道：“你说得也许不错，只因你还未遇到过那样的女人。”

吕凤先道：“我遇见了又如何？”

李寻欢道：“你若遇见了她，说不定也许变得和阿飞一样的。”

吕凤先笑了，道：“你以为我也是个没见过女人的小伙子。”

李寻欢道：“你也许见过各式各样的女人，可是她……她却绝对和别的女人不同。”

吕凤先道：“哦？”

李寻欢道：“曾经有个人将她形容得很好……她看来如仙子，却专门带男人下地狱。”

吕凤先目光闪动，忽然道：“我已知道你说的是谁了。”

李寻欢叹道：“你本该猜到的，因为世上只有她这么一个女人，也幸好只有一个，否则只怕大多数男人都已活不下去。”

吕凤先道：“有关这位天下第一美人的传说，我的确已听到过不少。”

李寻欢凝注着自己的指尖，缓缓道：“阿飞现在总算已振作起来，我不能眼看着他再沉沦下去，所以……”

吕凤先道：“所以你要我去杀了她？”

李寻欢黯然道：“我只希望阿飞永远莫要再见到她，因为只要一见到她，阿飞就无法自拔。”

吕凤先又沉默了很久，缓缓道：“你本可自己动手的。”

李寻欢道：“只是我不能。”

吕凤先道：“为什么？”

李寻欢笑得很凄凉，道：“因为阿飞若知道了，必将恨我终生。”

吕凤先道：“他应该明白你这是为他好。”

李寻欢苦笑道：“无论多聪明的人，若是陷入情感而不能自拔，都会变成呆子。”

吕凤先用手指轻敲着下巴，道：“你为何不找别人做这件事？为何要找我？”

李寻欢道：“因为别人纵有力量能杀她，见了她之后只怕也不忍下手，因为……”

他抬起头，凝视着吕凤先，缓缓接着道：“我本就很难找到一个我可以去求他的人。”

两人目光相遇，吕凤先心里忽又充满了温暖的感觉。

他似已从李寻欢的眸子里看到了他的寂寞和悲痛。

那是英雄唯有的寂寞和悲痛。

也只有英雄才能了解这种寂寞是多么凄惨，这种悲痛是多么深沉。

吕凤先突然道：“她在哪里？”

李寻欢道：“铃铃知道她在哪里，只不过……”

铃铃已晕过去很久，到现在居然还没有醒来。

李寻欢瞧了她一眼，缓缓接着道：“你若想她带你去，只怕并不容易。”

吕凤先笑了笑，悠然道：“这倒用不着你担心，我自然有法子的。”

阿飞醒来时，李寻欢已睡着。

在睡梦中，他还是在不停地咳嗽，每当咳得剧烈时，他全身都因痛苦而扭曲痉挛……

阳光从窗外斜斜照进来。

阿飞这才发现他头上的白发和脸上的皱纹都更多了。

他只有一双眼睛还是年轻的。

每当他闭上眼睛时，就会显得很憔悴，很苍老，甚至很衰弱。

他的衣衫已很陈旧残破，已有多日未洗涤。

又有谁能想到在如此衰弱、如此僵偻的躯壳里，竟藏着那么坚强的意志，那么高尚的人格，那么伟大的灵魂！

阿飞瞧着他，已热泪盈眶。

他活着，本就是在忍受着煎熬——各式各样不同的煎熬、折磨、打击。

但他却还是没有倒下去，也并没有觉得生命是冷酷黑暗的。

因为只要有他在，就有温暖，就有光明。

他带给别人的永远都是快乐，却将痛苦留给了自己。

阿飞的热泪已夺眶而出，流下面颊……

李寻欢还是睡得很沉。

睡眠，在他说来，几乎也变成了件很奢侈的事。

阿飞虽然急着想回去，急着想看到那春花般的笑脸，但还是不忍惊动他，悄悄掩起门，悄悄走了出去。

还很早，阳光刚照上屋顶，赶路的人都已走了，所以院子里很静，只剩下一株顽强的梧桐，在晚秋。

李寻欢岂非也正如这梧桐一样，虽然明知秋已将尽，冬已将至，但不到最后关头，他们是绝不会屈服的。

阿飞长长叹了口气，慢慢地穿过院子。

梧桐的叶子，已开始凋零，一片片飘过他眼前，飘落在他身上……

炉火犹未熄，豆浆，慢慢地啜着。

他吃得一向不快，慢慢地让这微温的豆浆自舌流入咽喉，流入胃里——一个人的胃若充实，整个人都仿佛充实了起来。

他一向喜欢这种感觉。

自半夜就起来忙碌的店伙，到现在才算空闲了下来，正坐在炉火的余熏旁，在慢慢地喝着酒。

下酒的虽只不过是根已冷了的“油炸桧”，喝的虽只不过是粗劣的烧刀子，但看他的表情，却像是正在享受着世间最丰美的酒食。

他显然很快乐，因为他已很满足。

世上也唯有能满足的人，才能领略到真正的快乐。

阿飞对这种人一向很羡慕，心里实在也想能过去喝两杯。

但他却控制着自己。

“也许，今天我就能见到她……”

他不愿她闻到自己嘴里有酒气。

这世上大多数人本就是为了别人而活着的——有些是为了自己所爱的人，也有些是为了自己所恨的人——这两种人都同样痛苦。

这世上真正快乐的人本就不多。

风很大，砂土在风中飞舞，路上的行人很寥落。

阿飞抬起头，目光移向门外时，正有两个人自门外走过。

这两人走得并不快，行色却似很匆忙，只管低着头往前赶路，连热豆浆的香气都未能引动他们转头来瞧一眼。

前面走的是个身形佝偻、白发苍苍的老头子，手里提着管旱烟，身上的蓝布衫已洗得发白。

后面跟的是个小姑娘，眼睛很大，辫子很长。

阿飞认得这两人正是两年前他曾见过一次的“说书先生”和孙女，他还记得这两人姓孙。

但他们却全没有瞧见阿飞，很快就从门口走过。

——他们若是见到了阿飞，所有的一切事也许都会完全不同了。

阿飞喝完了豆浆，再抬起头，又瞧见一个人自门外走过。

这人身材很高，黄袍，斗笠，笠檐压得很低，走路的姿势很奇特，也没有转过头来瞧一眼，行色仿佛也很匆忙。

阿飞的心跳突然快了。

荆无命！

荆无命的眼睛一直盯住前面，仿佛正在追踪方才走过的那“说书先生”，并没有发觉阿飞就坐在路旁的小店里。

阿飞却看到了他，看到他腰带上插着的剑，却没有看到他那条断臂——用布带悬着的断臂。

只要看到这柄剑，阿飞的眼睛里就再也容不下别的。

就是这柄剑，令他第一次尝到失败和屈辱的滋味。

就是这柄剑，令他几乎永远沉沦下去。

阿飞的拳已紧握，掌心的伤口又破裂，鲜血流出，疼痛却自掌心传至心底，他全身的肌肉立刻全都紧张了起来。

他已忘了荆无命的断臂。

他一心只盼望能和荆无命再决高下，除此之外，他再也想不到别的。

荆无命也很快就从门口走过。

阿飞缓缓站起，手握得更剧烈。

痛苦愈剧烈，他的感觉就愈敏锐。

坐在门口的伙计突然感觉到一阵无法形容的寒意袭来，转过头，就瞧见了阿飞的眼睛——一双火焰般炽热的眼睛，却令人自心底发冷。

"当"的一声，店伙手里的酒杯跌了下去。

但这酒杯还未跌在地上，阿飞突然伸手，已抄在手里。

谁也瞧不清他如何将这酒杯接住的。

店伙整个人都被吓呆了。

阿飞慢慢地将酒杯放在他面前的桌上，倒了杯酒，自己一饮而尽。

他心里忽然充满了信心。

就在这时，门外又有个人走了过去。

这人也是黄衫，斗笠笠檐也压得很低，走路的姿态也很奇特，苍白的脸，在斗笠的阴影下看来，就宛如是用石灰石雕成的。

上官飞！

阿飞并不认得上官飞，但一眼就看出这人必定和荆无命有很密切的关系，而且显然正在追踪着荆无命。

上官飞身材虽比荆无命矮些，年纪也较轻，但那种冷酷的神情，那种走路的姿态就好像是荆无命的兄弟。

他为什么也在暗中追踪荆无命呢？

这地方本就很荒僻，再转过这条街，四下更看不到人踪。

阿飞走得很快，始终和上官飞保持着一段距离。

前面走的"说书先生"早已瞧不见了，荆无命也只剩下一条淡黄色的人影，但上官飞也还是走得很慢，并不着急。

阿飞发现这少年也很懂得"追踪"的诀窍。

要追踪一个人而不被发觉，就不能急躁，就要沉得住气。

前面有座土山，荆无命已转过山坳。

上官飞的脚步突然加快，似乎想在山后追上荆无命。

等他的人也消失在山后，阿飞就以最快的速度冲上土山。

他知道在山上一定可以看到一些有趣的事。

他果然没有失望。

荆无命从未感觉到恐惧——一个人若连死都不怕，还有什么可怕的？

但现在，也不知为了什么，他目中竟带着种恐惧之意。

他怕的是什么？

第六十二章

绝 招

转过山，景色更荒凉，秋风萧瑟。

荆无命的手，突然按上了剑柄——但这是右手，并不是使剑的手，他的剑在这只手里，已不能算是杀人的利器。

他的手握起，又放下。

他的脚步也停下，仿佛知道他的路已走到尽头。

就在这时，他听到了上官飞的冷笑。

上官飞已到了他身后，冷笑着道：“你已经可以不必再做戏了！”

荆无命缓缓回身，死灰色的眼睛又变得全无表情，漠然凝视着上官飞，良久良久，才一字字道：“你说我在做戏？”

上官飞道：“不错，做戏，你故意跟踪孙老儿，就是在做戏，因为你根本没有追踪他们的必要。”

荆无命道：“那么，我追踪他们，为的是什么？”

上官飞道：“为的是我。”

荆无命道：“你？”

上官飞道：“你早已知道我在盯着你了。”

荆无命冷冷道：“那只因你并不高明。”

上官飞道：“虽不高明，现在已是能杀你，你当然也早就知道我要杀你！”

荆无命的确早已知道，所以他并未感觉到惊异。

惊异的是阿飞。

这两人本是同一门下，为何要自相残杀？

上官飞道：“十年前，我已想杀你，你可知道为了什么？”

荆无命拒绝回答——他一向只问不答。

上官飞突然激动起来，目中更充满了怨毒之色，厉声道：“这世上若是没有你，我就可活得更好些，你不但抢走了我的地位，也抢走了我的父亲，自从你来了之后，本来属于我的一切，就忽然都变成了你的。”

荆无命冷冷道：“那也只怪你自己，你一向比不上我。”

上官飞咬着牙，一字字道：“你心里也明白并不是为了这缘故，那只因……”

他虽然在极力控制着自己，却还是忍不住爆发了起来，突然大吼道：“那只因你是我父亲的私生子，我母亲就是被你母亲气死的。”

荆无命死灰色的眼睛突然收缩，变得就像是两滴血。

两滴早已干枯，变色了的血。

在山上的阿飞，目中突然也露出了极强烈的痛苦之色，竟仿佛和荆无命有同样的痛苦，而且痛苦得比荆无命更深。

上官飞道：“这些事你们一直瞒着我，以为我真不知道。”

他说的“你们”指的就是荆无命和他的父亲。

这两字自他嘴里说出来，并没有伤害到别人，伤害的只是自己。

他更痛苦，所以神情反而显得平静了些，冷笑着接道：“其实自从你来的那一天，我已经知道了，自从那一天，我就在等着机会杀你！”

荆无命冷冷道：“你的机会并不多。”

上官飞道：“那时我纵有机会，也未必会下手，因为那时你还有利用的价值，但现在却不同了。”

他冷笑着，又道：“那时你在我父亲眼中，就像是一把刀，杀人的刀，我若毁了他的刀，他绝不会饶我，但现在，你已只不过是块废铁，你的生死，他已不会放在心上。”

荆无命沉默了很久，竟慢慢地点了点头，一字字道：“不错，我的生死，连我自己都未放在心上，又何况他？”

上官飞道：“这话你也许能骗得过别人，骗得过你自己，却骗不过我的。”

荆无命道：“骗你？”

上官飞冷笑道：“你若真的不怕死，为何还要拖延逃避？”

荆无命道：“拖延？逃避？”

上官飞道："你故意做出追踪孙老头的姿态，就是在拖延，在逃避。"

荆无命道："哦？"

上官飞道："你追踪的若不是孙老头，我一定会让你先追出个结果来，看你是想追出他的下落，还是在等机会杀他，然后我才会对你下手。"

他冷笑着，接道："只可惜你选错了人，因为你根本追不出他的下落，更杀不了他，你根本不配追踪他，根本不是他的对手！"

荆无命突然笑了笑，道："也许……"

他笑容不但很奇特，而且还仿佛带着种说不出的讥诮之意。

上官飞并没有看出来，又道："所以你的追踪，只不过是种烟幕，要我不能向你出手？"

他盯着荆无命，厉声道："因为你现在已怕死了！"

荆无命道："怕死？"

上官飞道："你以前的确不怕死，但那只不过是因为那时还没有人能威胁你的生命，所以你根本还无法了解死的恐惧。"

"叮"的一声，他龙凤双环已出手，冷冷接着道："但现在我已随时可杀你！"

荆无命沉默了很久，缓缓道："看来你好像什么事都知道。"

上官飞道："我至少比你想象中高明得多。"

荆无命突然笑了笑，道："只可惜你还有一件事不知道。"

上官飞道："什么事？"

荆无命道："别的事你全不知道也不要紧，但这件事你若不知道，你就得死！"

上官飞冷笑道："这件事若真的如此重要？我就绝不会不知道。"

荆无命道："你绝不会知道，因为这是我的秘密，我从未告诉过别人……"

上官飞目光闪动，道："你现在准备告诉我？"

荆无命道："不错，我现在准备告诉你，但那也是有交换条件。"

上官飞道："什么条件？"

荆无命死灰色的眼睛又收缩了起来，缓缓道："我若告诉了你，你就得死！”

上官飞道：“你要我死？”

荆无命道：“我要你死，因为活着的人，没有人能知道这秘密。”

上官飞瞪着他，突然纵声大笑了起来。

这件事的确是很可笑。

一个残废了的人，居然还想要别人的命？

上官飞大笑道：“你想用什么来杀我？用你的头来撞，用你的嘴来咬？”

荆无命的回答很简短，也很妙，只有两个字。

“不是。”

上官飞的笑声已渐渐小了。

如此简短的回答，已不像是在吓人，更不像是在开玩笑。

荆无命缓缓道：“我要杀你，用的就是这只手！”

他的手已抬起，是右手。

上官飞已笑得很勉强，却还是大笑着道：“这只手……你这只手连狗都杀不死。”

荆无命道：“我只杀人，不杀狗！”

上官飞笑声突然停顿，龙凤双环已脱手飞出。

一寸短一寸险，龙凤双环本是武林中至绝至险之兵刃，这一招“龙翔凤舞脱手双飞”更是险中之险，若非情急拼命，或是明知对方已被逼入死角时，本不该使出这一招。

这一招若是使出，对方也就很难闪避得开。

但就在这时，剑光已飞出。

剑光只一闪，已刺入了上官飞咽喉。

剑锋入喉仅七分。

上官飞的呼吸尚未停顿，额上青筋一根根暴露，眼珠子也凸了出来，死鱼般瞪着荆无命。

他死也不明白荆无命这一剑是怎么刺出来的。

荆无命也在冷冷地瞧着他，一字字缓缓道：“我的右手比左手更快，这就是我的秘密！”

上官飞身子突然一阵抽搐，咽喉中发出了“咯”的一响。

剑拔出，鲜血飞激。

上官飞死鱼般的眼睛还是在瞪着荆无命，目中充满了怀疑、悲哀、惊惧……

他还是不相信，死也不相信。

但他必须相信。

上官飞脱手击出的龙凤双环，已打入了荆无命的左臂。

断臂。

他拼着以这条断臂，去硬接上官飞的双环，然后以右手剑自左胁之下刺出，一剑刺入了上官飞的咽喉。

这是何等诡异的剑法。

这一剑好准！好毒！好快！好狠！

“我的右手比左手更快，这就是我的秘密！”

他的确没有说谎。

但这事实却又多么令人无法思议，难以相信。

上官飞和他同门十余年，从未见他练过一天右手剑，所以死也不明白他这右手剑是如何练成的。

但他必须相信，因为世上绝没有比“死”更真实的事。

荆无命垂首望着他的尸身，神情看来似乎有些惆怅、失望。

良久良久，他突然轻轻叹息了一声，喃喃道：“你何必要杀我？我何必要杀你？……”

他转过身，走了出去。

他走路的姿势还是那么奇特，仿佛在暗中配合着某一种奇特的韵律。

那对龙凤双环还是嵌在他左臂里。

怀疑，惊惧，不能相信。

这也正是阿飞此刻的心情。

荆无命的剑法的确可怕，也许并不比他快，但却更狠毒，更诡秘。

“难道我真的无法胜过他？”

就算明知这是事实，也是阿飞这种人绝对无法忍受的。

望着荆无命逐渐远去的背影，阿飞突然觉得胸中一阵热血上涌，忍不住就要跳下土山，追上去。

但就在这时，突然有一只手从后面伸过来，拉住了他。

这是只很稳定的手，瘦削而有力。

阿飞回过头，就看到了李寻欢那对充满了友情和热爱的眼睛。

能拉住阿飞的并不是这只手，而是这双眼睛。

阿飞终于垂下头，长长叹息了一声，黯然道："也许我真的不如他。"

李寻欢道："你只有一点不如他。"

阿飞道："一点？"

李寻欢道："为了杀人，荆无命可以不择一切手段，甚至不惜牺牲自己，你却不能。"

阿飞沉默了很久，黯然道："我的确不能。"

李寻欢道："你不能，只因你有感情，你的剑术虽无情，人却有情。"

阿飞道："所以……我就永远无法胜过他？"

李寻欢摇了摇头，道："错了，你必能胜过他。"

阿飞没有问，只是在听。

李寻欢接着说了下去，道："有感情，才有生命，有生命，才有灵气，才有变化。"

阿飞又沉默了很久，才慢慢地点了点头，道："我明白了。"

李寻欢道："但这还并不是最重要的。"

阿飞道："最重要的是什么？"

李寻欢道："最重要的是你根本不必杀他，也不能杀他！"

阿飞道："为什么不必？"

李寻欢道："因为他本已死了，何必再杀？"

阿飞沉思着，缓缓道："不错，他的心实已死……但既已不必，为何又不能？"

李寻欢没有回答这句话，却反问道："你可知道他为何要在暗中苦练右手剑法？"

阿飞道："你说他是为的什么？"

李寻欢缓缓道："若是我猜得不错，他为的就是上官金虹。"

阿飞道："你认为上官金虹也不知道他这秘密？"

李寻欢道："绝不会知道。"

阿飞道："怎见得？"

李寻欢道："荆无命的右手既然比左手更快，本可一剑取那上官飞的命，上官飞本无还手的余地。"

阿飞道："不错。"

李寻欢道："但他却偏偏要等上官飞先出手，然后再拼着以左臂去挨上官飞的双环，他又何苦多此一举。"

阿飞沉吟着，道："那只因他左臂本已废，再多挨一次也无妨。"

李寻欢道："这也不是最重要的原因。"

阿飞等着他说下去。

李寻欢道："他这么样做，为的也是上官金虹。"

阿飞道："我不懂。"

李寻欢道："他当然很了解上官金虹，知道上官金虹将任何人都当做工具，这人若是失去了利用的价值，上官金虹就会杀了他。"

阿飞道："这点上官飞也说过。"

李寻欢道："荆无命生怕上官金虹也会这么样待他。"

阿飞道："上官金虹若知道他右手比左手更快，真会这么样对他？"

李寻欢道："但上官金虹并不知道！"

阿飞道："他为什么不告诉上官金虹？"

李寻欢道："因为他和上官金虹之间，似乎有着某种极奇异的情感，他希望上官金虹对他好，并不是为了他的剑，而是为了他的人！"

阿飞默然。

李寻欢道："所以他现在就想去试探试探上官金虹，看他的左臂断了后，上官金虹对他是否还能和以前一样对他。"

阿飞终于点了点头，道："我想大概已经明白了。"

李寻欢道："上官飞说得不错，荆无命现在的确有种恐惧，但他恐惧的并不是'死'，而是上官金虹的冷淡与轻蔑。"

阿飞道："如此说来，他这人岂非也有情感？"

李寻欢道：“他对别人虽无情，但对上官金虹却例外，因为他这一生本是为上官金虹而活着的。”

阿飞叹息道：“这世上能完全为自己而活的又有几人？”

李寻欢道：“他可以为上官金虹去死，却不愿死在上官金虹手上。”

阿飞道：“所以他才要在暗中苦练右手的剑法。”

李寻欢道：“不错。”

阿飞道：“他拼着去挨上官飞的龙凤双环，就是想先练一练对付双环的方法。”

李寻欢道：“这也正是我的想法。”

阿飞道：“所以……上官金虹对他的态度若是改变了，他就会用这法子去杀上官金虹。”

李寻欢道：“也许他做不到，但他至少会去试一试。”

阿飞没有再说什么，目光却渐渐在黯淡。

他似乎又被触及了什么隐痛。

李寻欢道：“上官金虹的龙凤双环能在兵刃谱中名列第二，并不是因为他招式的狠毒、诡险，而是因为他的稳。”

阿飞茫然道：“稳？”

李寻欢道：“能将天下至险的兵器，练到一个‘稳’字，这才是上官金虹非人能及之处，上官飞的武功，根本难及他父亲之万一。”

阿飞道：“哦？”

李寻欢道：“上官飞之所以恨荆无命，也是认为他父亲没有将武功的奥秘传授给他，而传给了荆无命。”

阿飞道：“嗯。”

李寻欢道：“上官金虹若不用‘龙翔凤舞脱手双飞’那样的险招，荆无命能胜他的机会就很少。”

阿飞道：“是。”

李寻欢道：“但上官金虹说不定会使出来的，因为他见到荆无命的左臂已断，就不会再有顾虑，再留着不用，所以荆无命也并非完全没有机会。”

阿飞像是突然自梦中惊醒，大声道：“可是，无论如何，上官金虹总是荆无命的父亲。”

李寻欢道：“绝不是。”

阿飞道：“刚才上官飞明明……”

李寻欢打断了他的话，道：“那只不过是上官飞的猜想，而且猜得不对。”

阿飞道：“那么，他说的那些话，难道也是假的？”

李寻欢道：“那些事自然不会假，但他的看法却错了。”

阿飞道：“看错了？”

李寻欢道：“他说，自从荆无命一去，他父亲就开始对他冷淡疏远，这自然是事实，但他却不知道这么做，为的只是爱他。”

阿飞道：“既然爱他，为何疏远？”

李寻欢道：“因为上官金虹全心全意要将荆无命训练成他杀人的工具，荆无命这一生，也就因此而毁在他手上。”

阿飞思着，黯然道：“不错，一个人若只为了杀人而活着，的确是件很悲哀的事。”

李寻欢道：“所以我说荆无命自从见到上官金虹那一日起，就已死了！”

阿飞默然。

李寻欢道：“但上官金虹也是人，人都有爱子之心，自然不忍对自己的儿子也这么做，所以才没有将武功传给上官飞。”

他也长笑了一声，接着道：“只可惜上官飞并不能了解他父亲的这番苦心。”

阿飞突然道：“所以上官飞其实也等于是死在他父亲手上的。”

李寻欢道：“一个人的欲望若是太大，往往就难免会做错许多事……”

第六十三章

断 义

秋林，枯林。

穿过枯林，就是条很僻静的小路。

阿飞遥指着小路尽头处的一点孤灯，道：“那就是我的家。”

家。

这个字听在李寻欢耳里，竟是那么遥远，那么陌生……

阿飞的目光还在遥视着那点灯火，接着道：“灯亮着，她大概还没睡。”

小屋中，一灯闪烁，一个布衣粗裙、蛾眉淡扫的绝代佳人，正在灯下补缀着衣衫，等候自己最亲近的人归来……

这是一幅多么美丽的图画。

只要想到这里，阿飞心里就充满了甜蜜和温暖，那双锐利的眼睛也立刻变得温柔了起来。

他本是孤独而寂寞的人，但现在，他却知道有人在等着他……他最心爱的人在等着他。

这种感觉的确是幸福的，世上绝没有任何事能比拟，也没有任何事能代替。

李寻欢的心沉了下去。

看到阿飞那充满了幸福光辉的脸，他忽然有种负罪之感。

他本不忍令阿飞失望。

他宁可自己去背负一切痛苦，也不愿阿飞失望。

但现在，他却必须要使阿飞失望。

他无法想象阿飞回去发现林仙儿已不在时，会变成什么模样？

虽然他这样只是为了要阿飞好，好好地活下去，堂堂正正地活下去，活得像是个男子汉。

但他还是觉得有些对不起阿飞。

“长痛不如短痛。”

他只希望阿飞能很快地摆脱痛苦，很快地忘记她。

她既不值得爱，更不值得思念。

不幸的是，一个人往往会偏偏去爱一个不值得爱的人，因为情感本就如一匹脱缰的野马，谁也无法控制，谁都无可奈何。

这本也是人类最深邃的悲哀之一。

也正因如此，所以人世间永远不断有悲剧演出。

灯亮着，门却是虚掩着的。

灯光自隙间照出，照在门外的小径上。

昨夜仿佛有雨，路是湿的，灯光下可以看出路上有很多很零乱的脚印。

男人的脚印。

“是谁来过了？”

阿飞皱了皱眉，但立刻又开朗。

他一向很信任林仙儿，他确信她绝不会做任何对不起他的事。

李寻欢远远地跟在后面，仿佛不敢踏入这小屋。

阿飞回头笑道：“我希望她今天炖的汤里没有放笋子，你也可以喝一点，才会知道她做菜的本事比使用刀还好。”

李寻欢也笑了。

又有谁知道他笑得是多么酸楚？

那大碗的排骨汤里若没有放笋子，李寻欢也许还不能完全发现林仙儿的秘密，那么，今天发生的事也许就会完全不同了。

李寻欢简直无法想象一个女人，怎能用如此残酷的手段来欺骗一个如此深爱着她的男人。

“但我又何尝不是在欺骗他？”

“我为什么不敢告诉他，林仙儿已‘不在’了，而且完全是我的意思？”

李寻欢弯下腰，剧烈地咳嗽起来。

阿飞道："你若肯在我这里多住些时候，咳嗽也许就会好些，因为这里只有汤，没有酒。"

他永远不会知道，"汤"对他的伤害，远比酒还严重得多。

门里没有人声。

阿飞又道："她一定在厨房里，没有听到我们说话，否则她一定早就迎出来了。"

李寻欢一直没有开口，因为他实在不知道该说些什么。

门，终于被推开。

小小的客厅里，还是那么干净。

桌上的油灯并不亮，但却有种温暖宁静的感觉。

阿飞长长吐出口气。

他终于回到家了，平平安安地回到家了。

他毕竟没有令林仙儿失望。

但她人呢？在哪里？

厨房里根本连灯光都没有，更没有菜汤的香气。

林仙儿住的那间屋子，门也是关着的。

阿飞回头向站在门口的李寻欢笑了笑，道："她也许已睡了……她一向睡得早。"

李寻欢正想笑一笑，面上的肌肉已僵硬。

他已听到一阵阵的呻吟声，女人的呻吟声。

是垂死的呻吟！

呻吟声正是从林仙儿的那间屋子里传出来的。

阿飞的脸色立刻也变了，一步冲过去，用力拍门，大声道："你怎么样了，请开门。"

没有响应，甚至连呻吟都停止。

她显然是想回答，想呼唤，却已发不出声音。

阿飞的额上已沁出了冷汗，用力以肩头撞开了门。

李寻欢黯然闭上了眼睛。

他不敢去看阿飞此刻面上的表情——一个人见到自己的心上人正在作垂死的挣扎，会有什么样的表情？

李寻欢非但不敢看，不忍看，简直连想都不敢去想。

但门被撞开后，就再没有别的声音。

阿飞难道受不了这可怕的打击，难道已晕了过去？

李寻欢张开眼，阿飞还怔在门口。

奇怪的是，他脸上的表情竟只有惊异，却没有悲戚。

那屋子里究竟发生了什么事？只怕李寻欢永远想不到的。

血。

李寻欢第一眼看到的就是血。

然后，他就看到倒卧在血泊中的人。

但他永远也想不到这倒卧血泊中，作垂死挣扎的人竟是铃铃！

李寻欢的血已冻结，心已下沉。

阿飞静静地瞧着他，面上的表情很奇特。

他是不是已猜出什么？

他并没有问：“这小姑娘是怎么会到这里来的？”

他只是冷冷问道：“这一次，她是不是也在这里等你？”

李寻欢的心似被割裂，扑过去，抱起了血泊中的铃铃，试探她的脉搏和呼吸——他只希望还能救治她的一条命。

他已绝望。

铃铃终于张开了眼睛，看到了李寻欢。

她眼睛立刻涌出了泪，是悲哀的泪，也是欢喜的泪。

她临死前毕竟还是见到了李寻欢。

李寻欢也已泪水盈眶，柔声道：“振作些，你还年轻，绝不会死。”

铃铃似乎根本没有听到他这句话，只是断续着道：“这件事，你错了。”

李寻欢惨然道：“是我错了。”

铃铃道：“你该知道，世上本没有一个男人能忍心杀她。”

李寻欢的声音已嘶哑，一字字道：“是我害了你，我对不起你。”

铃铃突然用力抓住了他的手，道：“你一直对我好，害我的不是你，是他。”

李寻欢道：“他。”

铃铃泪落如雨，道：“他骗了我，我……我却骗了你。”

李寻欢道：“你没有……”

铃铃的指甲，已刺入李寻欢的肉里，道："我骗了你……我早已失身给他，在等你的时候……我只恨自己为什么一直没有勇气告诉你。"

她话声忽然清楚了起来，仿佛已有了生机。

但李寻欢却知道那只不过是回光返照而已——铃铃若非还如此年轻，一定无法活到现在。

铃铃凄然道："我一直不肯死，挣扎着活到现在，为的就是要告诉你这些话，只要你能了解，我死也甘心。"

李寻欢黯然道："本就是我不好，我本该好好保护你的……"

铃铃忽然点了点头，道："他虽然骗了我，我并不恨他，因为我知道他一定也会得到报应，比我要惨十倍的报应。"

李寻欢道："是，他……"

这句话还没有说完，阿飞突然用力推开了他。

阿飞瞪着铃铃，一字字道："你带吕凤先到这里来了？"

铃铃咬着嘴唇。

阿飞道："是他要你带吕凤先到这里来的？"

铃铃忽然用尽最后一分力气，大叫了起来，道："不错，是他，但你可知道他为的什么？你可知道他曾经为你做过什么事？为了你，他不惜……"

说到这里，她声音突然撕裂。

她呼吸已停顿。

静寂，死一般的静寂，没有任何动作，也没有任何声音。

若非还有风在吹动，连大地都似已失去了生机，变成了一座坟墓，可以埋葬所有生命的坟墓。

但风也是凄凉的，风声听来也令人心碎。

也不知过了多久，阿飞才徐徐站直了身子。

但他却没有面对着李寻欢。

他似已不愿再瞧李寻欢一眼，只是冷冷道："你为什么要这样做？"

这句话李寻欢本来很容易回答，但他却一个字都没有说。

他知道有些话若是说了出来，不但令自己伤心，也令别人难受。

阿飞还是没有回头，慢慢地接着道："你以为是她使我消沉的？你以为只要她离开了我，我就会振作？……但你可知道，没有了她，我根本活不下去！”

李寻欢黯然道：“我只希望你不被欺骗，只希望你能找到个你所值得爱的人，那么……你会将这些不幸的事全都忘记。”

阿飞的胸膛起伏，声音已有些激动，道：“你认为她在骗我？你认为她不值得我爱？”

李寻欢道：“我只知道，自从一开始，她带给你的就只有不幸！”

阿飞道：“你又怎知道我是幸福？还是不幸？”

他猝然转过身，瞪着李寻欢，厉声道：“你以为你是什么人？一定要左右我的思想，主宰我的命运？你根本什么都不是，只是个自己骗自己的傻子，不惜将自己心爱的人送入火坑，还以为自己做得很高尚，很伟大！”

这些话，每个字都像是一根针。

世上绝没有任何别的话能更伤李寻欢的心。

阿飞咬着牙，道：“就算她带给我的是不幸，你呢？你又带给人什么？林诗音一生的幸福已断送在你手里，你还不满足？还想来断送我的？”

李寻欢的手在颤抖，还未弯下腰，已咳出了血。

阿飞冷冷地瞧着他，良久良久，徐徐转身，大步走了出去。

李寻欢的咳嗽还未停，挣扎着扑过去，挡住了门。

阿飞道：“你还想干什么？”

李寻欢用衣袖擦了擦嘴角的血，喘息着道：“你……你要去找她？”

阿飞道：“是！”

李寻欢道：“你绝不能去！”

阿飞道：“谁说的？”

李寻欢道：“我说的，因为就算你能将她再找回来，也只有更痛苦，她迟早总有一天要毁了你……我绝不能眼看着你毁在这种女人手上。”

阿飞的手本已握得很紧，李寻欢每说一句话，他就握得更紧一分。

他指节已因用力而发白，脸色更苍白，双目中却布满了红丝，正如一条条燃烧的火焰。

李寻欢道："现在你们分开，你固然难免痛苦一时，但你们若在一起，你却要痛苦一生，你别的事都看得很清楚，为什么这件事……"

阿飞突然打断了他的话，一字字道："你一直是我的朋友。"

李寻欢道："是。"

阿飞道："到现在为止，你还是我的朋友。"

李寻欢道："是。"

阿飞道："但以后却不是了！"

李寻欢的面色惨变，道："为什么？"

阿飞道："因为我可以忍受你侮辱我，却不能忍受你侮辱她。"

李寻欢惨然道："你认为我是在侮辱她？"

阿飞道："我一直忍受到现在，因为我们一直是朋友，但以后，你若再侮辱她一个字，这侮辱就得要用血来洗清！"

他身子也因激动而颤抖，一字字接着道："无论是你的血，还是我的血，都得用血来洗清！"

李寻欢仿佛骤然被人当胸打了一拳，踉跄后退，退到门边。

他又在咳嗽，却没有声音，因为他的牙咬得很紧，嘴也闭得很紧。

鲜血，又从他紧闭着的嘴角沁出。

阿飞再也没有瞧他一眼，嗄声道："现在我就去找她，无论如何也要找到她，我希望你莫要跟来，千万莫要跟来，否则你必将后悔终生！"

说完了这句话，他就走了出去。

他头也不回地走了出去。

眼泪本是咸的。

但有些泪却只能往肚里流，那就不但咸，而且苦。

血，本也是咸的。

但一个人的心若碎了，自心里滴出的血，就比泪更酸苦。

李寻欢也不知道已咳了多久，衣袖已被染红。

他的腰似已无法挺直。

地上有个脚印，是血染成的脚印。

李寻欢忽然想起了门外那些零乱的脚印，他掌心立刻冰冷。

阿飞一定能找到她。

因为林仙儿一定会故意留下些线索，让他找到。

他并不需要太多的线索，阿飞血液里天生就像是有种追踪的本能，甚至比野兽还灵敏，还直接。

但追到了以后呢？

阿飞势必要和吕凤先一决生死——林仙儿本就喜欢看男人为她拚命。

想到这里，李寻欢掌心已沁出了冷汗。

阿飞现在还不是吕凤先的对手。

能救阿飞命的人，只有李寻欢，可是……

“你千万莫要跟来，否则就必将后悔终生！”

阿飞说出的话，一向永无更改。

何况，现在夜色更深，李寻欢又没有阿飞那种追踪的本能，就算想去追，也很少有机会能追到。

李寻欢挣扎着，站起，将铃铃的尸身抱上床，用床单覆盖。

无论如何，他都要追去，他已下了决心。

就算阿飞已不再将他当作朋友，但他依旧永远是阿飞的朋友，他的友情绝不会因任何事而更改。

那也正如他的爱情一样，纵然海枯石烂，他的心永不会变。

“诗音，诗音，你现在活得还好吗？”

第六十四章

祸 水

李寻欢一想到林诗音，他的心又是一阵剧痛。

但他并不想去找她，因为他知道龙啸云一定会好好地照顾着她——龙啸云虽善变，对林诗音的心却未变。

只要他对诗音的心不变，别的一切事就全都可原谅。

此刻龙啸云的心情，真是说不出的愉快。

再过两三天，他就要坐上金钱帮的第二把交椅，成为当今天下最有势力的人的结拜兄弟。

就连龙小云的气色看来都像是好得多了。

唯一令他觉得遗憾的，是他的妻子。

“她为什么不肯跟我一起来？为什么不肯分享我的光彩？”

他拒绝再想下去。

有些人最大的欲望是金钱，有些人最大的欲望是权势，这两种欲望若是能满足，情感上的痛苦就淡了。

龙小云正凝视着窗外，也不知在想些什么。

龙啸云拍了拍他肩头，道：“你想这次上官金虹会不会亲自来迎接我？”

龙小云回过头，说道：“当然会，而且仪式一定很隆重。”

龙啸云也点了点头，道：“我也这么想，我既是他的兄弟，他给我面子，岂非也正如给自己面子。”

他沉吟了半晌，忽又道：“他来接我时，你想我是该称他帮主，还是该唤他大哥？”

龙小云道：“当然该称大哥，孩儿今后也要改口，唤他一声伯父了。”

龙啸云仰面大笑，道："有这样的伯父，真是你的运气，只怕……"

他笑声突又停顿，皱眉道："李寻欢既然未死，他会不会食言反悔？"

龙小云笑道："天下英雄都已知道此事，帖子也早就发了出去，他再反悔，岂非自食其言，以后说的话还有谁相信？"

龙啸云又笑了，道："不错，武林中人之所以信服他，就因为他令出如山，言出法随，现在他就算想反悔，也来不及了。"

桌上的卷宗非但没有少，反而在一天天加多。

金钱帮管辖的范围，已愈来愈广了。

上官金虹的责任也的确愈来愈重，因为每件事他都要自己来决定。

他绝不信任任何人。

现在，他已工作了五个时辰，几乎完全没有停过手，但他非但不觉得辛苦，反而觉得这是种快乐。

门开了。

一个人走了进来。

上官金虹连头都没有抬，因为能直接走进这屋子的，只有一个人。

荆无命。

荆无命还是和往常一样，一走进来，就站到他的身后。

上官金虹道："李寻欢呢？"

荆无命道："走了。"

上官金虹猝然回头，瞧了他一眼。

只瞧了一眼，目光自他断臂上滑落，就又低下头，做自己的事，非但没有再说一句话，脸上也连一点表情都没有。

荆无命面上也全无表情，死灰色的眼睛茫然凝注着远方。

一切事仿佛都没有改变。

既没有责问，也没有安慰。

荆无命的手断了也好，腿断了也好，却像是和上官金虹全无关系。

又不知过了多久，有人拍门，请示。

又有一大堆卷宗被送了进来。

淡黄色的卷宗中，只有一封信是粉红色的。

上官金虹先抽出了这封信，也只瞧了一眼，因为信上只有几个字："老地方等候，吕凤先也在等你。"

上官金虹静静地站着，似在沉思，然后就立刻下了决定。

他慢慢地走了出去。

荆无命还是像影子般跟在他身后。

两人走出门，穿过秘道，走出宽阔的院子，穿过一个垂首肃立着的侍党，走到阳光下。

残秋的阳光就像是迟暮的女人，已不再有动人的热力。

两人还是一前一后地走着，走着……荆无命突然发觉上官金虹脚步的韵律已变了。

荆无命已无法再与他配合。

上官金虹也并没有加快，也不知为什么，两人的距离却已愈来愈远，愈来愈远……

荆无命的脚步渐缓，终于停下。

上官金虹并没有回头。

望着他逐渐远去的背影，荆无命死灰色的眼睛里，渐渐露出了一种无法形容的、深邃的悲痛……

密林。松林。

松林常青，阳光终年都照不进这松林。

林间虽黝黯，却不潮湿，风中也带着松木的清香。

林仙儿斜倚在树上，紧握着吕凤先的手，始终没有放开，那无比温柔的眼波，也始终没有离开过吕凤先的脸。

吕凤先的脸更苍白，眼角的皱纹也像是多了些。

秋风入了林，也变得温柔起来。

林仙儿柔声道："你不后悔么？"

吕凤先点了点头，道："后悔？我为什么要后悔？有了你，任何男人都不会觉得后悔。"

林仙儿"嘤咛"一声，倒入他怀里，轻轻道："我真的那么好？"

吕凤先搂着她的腰肢，笑道："你当然好，比我想象中还好，比任何人想象中都要好……"

他的手向上移动，又向下……

林仙儿的呼吸开始急促，娇喘着道："现在不行……"

吕凤先道："为什么？"

林仙儿咬着嘴角，道："你……你还要留着力气对付上官金虹。"

她身子巧妙地扭动着，仿佛在闪避，又仿佛在迎凑……

吕凤先的手停了停，却又开始移动，带着笑道："我对付了你，还可以再对付他。"

林仙儿道："你千万莫要看轻了他，他绝不如你想象中那么好对付。"

吕凤先冷笑道："你认为我不如他强？"

林仙儿道："我不是这意思，只不过……"

她轻咬着吕凤先的耳朵，柔声道："你只要杀了上官金虹，天下就都是我们的了，以后我们的日子还长着哩，你现在何必着急。"

亲密的耳语，在清风中似已化作歌曲。

吕凤先的心已软了，手却搂得更紧，柔声道："想不到你真的这么关心，我——"

他语声突地停顿。

林仙儿也突然离开了他的怀抱。

密林中已传来一阵奇特的脚步声——其实这脚步声也并没有什么奇特之处，但也不知为了什么，却令人听来每一步都像是踏在自己心上。

脚步声已停顿。

上官金虹就站在那边一株松树的阴影下，静静地站着，动也不动，看来就像是一座冰山。

高不可攀的冰山。

吕凤先的呼吸突然停顿了一下，一字字问道："上官金虹？"

上官金虹还是戴着顶大竹笠，压住了眉目，道："吕凤先？"

他非但没有回答，而且还反问。

吕凤先道："是。"

他终于回答了。

他回答了之后，就立刻后悔，因为他自觉在气势上已弱了一分，上官金虹已占取了主动。

上官金虹似乎笑了笑，冷冷道："很好，吕凤先总算还值得我出手。"

吕凤先冷笑道："你若非上官金虹，我也不屑杀你！"

他说了这句话，又后悔。

这句话虽也充满了冷傲之意，但听来却像是跟上官金虹学的。

上官金虹沉默了很久，目光突然自笠檐下射出扫向林仙儿。

林仙儿还倚着那棵树，温柔的眼波已渐渐变得炽热——

她知道很快就要看到血。

她喜欢看男人们为她流血。

上官金虹突然道："你过来。"

林仙儿仿佛怔了怔，瞧了吕凤先一眼，目光移向上官金虹。

吕凤先冷笑道："她绝不会过去。"

林仙儿又瞧了他一眼，目光又移向上官金虹。

她知道现在已必须在两人之间作一个选择。

这就像是在押宝，这一注她必须要押在胜的那一面。

但胜的会是谁呢？

上官金虹还是静静地站着，仿佛充满了自信。

吕凤先的呼吸却已有些不匀，似乎已有些不安。

林仙儿突然向他笑了笑。

他刚在暗中吐了口气，林仙儿却已燕子般投向上官金虹。

她终于作了选择。

她相信自己绝不会选错。

吕凤先的瞳孔在收缩，心也在收缩。

生平第一次，他忽然尝到了羞辱的滋味，也忽然尝到了失败的滋味——这是双重的痛苦！

这也是双重的打击，他的"自尊"和"自信"都已被打得粉碎。

他的手似已在发抖。

上官金虹冷冷地瞧着他，忽然道："你已败了！"

吕凤先的手抖得更剧烈。

上官金虹冷冷道："我不杀你，因为你已不值得我出手！"

他忽然转身，大步走出松林。

林仙儿跟在他身后，走了几步，忽然回眸向吕凤先一笑，柔声道："我劝你不如还是死了的好。"

这一战吕凤先还未出手，就已败了。

他心里先已承认自己败了。

这一战他虽未流血，但整个生命与灵魂却已全被摧毁，信心和勇气也已被摧毁。

望着上官金虹走出松林，他竟没有勇气追出去。

上官金虹虽未出手，却已无异夺去了他的生命。

"我劝你不如还是死了的好。"

活着，的确已很无趣了。

吕凤先突然扑倒在地上，失声痛哭了起来。

林仙儿赶上去，拉住上官金虹的手，柔声道："现在我才真的服了你了！"

上官金虹道："哦？"

林仙儿道："荆无命杀人出手虽然快，但你却比他更快十倍。因为……因为你杀人根本用不着出手。"

上官金虹淡淡道："那只因到现在我还未遇着一个人配我出手。"

林仙儿眼波流动，悠悠道："这世上能令你出手的人确实不多……也许只有一个。"

上官金虹道："李寻欢？"

林仙儿叹了口气，道："这人好像随时都可能倒下去，又好像永远都不会倒下去，有时候我实在想不透他是个怎么样的人，君子？呆子？还是英雄？"

上官金虹冷冷道："你对他好像一直都很有兴趣。"

林仙儿笑了笑，道："我一定要对他有兴趣，因为我不愿死在他手上。"

上官金虹道："哦？"

林仙儿道："一个人对自己的情人就算再有兴趣，日子久了，也会渐渐变淡的，但对自己的敌人，反而不同了。"

她仰面凝注着上官金虹，道："这道理我想你一定比谁都明白？"

上官金虹道："兴趣也有很多种，你是恨他，怕他，还是爱他？"

林仙儿又笑了，道："你现在好像也渐渐变得会吃醋了。"

上官金虹沉默了半晌，道："阿飞呢？"

林仙儿嫣然道："他当然也会吃醋。"

上官金虹道："我只是在问你，你为何不杀他？"

林仙儿道："我也想问你，荆无命为何不杀他？"

上官金虹道："我本要你自己下手的，你难道不忍？"

林仙儿眨着眼，道："要杀人很容易，若要一个人甘心听你的话，那就困难多了，到现在为止，我还没有找到一个像他那么样听话的人。"

她忽然倒入上官金虹怀里，柔声道："我来找你，并不是为了要跟你吵架，你若真的要我杀他，以后的机会还多得是，我一定听你的话。"

没有人能对她发脾气。

她就像是一只最乖的小猫，就算偶尔会用爪子抓抓你，但你还没有感觉到疼的时候，她已经在用舌头舔着你了。

上官金虹凝视着她的脸。

她的脸在淡淡的夕阳下看来，仿佛用手指轻轻一触就会破，连最温柔的春风也比不上她的呼吸。

上官金虹的头也渐渐垂下……

他的嘴唇已将触及她，她突然从他怀抱中倒了下去，倒在地上。

上官金虹的瞳孔也就在这同一刹那间收缩了起来，但他的姿势还是没有变，连指尖都没有动。

他也没有去瞧林仙儿一眼，只是冷冷地瞧着面前一片已枯黄的草地。

地上什么也没有，过了很久，才慢慢地现出了一条人影。

有人来了！

夕阳将这人的影子拖得很长。

没有脚步声，这人的脚步声轻得就像是一匹正在猎食的狐狸。

上官金虹还是没有回头，倒在地上的林仙儿却已开始在呻吟。

人影更近了，就停在上官金虹身后。

一人缓缓道："我从来不在背后杀人，但这一次，却也是例外！"

这人的声音本是冷酷而坚定的，此刻却已因紧张与愤怒而发抖。

这的确是种准备要杀人的声音。

上官金虹非但神色不变，连一个字都没有。

地上的人影，手已抬起。

手里有剑，却迟迟未刺出，突然厉声道：“你还不回头？”

上官金虹淡淡道：“在背后杀人，也一样能杀得死的，又何必回头？”

这句话说完，呻吟声也已停止。

林仙儿的眼睛已张开，突然失声而呼：“阿飞！”

呼声中她已自上官金虹身旁冲了过去，她的影子立刻和地上的人影交叠在一起。

上官金虹凝注着地上的两条人影，忽然开始慢慢地向前走……慢慢地踩上了这两条人影。

阿飞手里的剑已跌下。

林仙儿拉着他的手，正反反复复地低语：“你果然来了，我知道你一定会来的……”

就只这两句话，她已不知说了多少遍，每说一遍，她的声音就会变得更轻、更缓、更柔和、更甜美。

这种声音足以令冰山融化。

阿飞的心正在融化。所有的紧张、愤怒、仇恨都已融化。

林仙儿道：“我知道你回去见不到我，一定会很着急，一定会找我。”

看到阿飞苍白憔悴的脸，她眼圈也红了，凄然道：“为了找我，你一定吃了不少苦。”

阿飞的声音也已有些哽咽，缓缓道：“我已找到你，这已足够。”

不错，只要能找到她，无论要多大的代价，他都不在乎。

只要能找到她，无论什么他都可忍受。

“我已找到你，这已足够。”

九个字，只有短短九个字，但这九个字中所包含的情意，纵然用九十万个字，也未必能完全描述得出。

突然间，剑光一闪。

跌落在地上的剑突然被挑起，剑光如灵蛇一闪，落入了一个人的手。

上官金虹不知何时已来到他们面前。

他冷漠的目光凝注着剑锋——这只不过是柄很普通的青铜剑，是阿飞在半途中从一个镖客身上“借”来的。

但上官金虹却像是对这柄剑很有兴趣。

只要有林仙儿在身侧，就没有别的事再能吸引阿飞。

直到现在，他才想起这里还有个人——他本来想杀的人。

此刻他的剑却已到了这人手上。一只稳定得出奇的手，这种手只要握住了剑柄，就随时都可能将剑锋送入别人的心脏。

这柄平凡的青铜剑似也突然变得有了剑气、杀气。

阿飞厉声道：“你是谁？”

上官金虹没有回答，也没有瞧他一眼，冷漠的目光还是停留在剑锋上，嘴角仿佛带着一丝微笑，轻蔑的微笑。

他淡淡笑着：“你就想用这柄剑来杀我？”

阿飞道：“这柄剑又如何？”

上官金虹道：“这柄剑不能杀人。”

阿飞道：“无论什么样的剑，都是可以杀人的！”

上官金虹笑了笑，道：“但这却不是你用的剑，你若用这柄剑，只能杀得死你自己。”

剑光又一闪，剑已倒转。

上官金虹手捏着剑尖，将剑柄递了过去，微笑着道：“你若不信，不妨试试。”

阿飞的手虽未伸出，臂上的肌肉已紧张。

他忽然发觉自己在这人面前，始终总是被动的，在别人面前他未有过这种感觉，这种感觉令他紧张得连胃都似乎在收缩，似已要呕吐。

但他又怎能不将这柄剑接过来？

他的手终伸出，刚伸出，剑柄已被另一只手抢了过去——一只柔若无骨、春葱般的手。

林仙儿的眼中似已有泪，道：“你要杀他？你可知道他是谁？”

林仙儿接道：“他是我的恩人。”

第六十五章

利 用

阿飞道：“恩人？”

林仙儿道：“吕凤先一直在逼我，折磨我，我想死都不能，若不是他救了我，我只怕已……”

说到这里，她的泪已流下。

阿飞怔住。

林仙儿流着泪道：“我本来以为你会为我报答他的，可是现在，现在你……”

上官金虹突然道：“杀人，也是许多种报答的方法之一。”

林仙儿转过头，道：“你……你要他为你杀人？”

上官金虹道：“他欠我一条命，为何不该将另一人的命拿来还我？”

林仙儿道：“你救的是我，不是他。”

上官金虹道：“你的债就是他的债，是么？”

林仙儿转回头，凝注着阿飞。

阿飞咬着牙，一字字道：“她的债，我还！”

上官金虹道：“你不欠人的债？”

阿飞道：“从不！”

上官金虹嘴角又有了笑意，道：“你准备用谁的命来还我？”

阿飞道：“除了一个人，都可以。”

上官金虹道：“除了谁？”

阿飞道：“李寻欢！”

上官金虹冷笑道：“你不敢去杀他？”

阿飞目中充满了痛苦，道：“我不敢，因为我欠他的更多。”

上官金虹居然笑了，道：“很好，你既不欠他，也就不会欠我。”

阿飞道："你要我去杀谁？"

上官金虹慢慢地转过身，道："你跟我来。"

夜已临，阿飞并没有挽着林仙儿的手，因为他心里突然感觉到一阵奇异的不安，却说不出是为了什么？

上官金虹走在他前面，没有回头。

可是阿飞总觉得自己仿佛还是在他的目光逼视下，心里总觉得有一种无法形容的压力。

走得愈远，压力愈重。

天畔已有星升起，四野空阔，风已住。

四下听不到一丝声音，连秋虫的低诉都已停止。

天地间唯一的声音，只剩下他们的脚步声——

阿飞忽然发觉自己也有了脚步声，而且仿佛正在和上官金虹的脚步配合，一声接着一声，配合成一种奇特的节奏。

一只蟋蟀自枯草丛中跃出，竟似被这种奇特的脚步声所惊，突又跃了回去——连这脚步声中都仿佛带着种杀气。

这是为了什么？

阿飞走路一向没有声音，现在他的脚步怎会忽然重了？

这又是为了什么？

阿飞垂下头，突然发现了这原因——他每一步踏下，竟都恰巧在上官金虹的前一步和后一步之间。

他踏下第一步，上官金虹才踏下第二步，他踏下第三步，上官金虹立刻踏下第四步——从来也没有错过一步。

他若走快，上官金虹也走快，他若走慢，上官金虹也走慢。

开始时，当然是上官金虹在配合他的。

但现在，上官金虹走快，他脚步也不由自主跟着快了，上官金虹走慢，他脚步也慢了下来。

他的步法竟似已被上官金虹所控制，竟无法摆脱得开。

阿飞掌心沁出了冷汗。

但也不知为什么，他心里却又觉得这种走法很舒服，觉得身上每一根肌肉也都已放松。

他身心都似已被这种奇异的节奏所催眠。

这节奏竟似能摄人的魂魄。

林仙儿显然也发觉了，美丽的眼睛里突然露出一种混合着警惕、恐惧和怨恨的恶毒之意。

阿飞是她的。

只有她才能控制阿飞。

她绝不许任何人从她这里将阿飞抢过去。

荆无命还是站在那里，站在方才他脚步停下来的地方。

日斜，日落，夜临，星升起……

他的人没有移动，目光也没有移动，还是停留在路的尽头，方才上官金虹的身影正是从此处消失的。

现在，上官金虹的身影又自此处出现。

荆无命首先看到他那顶宽大的斗笠，宽大的黄袍，看到他手里的青铜剑，剑光在星光下闪动。

然后，荆无命就看到了阿飞。

若是别人远远见到，一定会以为此刻走在上官金虹身后的人是荆无命，因为两人走路的步伐，竟如此奇特。

谁也想不到阿飞竟已取代了荆无命的位置。

荆无命的眼色更灰暗，黯得就像是无星无月、黎明前将晓的夜空，空空洞洞的，没有生命，甚至连“死”的味道都没有。

什么都没有。

他的脸却比眼色更空洞，更呆滞。

上官金虹渐渐走近了，突然在他面前停下。

阿飞的脚步竟也停下。

上官金虹目光遥视着远方，并没有瞧荆无命一眼，突然伸手，抽出了荆无命腰带上插着的剑，淡淡道：“这柄剑你已用不着了。”

荆无命道：“是。”

他的声音也空洞得可怕，连他自己都不能确定是否从自己嘴里说出来的。

上官金虹手里还是捏着那柄青铜剑的剑尖，将剑柄递了过去，道：“这柄剑给你。”

荆无命慢慢地伸出手，接过剑。

上官金虹缓缓道："现在你反正用什么剑都没有分别了。"

他的人已走了过去，自始至终，从未瞧过荆无命一眼。

阿飞也走了过去，也没有瞧他一眼。

林仙儿却向他嫣然一笑，柔声道："死，难道真的很困难么？"

一片乌云掩住了星光。

突然间，霹雳一声，暴雨倾盆。

荆无命还是动也不动地站在那里，站在暴雨中。

他全身都已湿透，眼角有水珠流落，是雨，还是泪？

荆无命又怎会流泪？

不流泪的人，通常只流血。

剑，薄而锋利，也没有剑锷。

灯光很稳定，剑光闪动，青光。

窗子是关着的，窗外雨如注，屋子里没有风。

阿飞在稳定的灯光下，凝注着这柄剑，目光也已久久未移动。

上官金虹却在凝注着他，悠然道："你看这柄剑如何？"

阿飞长长吐出口气，道："好，很好。"

上官金虹道："比你以前用的剑如何？"

阿飞道："更轻些。"

上官金虹突然自他手中取过剑，用两根手指将剑尖一拗，剑身立刻变成了圆圈，又"嗡"的一声，反弹了出去。

嗡嗡之声如龙吟，良久不绝。

阿飞冷漠的眼睛已炽热。

上官金虹嘴角带着笑意，道："这比你以前用的剑如何？"

阿飞道："我的剑如此一拗，已断了。"

上官金虹一反手，剑削出。

桌上的茶杯立被削断，如削腐竹。

阿飞忍不住脱口赞道："好剑！"

上官金虹缓缓道："的确是柄好剑，虽轻而不钝，虽薄而不脆，刚中带柔，柔中带韧，只因这柄剑看来虽粗劣简陋，其实却是当今铸剑的第一高手古大师的精品，而且是特地为荆无命淬炼的。”

他忽然向阿飞笑了笑，淡淡道：“你的剑路，仿佛和荆无命相同，是么？”

阿飞道：“有几分相同。”

上官金虹道：“他出手虽比你更毒更狠，但你却比他更稳更准，只因你比他能等，所以这柄剑你用来可能比他更合适。”

阿飞沉默了很久，缓缓道：“这不是我的剑。”

上官金虹道：“剑本无主，能者得之。”

他慢慢地将剑递过去，目中闪动着一种奇特的笑意，道：“现在，这柄剑已是你的了。”

阿飞又沉默了很久，还是说出了同样的一句话：“这不是我的剑。”

上官金虹道：“只有这柄剑，才是你的剑，因为只有用这柄剑，你才能杀得了别人。”

他忽又笑了笑，接着道：“说不定也能杀得了我。”

这一次，阿飞沉默得更久。

上官金虹悠然道：“你欠我的，所以要为我杀人，我给你杀人的剑，这本就很公道。”

阿飞终于伸出手，接过了剑。

上官金虹道：“好，很好，有了这柄剑，明天你的债就可还清了！”

阿飞道：“你要我杀谁？”

上官金虹缓缓道：“我要你杀的人，绝不会是你的朋友……”

这句话未说完，他已走了出去，掩起门。

只听他语声在门外道：“这两人都是我的客人，明日正午前，谁也不许打扰。”

现在，屋子里又只剩下阿飞和林仙儿两个人了。

林仙儿坐在那里，头始终未曾抬起。

上官金虹在这屋里也待了很久，始终没有瞧过她一眼。

她也没有开过口，只有在阿飞伸手去接剑，她嘴唇才动了动，仿佛想说什么，却又忍住。

现在，屋子里只剩下他们两人，林仙儿忽然道：“你真的要为他去杀人？”

阿飞叹了口气，道：“我欠他的，而且我已答应。”

林仙儿道：“你可知道他要你去杀谁？”

阿飞道：“他还没有说。”

林仙儿道：“你猜不出？”

阿飞道：“你已猜出？”

林仙儿缓缓道：“若是我猜得不错，他要你杀的人，一定是龙啸云。”

阿飞皱眉道：“龙啸云？为什么？”

林仙儿笑了笑，道：“因为龙啸云想要利用他，他却一向只会利用别人。”

阿飞默然半晌，一字字道：“龙啸云本就早该死了的！”

林仙儿道：“但你绝不能出手。”

阿飞道：“为什么？”

林仙儿没有回答，却反问道：“你可知道上官金虹为什么要你替他下手？”

阿飞沉吟着，道：“要别人去杀人，总比自己去杀容易。”

林仙儿道：“但上官金虹要杀龙啸云，也不过是举手之劳而已，何况，金钱帮门下高手如云，莫说一个龙啸云，就算有一百个、一千个，金钱帮还是一样可以杀得干干净净。上官金虹纵然自己不屑出手，为何不令他属下出手？”

阿飞道：“你知道这原因？”

林仙儿笑了笑，道：“我当然知道……再过两天，就是初一了。”

阿飞道：“初一又如何？”

林仙儿道：“江湖中人人都知道，下个月初一，上官金虹就要和龙啸云结为兄弟。”

阿飞皱眉道：“上官金虹的眼睛莫非瞎了？”

林仙儿道：“他自然不屑和龙啸云结为兄弟，却又不愿背上失言背信的恶名，所以，唯一的法子就是将龙啸云杀了。”

她微笑着，缓缓道：“活人自然不能和死人结为兄弟的，是么？”

阿飞没有说什么。

林仙儿道：“但两人既已有结义之约，上官金虹自己就不能下手，也不能动用金钱帮的力量，所以才会来利用你。”

她叹了口气，接着道：“要杀龙啸云，你的确比任何人都合适。”

阿飞道：“为什么？”

林仙儿道：“因为……你不是金钱帮的人，却是李寻欢的朋友，龙啸云对不起李寻欢，江湖中已有很多人知道。”

她又叹了口气，接着道：“所以，你杀了龙啸云，别人一定会认为你是在替李寻欢出气，谁也不会怀疑到上官金虹头上。”

阿飞冷冷道：“就算不为任何人，我也不容这种人活在世上。”

林仙儿道：“可是，你若杀了龙啸云，上官金虹就会杀你。”

阿飞默然。

林仙儿道：“他杀你不但是为了要灭口，还要别人认为他是在替龙啸云复仇，认为他很够义气。”

阿飞目光移向手中的剑。

林仙儿眼波流动，道：“上官金虹武功深不可测，你……你绝不是……”

她没有说完这句话，忽然投入阿飞怀里，柔声道：“趁他不在，我们赶快逃吧。”

阿飞道：“逃？”

林仙儿道：“我知道你从不逃，但为了我，你能不能委屈一次？”

阿飞道：“不能。”

林仙儿咬着嘴唇，道：“为了我也不能。”

她的声音已发抖，泪已将落。

她又用出了她的武器。

阿飞却没有瞧她，目光仿佛已到了远方，缓缓道：“就因为你，我才不能这么样做。”

林仙儿道：“为什么？”

阿飞缓缓道：“为了你，我绝不能做食言背信的懦夫。”

林仙儿道：“可是……可是……”

她终于伏在阿飞胸膛上，痛哭起来，继续着道：“我不管你是英雄也好，懦夫也好，我爱的只是你，我只想要你活着，陪着我。”

阿飞冷漠的目光似已又将融化，轻抚着她的柔发，道：“我现在不是在陪着你么？”

林仙儿道：“可是明天呢？以后呢？……”

她紧紧搂住了他，用鼻尖在他胸膛上摩擦，道：“只要你这一次依了我，我以后什么都依你。”

阿飞的手忽然缩回。

他目光忽然间又恢复了坚定，一字字道：“我什么事都可以依你，只有这件事不能。”

林仙儿道：“为什么……为什么……为什么……”

阿飞道：“活也有很多种方式，你若真的为我好，就该让我好好活下去，堂堂正正地活下去。”

林仙儿道：“活就是活，总比死好。”

第六十六章

怒 火

阿飞道："以前我也认为如此，但现在，我却已知道，有时活着还不如死了的好。"

林仙儿咬着嘴唇，道："这话简直不像你说的，就像李寻欢说的，只有像他这样孤独的人才会说得出这种可笑的话。"

阿飞目中又露出了痛苦之色，道："你认为这话很可笑？"

林仙儿道："当然可笑，假如每个人想法都和他一样，世上也不知有多少人早就该去死了，别人既然都不……"

阿飞突然打断了她的话，缓缓道："我不是别人，我就是我！"

林仙儿凝注着他的脸，幽幽道："我发现你对他比对我好，是么？"

阿飞的嘴闭起，闭成了一条线。

林仙儿黯然道："可是，你为什么不想想，他总是要你为他杀人，我只不过是要你为我活下去，我对你难道不比他好得多？"

阿飞终于长长叹了口气，道："可是，我不能让他觉得我只要跟你在一起，就会消沉，我一定要他明白，我只有跟你在一起，才能振作！"

林仙儿泪又流下，道："我有时真不明白，你心里想的究竟是什么？"

阿飞道："我想的很简单，所以不会改变。"

愈简单，变化就愈少。

林仙儿抬起了泪眼，盯着他，道："永远也不会改变？"

阿飞道："永远！"

他的回答也很简单。

林仙儿站起来，慢慢地走到窗前。

窗外悄无人声，甚至连虫鸣鸟语都听不见——无论是哪一种生命，只要到了这里，生命的价值都会突然变得很卑贱。

在这里，最真实的感觉就是“死”，无论你是坐着，还是站着，无论你是在窗内，还是在窗外，随时随地都能感觉到它的存在。

良久良久，林仙儿才叹了口气，道：“我忽然发觉你和李寻欢之间的关系，很像上官金虹和荆无命。”

阿飞道：“哦？”

林仙儿道：“荆无命这个人几乎完全是为了上官金虹而活着的，上官金虹当然也对他很好，直到现在……”

她嘴角带着种辛涩的笑意，缓缓接着道：“现在荆无命已失去了利用的价值，立刻就被上官金虹像野狗般赶了出去，这样的结局，只怕是他做梦也想不到的。”

阿飞道：“也许他早就想到了。”

林仙儿道：“他若早知结局如此，还会那么样做？”

阿飞道：“他会，因为他别无选择的余地。”

林仙儿道：“你呢？”

阿飞不说话了。

林仙儿道：“李寻欢对你好，只因为这世上唯有你能真正地帮助他，除了你，他几乎完全孤立，但等你也没有利用价值的时候，他是不是也会像上官金虹对荆无命那样对你？”

阿飞沉默了很久，突然道：“你回过头来！”

这句话他说得很慢，但却很坚决、很严厉。

他从未对林仙儿这么样说过话。

林仙儿扶在窗棂上的手忽然握紧，道：“回过头去？为什么？”

阿飞道：“因为我要告诉你两件事。”

林仙儿道：“这样我也能听得见。”

阿飞道：“但我却要你看着我，有些话，你不但要用耳朵听，还要用眼睛，否则你就永远不能了解它的意思。”

林仙儿的手握得更紧，但终于还是回过了头。

她看到阿飞的眼睛，已了解他的意思。

阿飞的眼睛突然变得几乎和上官金虹完全一样了。

一个人的眼睛若是变成这样子，那就表示他无论说什么你都只有听着，而且绝不能违背。

否则你就一定要后悔的。

在这一瞬间，林仙儿才知道自己错了。

她本来一直以为自己已完全控制住阿飞，现在才知道这想法错得多么厉害。

阿飞的确是爱她的，爱得很深。

但在一个男人的生命中，却还有很多很多比“爱”更重要的事——比生命都重要的事。

阿飞以前一直对她很顺从，那只因为她还没有触及这些事。

她可以要他为她死，却绝不能要他将这些事抛弃。

又过了很久，林仙儿才笑了笑，道：“你要对我说什么？我在听着。”

她笑得还是很甜，却已有些勉强。

阿飞道：“我要你明白，李寻欢是我的朋友，我不许任何人侮辱我的朋友……任何人！”

林仙儿垂下了头，道：“还有呢？”

阿飞道：“你刚才说的那些话，不但低估了我，也低估了荆无命。”

林仙儿霍然抬起头，目中充满了惊讶和疑问，道：“他？……”

阿飞道：“他走，只因为他要走，并不是被人赶走的。”

林仙儿道：“可是，我不懂……”

阿飞道：“你不必懂，你只要记着。”

林仙儿又垂下了头，幽幽道：“你说的每一句话，我都永远记着，我只希望你也莫要忘记，你说过……你对我永远都不会变心的。”

阿飞凝注着她，良久良久。

他心里就算有座冰山，此刻也已被融化。

他慢慢地走了过去，走向她，她身上仿佛有种奇异的力量在吸引着他，令他完全不能抗拒。

林仙儿却闪开了，仿佛生怕沾着他，道：“今天不要……”

阿飞的身子突然僵硬。

林仙儿却又笑了，柔声道：“今天你一定要好好休息，快睡吧，我会守在你旁边的。”

上官金虹站在那里，眼睛瞧着门，像是在等待。

他在等什么？

门外守候的人都已撤走，因为上官金虹已吩咐过他们：“今天晚上有人要来，我不许任何人打扰他。”

是谁要来？

上官金虹为什么对他如此重视？

上官金虹无论做什么事都有目的，这次他的目的是什么？

夜深，更静。

阿飞闭着眼，呼吸很均匀，似已睡得很酣。

其实他却是完全清醒着的，几乎从来也没有如此清醒过。

他一直很少睡不着，因为他不到非常疲倦的时候，绝不会睡下去，这些日子来，他却是只要一沾着枕头，就立刻睡着。

但现在，他却失眠了。

林仙儿就睡在他身旁，呼吸得也很均匀。

阿飞只要一翻身，就可拥抱起她温暖和柔软的胴体。

但他却勉强控制自己，连看都不敢看她一眼，他生怕自己看了她一眼，意志就会完全崩溃。

林仙儿永远都如此信任他，他怎能做这种事？

但他却还是能感觉到她那带着甜香的呼吸，他几乎要用出他所有的精神和力气，才能勉强将自己控制。

这绝不是件很好受的事。

欲望就像是浪潮，一阵平静了，立刻又有一阵卷了过来。

他不断地忍受着煎熬，简直就像是一条在热锅里的鱼。

他怎么能睡得着？

林仙儿的呼吸仿佛更沉重，可是她的眼睛却已慢慢地睁开。

发亮的眼睛在黑暗中静静地凝注着阿飞。

凌乱的头发，搭在他宽阔的前额上，他睡得就像是个孩子。

林仙儿忽然发现他的睫毛也很长，仿佛想伸手去轻轻抚摸……

在这一瞬间，她若真的伸出了手，阿飞以后也许就永远是她的了，也许就会为她抛却一切，放弃一切。

在这一瞬间，她的目光是温柔的，但却只不过是短短一瞬间而已，她的手已缩回，温柔的眼波也结成了冰，却轻唤道："小飞你睡着了么？"

阿飞没有回答，也没有张开眼睛。

他不敢。

他怕自己……

林仙儿又等了很久，忽然悄悄地滑下床，悄悄地提起了鞋子。

她手提鞋，悄悄地开门走了出去。

这么晚了，她还要到哪里去？

阿飞心上仿佛突然被刺入了一根针，刺得他的心在收缩。

"眼不见心不烦，有些事，你永远不知道反而好。"

阿飞也懂得，真实往往最残酷、最伤人。

只可惜他却再也无法控制住自己。

门开了。

上官金虹目中突然闪过一丝笑意。

他笑的时候甚至比不笑时还残酷。

林仙儿掩起门，靠在门上，凝注着他，"噗"的一声，手里提着的鞋子落下去一只，又落下去一只。

她长长叹息了一声，道："你早就算准我会来的，是不是？"

上官金虹道："是。"

林仙儿咬着嘴唇，道："可是我……我自己却不知道我为什么要来。"

上官金虹道："我知道。"

林仙儿道："你知道？"

上官金虹道："你来，因为你已发现阿飞并不如你想象中那么可靠，你若还想活着，活得很好，就只有来投靠我。"

林仙儿道："你……你可靠么？"

上官金虹笑了笑，道："那就得问你自己了。"

世上本没有绝对可靠的男人。

一个男人是否可靠，全得要看那女人的手段对他是否有效。

这道理林仙儿当然很明白。

她也笑了，道："你一定会很可靠的，因为我永远不会让你觉得失望。"

开始的时候，她用眼睛笑。

然后，她再用手，用腰肢，用腿……

她似已下决心，不惜用任何法子，都要将这男人缠住。

她以最快的速度，用出了她最有效的武器。

在男人眼中，世上绝没有任何一样东西比赤裸着的女人更有吸引力，何况是林仙儿这样的女人。

奇怪的是，上官金虹的眼睛却还是在盯着门。

他似乎觉得这扇门比她还好看得多。

林仙儿喘息着，道："抱起我，我……我已经走不动了。"

上官金虹抱起了她，但眼睛还是盯着门。

"砰"的一声，门竟被撞开。

一个人撞了进来，就像是一团燃烧着的火。

怒火！

阿飞！

没有人能形容阿飞现在的愤怒，也没有人能想象。

上官金虹目中却已闪过一丝笑意。

"他难道也早就算准阿飞要来的？"

阿飞像是完全没有看到他。

他眼睛里简直连任何人都看不见，看到的只是个噩梦。

他全身都在颤抖。

林仙儿却连眼睛都没有转一转，还是勾着上官金虹的脖子，道："到你这里来的人，难道都不敲门的吗？"

阿飞突然反手一拳，打在门上。

是铁门。

阿飞的拳头已出血，疼得嘴唇发白。

但世上又有哪种痛苦能比得上他此刻心里的痛苦。

林仙儿却笑了，道："原来这人是疯子。"

阿飞终于爆发，狂吼道："原来你竟是这种女人。"

林仙儿淡淡道："你想不到么……其实我一直都是这种女人，从来也没有改变过，你想不到只因为你自己太愚蠢。"

她冷笑着，接道："你只要稍微聪明些，就不该来的！"

阿飞厉声道："我已来了。"

林仙儿道："你来了又有什么好处？难道还能咬我一口？……我跟你有什么关系？你能管得了我？我无论干什么，你都只有看着。"

阿飞的眼睛里本似有泪，但此刻泪似已突然凝结成冰。

他的眼睛似已变成了死灰色。

绝望的死灰色，就像是荆无命眼睛的颜色。

他的血泪似已在这一瞬间流尽，生命似已在这一瞬间终止。

他仿佛突然变成了个死人。

"不该来的，的确不该来的……"

明知不应该，为什么要来呢？

人们为什么总是会做出些不应做的事来伤害自己？

第六十七章

自取其辱

阿飞也不知自己是怎么走出去的。

上官金虹一直冷冷地瞧着他，瞧着他走出去。

林仙儿透出口气，柔声道：“我是全心全意地对你，你现在总该相信了吧。”

上官金虹道：“我相信。”

这句话只有三个字，三个字还没有说完，他已将林仙儿重重摔在床上，大步走了出去。

林仙儿的身子也已僵硬。

但她面上的表情既不是悲哀，也不是愤怒，而是恐惧。

当她发现自己并没有真的完全征服阿飞时，也有过这种恐惧，只不过恐惧得还没有如此深。

“我究竟做了些什么？又得到了什么？”

“什么才是真正可靠的？”

她慢慢地站起来，将方才脱下的衣服一件件拾起，一件件叠好，叠得很慢，而且很仔细。

等她四肢的肌肉又恢复柔软，她就又躺了下去，摆出了最甜蜜的微笑，最动人的姿势。

她决心还要试试。

甬道的尽头，有道门坎。

阿飞像逃一般奔到这里，忽然绊到了门槛，“噗”的一声跌出门外。

他就这样平平地跌了下来，就这样平平地伏在地上，既没有动，也没有爬起，甚至什么都没有去想。

在这种时候，他脑子里竟会突然变成一片空白。

这真是件奇怪的事。

秋已残，干燥的泥土中带着种落叶的芬芳。

阿飞用嘴啃着泥土，一口口咽了下去。

粗涩干燥的泥土，慢慢地经过他的咽喉，流入他的肠胃。

他似乎想用泥土来将自己填满。

因为他整个人都已变成空的，没有思想，没有感觉，没有血肉，没有灵魂，二十几年的生命，到现在竟只剩下一片空白。

上官金虹已走了出来，静静地瞧了他半晌，从他身上跨了过去，走到他屋子里，取出了那柄剑。

“哧”的一声，剑插下。

就贴着阿飞的脸，插入了泥土中。

冰冷的剑锋，在他面颊上划破了一条血口，血沿着剑锋渗入泥土。

上官金虹的声音比剑锋更锐利，冷冷道：“这是你的剑！”

阿飞没有动。

上官金虹道：“你若想死，很容易！”

阿飞还是没有动。

上官金虹道：“你现在若死了，绝没有人会为你悲哀，更没有人会觉得可惜，不出三天，你的尸体就会像野狗般腐烂在阴沟里。”

他冷笑着，接道：“因为一个人若为了那种女人而死，简直连狗都不如。”

阿飞突然跳了起来，反手拔出了剑。

上官金虹背负着双手，冷冷地瞧着他。

阿飞的眼睛血红，嘴里塞满了泥土，看来就像是野兽。

上官金虹道：“你想杀我，是不是？为什么还不出手？”

阿飞的手颤抖，手背上一根根青筋暴露。

上官金虹道：“你若想去杀她，我也绝不阻拦你。”

阿飞霍然转身，又停住。

上官金虹冷笑道：“难道你现在已连杀人的胆子都没有了？”

阿飞突然弯下腰，呕吐起来。

上官金虹的目光渐渐柔和，道：“我也知道你现在活着比死困难得多，你现在若死了，就是逃避，我想你绝不是这样的懦夫。”

他缓缓接着道：“何况，你答应我的事，现在还没有做。”

阿飞的呕吐已停止，不停地喘息着。

上官金虹道：“你若还有勇气活下去，现在就跟着我走！”

他骤然转过身，再也不瞧阿飞一眼。

阿飞望着自己吐在地上的东西，突然也转过身，跟着他走了出去。

他始终没有流泪。

不流泪的人，只流血。

他已准备流血。

穿过侧门，还有个小小的院子。

院子里一株孤零零的白杨正在秋风中叹息，叹息着生命的短促，人的愚蠢，竟不知对这短促的生命多加珍惜。

还有灯光。

灯光从门缝里照出来，照在上官金虹脚上。

上官金虹停住了脚，忽然转身拍了拍阿飞的肩头，道：“挺起胸膛来，走进去，莫要让人瞧着恶心。”

阿飞走了进去。

这屋子里有什么人？

上官金虹为什么将他带到这里来？

阿飞根本不去想。

一个人的心若已死，还有何惧？

屋子里有七个人。

七个绝顶美丽的女人。

七张美丽的笑脸都迎着他，七双美丽的眼睛都瞧着他。

阿飞怔住了。

上官金虹目中又闪过一丝笑意，悠然道：“你看，世上美丽的女人并不止她一个，是么？”

少女银铃般笑了，走过来，拉住了阿飞的手。

脂粉中还有酒香。

屋角堆着几只箱子。

上官金虹打开了一只箱子，灯光立刻黯淡了下去。

箱子里珠光宝气辉煌。

上官金虹道："你只要有这么样一口箱子，至少也可以买到一百个少女的心。"

少女们吃吃笑着道："我们的心已经是他的了，用不着再买。"

上官金虹笑了笑，道："你看，会说甜言蜜语也不只她一个，这本是女人天生就会说的。"

少女们道："我们说的是真话。"

上官金虹道："真就是假，假就是真，真真假假，本不必太认真。"

他慢慢地走到阿飞面前，凝注着他，道："你还想死么？"

阿飞将一壶酒全都喝了下去，突然仰面大笑道："死？谁想死？"

上官金虹笑了，道："好，只要你活下去，这些全都是你的！"

阿飞用力抱起了一个少女。

他抱得这么紧，似乎想将她揉碎。

上官金虹悄悄退了出去，悄悄掩起了门。

笑声不停地从门里传出来。

上官金虹负手走到院中，仰望着天边残月，喃喃道："明天一定也是好天气……"

上官金虹喜欢好天气。

天气好的时候，血干得快，人死得也快。

好天气。

飞沙、尘土、长街。

阳光新鲜而强烈。

一骑快马，自"如云客栈"内飞驰而出。马上人浓眉环眼，神情剽悍，身上的黄衣服敞开，铁一般的胸膛迎着阳光和飞沙。

他心里只想着一件事。

"将阿飞带到这里来，要他杀两个穿紫红衣裳的人！"

这是上官金虹的命令！

金钱帮属下，只要得到上官金虹的命令，心里就再也不会去想别的。

龙啸云的脸色，几乎就和他身上的衣服一样，红得发紫。

他并没有喝酒。

权力之醉人，比酒更强烈。

上官金虹居然亲自来迎接他，这是何等威风，何等光彩！

他恨不得将武林中所有的人全都请到这里来，瞧瞧他今日的威风和光彩。

只可惜来的人并不多。

在江湖中混的人，也并不是每个人都喜欢惹麻烦的。

酒筵已张。

三杯酒下肚，龙啸云的脸更红了，举杯笑道：“大哥的隆情厚意，实令做兄弟的永生难忘，来，兄弟敬大哥一杯。”

上官金虹淡淡道：“我从不沾酒。”

站在身后的龙小云立刻倒了杯茶过来，赔笑道：“既然如此，老伯就以茶代酒如何？”

上官金虹道：“我也不喝茶。”

龙啸云怔了怔，勉强笑道：“大哥平日喝的是什么？”

上官金虹道：“水。”

龙啸云又怔了怔，道：“只喝水？”

上官金虹道：“水能清心，只喝水的人，心绝不会乱。”

龙小云已倒了杯水过来，双手奉上，道：“这是净水。”

上官金虹道：“我只有渴的时候才喝水，现在我不渴。”

龙啸云脸色已有些发苦。

龙小云还是面不改色，赔笑道：“既然如此，小侄就替老伯喝一杯如何？”

上官金虹道：“你倒的，你喝。”

龙小云将一杯茶、一杯酒、一杯水，全都喝了下去，缓缓道：“古人歃血为盟，以示高义，老伯与家父都是通达之士，自然不必如此看重形式，但香烛之礼却总是不可少的。”

上官金虹道：“香烛又有什么用？”

龙小云道：“祀天地，祭鬼神。”

上官金虹道："鬼神不来祭我，我为何要祭他？"

龙小云笑道："不错，像老伯这样的盖世英雄，鬼神必也十分相敬。"

上官金虹道："我不敬他，他为何要敬我？"

龙小云咳嗽了两声，赔笑道："那么，老伯的意思……"

上官金虹板着脸道："是令尊要和我结拜，还是你？"

龙小云道："当然是家父。"

上官金虹冷冷道："那么你就站到一边去。"

龙小云躬身道："是。"

他垂手退下，居然还是面不改色。

龙啸云脸上却已有些发青，勉强道："犬子无礼，大哥千万莫要见怪。"

上官金虹突然一拍桌子，厉声道："这样的儿子，怎能说是犬子？"

他忽又长长叹了口气，道："只可惜他不是我的儿子。"

龙啸云呆在那里，还不知该说什么才好。

只见一条浓眉环目的大汉匆匆奔了进来，匆匆磕了个头，转到上官金虹的身后，躬身低语道："令已传去，只不过……"

上官金虹道："只不过怎样？"

大汉的声音更低，道："看来他已醉了，醉得很厉害。"

上官金虹皱了皱眉，道："用冷水泼，若泼不醒，就用尿。"

大汉道："是！"

他心里实在佩服极了。

除了死人外，世上绝没有连尿也泼不醒的人。

龙啸云也没有听到他们在说什么，试探着道："大哥莫非在等人？"

上官金虹道："谁配要我等？"

龙啸云道："既然人都已到了，大哥为何还不……"

上官金虹忽然向他笑了笑，打断了他的话，道："贵庚？"

龙啸云道："虚长五十一。"

上官金虹道："你比我大，是否我该叫你一声大哥才对？"

龙啸云赶紧离席而起，赔笑道："年无长幼，能者为师，大哥千万莫折煞小弟。”

上官金虹淡淡道：“既然我是大哥，你就该听我的。”

龙啸云道：“是。”

上官金虹道：“好，坐下来喝酒……先敬这些朋友一杯。”

能坐在这桌子上喝酒的人，面子必定不小。

但坐在这里喝酒，简直是受罪。

上官金虹根本没有动过筷子，别人也觉得手里的这双筷子仿佛有几百斤重，哪里吃得下去。

只听上官金虹道：“酒菜已叫来，不吃就是浪费，我最恨浪费，各位请。”

七八双筷子立刻同时伸了出去。

龙啸云赔笑道：“这鱼还新鲜，大哥为何不也尝一些？”

上官金虹道：“我饿的时候才吃，现在我不饿。”

他一字字接着道：“不饿的时候吃，也是浪费。”

立刻又有几双筷子放了下来。

其中一人面白身长，手上戴着好大的一块翡翠斑指，绿得耀眼，腰畔悬着的乌鞘长剑上，也镶着几块翡翠。

这人虽也一直没有说话，但眉目间却已隐隐露出不耐之色。

他的确从来也没有受过这种气，只后悔这次为何要来。

他本不该来的。

“碧华轩”金字招牌，普天之下，做珠宝生意的一听到“碧华轩”三个字，就好像练刀的人听到“小李飞刀”一样。

“碧华轩”的少主人西门玉，更是从小就被人像凤凰般捧着，他要往东，绝没有人敢说西。

他要练剑，立刻就有人将能请得到的名剑客全都请来，又有人设法替他找来一柄“松纹古剑”。

十岁的时候，西门玉就用这柄剑杀过人。

没有别的原因，只因为他想尝尝杀人是什么滋味，所以就有人想法子去找个人来让他杀。

像这么样一个人，现在却坐在这里受这种气，岂非冤枉得很。

他也根本没有动过筷子。

上官金虹眼睛就盯着西门玉的眼睛。

西门玉本来也想扭过头，去瞧别的地方，但上官金虹的目光却似有一种奇异的吸引力。

他若盯着一个人，那人竟只有被他盯着。

被这种目光盯着，的确不是件好受的事。

西门玉只觉得自己的身子渐渐发冷，从指尖开始，一直冷入背脊，冷入骨髓，冷到心里去。

上官金虹突然道："这酒菜中有毒？"

西门玉勉强笑道："怎会有毒？"

上官金虹道："既然无毒，你为何不吃？"

西门玉道："在下也不饿，不敢浪费帮主的酒菜。"

上官金虹道："真的不饿？"

西门玉道："真……真的。"

上官金虹道："浪费还可原谅，说谎却不可恕，你明白么？"

西门玉的火气也忍不住要上来了，道："这种小事，在下又何必说谎。"

上官金虹道："说谎就是说谎，大事小事全都一样。"

西门玉道："不饿就是不饿。"

上官金虹道："现在已过了午饭时候，你怎会不饿？"

西门玉道："也许在下吃的早点还未消化。"

上官金虹道："你早点是在城南奎元馆吃的，是么？"

西门玉道："不错。"

上官金虹道："你一个人要了一碗麻油鸡，一碗爆鳝鱼面，外带一笼肉包，鸡吃了两块，面你只吃了半碗，肉包吃了六个，是么？"

西门玉脸色变了变，冷笑道："想不到帮主将在下的一举一动都调查得如此仔细。"

上官金虹道："你吃的这些东西既然还未消化，想必还留在肚子里，是么？"

西门玉道："想必还在的。"

上官金虹突然沉下了脸，道："好，剖开他的肚子瞧瞧，还在不在？”

大家虽早已看出他是成心在找西门玉的麻烦了，却未想到麻烦竟如此大，这句话说出，每个人面上都不禁变了颜色。

上官金虹令出如山，说出来的话，就一定能做得到。

西门玉更是面如死灰，吃吃道：“帮主莫非是在开玩笑？”

上官金虹连理都不再理他，已有四个黄衫人走了过来。

西门玉霍然起身，反手拔剑，动作干净利落，大家虽然还未看到他出手，但已知道他剑法必定不弱。

谁知他长剑还未出鞘，突听“哧”的一声，上官金虹面前的筷子突然飞起，已打在西门玉左右双肩的“肩井”穴上。

第六十八章

武学巅峰

江湖中人人都知道上官金虹的武功深不可测，谁也没有看到过他出手——现在还是没有看到他出手。

他的手根本好像没有动，只不过在桌上轻轻一按，筷子已急箭般射出，西门玉身子已软了下去。

上官金虹道："带下去，看仔细。"

黄衫大汉一伸手，已将西门玉身子抄起。

西门玉嘴唇在动，却已吓得连声音都发不出了。

上官金虹淡淡道："那些东西若真的还在你肚子里，我赔你一条命，否则，你就白死！"

没有人敢说话，没有人敢动。

每个人都好像坐在针毡上，衣服都已被冷汗湿透。

只听一声惨呼，过了半晌，那黄衫大汉垂手而入，躬身道："已看过了。"

上官金虹道："有没有？"

黄衫大汉道："没有，他肚子是空的。"

上官金虹道："好——"

他目光缓缓自每个人面上扫过道："在我面前说谎的人，就是这种下场，各位明白了么？"

大家拼命点头。

上官金虹道："各位现在莫非也不饿了？"

大家抢着道："饿……饿……"

每个人都抢着夹了块菜，放在嘴里，怎奈牙齿打颤，哪里能咬得动，只有苦着脸，整块地咽下去。

突然间，一个人湿淋淋地闯了进来，倚在门口，满布血丝的眼睛呆滞而迟钝，茫然四下转动着，喃喃道："穿红衣服的人……穿红衣服的人在哪里？"

阿飞！

龙啸云霍然长身而起。

阿飞的眼睛这才转到他身上，道："原来是你。"

他目光虽已呆滞，神情虽然狼狈，可是他的手上还有剑。

只要他手上有剑，已足以令龙啸云心寒胆丧。

龙啸云不由自主地往后退。

阿飞已扑了过去。

剑光在闪动，他的脚步也和剑光同样不稳。

但龙啸云只看到他的剑，转身就逃。

阿飞踉跄着追了过去，人还未到，已传来一阵扑鼻的酒气。

龙小云脸色本已变了，此刻眼睛突然一亮，悄悄用脚一勾，将龙啸云本来坐的椅子勾了出去，挡住了阿飞的路。

阿飞竟没有瞧见，"噗"的一声，人已被椅子绊倒，平平地跌了下去，掌中剑也脱手飞出。

他竟连剑都拿不稳了。

龙啸云一惊，一喜转身拾剑，剑光一闪，逼住了阿飞的后脑。

但这一剑并没有刺下去。

因为他忽然瞥见了上官金虹的脸色。

上官金虹脸色阴沉得可怕，石像般坐在那里，动也不动。

他不动，就没有人敢动。

龙啸云赔笑道："这人竟敢在大哥面前撒野，罪已当杀！"

上官金虹沉默了很久，忽然道："门外有条狗，你瞧见了么？"

龙啸云怔了怔，道："好像是有一条。"

上官金虹道："若要杀这人，还不如杀那条狗。"

龙啸云又怔了怔，赔笑道："大哥说得是，这人的确连狗都不如。"

上官金虹冷冷道："你呢？"

龙啸云道："我？……"

上官金虹道："他不如狗，你却连他都不如，狗见了他，也不会逃的。"

龙啸云这次才真的呆住了。

上官金虹扫了座上的人一眼，道："你们肯和狗拜为兄弟么？"

大家立刻应声道："绝不。"

上官金虹道："连他们都不肯，何况我……"

他眼睛忽又盯着龙啸云，缓缓道："我看你和那条狗倒真是难兄难弟，不如就和它结为八拜之交吧。"他说出的话，就是命令，但这种羞辱谁能忍受？

龙啸云满头大汗涔涔而落，吃吃道："你……你……"

龙小云忽然走过来，拿下了他掌中的剑，缓缓道："这主意本是晚辈出的，却不想反而自取其辱，而且祸及家父，晚辈既无力为家父洗清此辱，本当血溅当地，以谢家父，只惜慈母在堂，犹未尽孝，不敢轻生……"

说到这里他忽然反手一剑，将自己左手齐腕剁了下来。

大家都不禁为之悚然动容。

龙小云已疼得全身发抖，却还是咬着牙，将断手拾了起来，放到上官金虹面前，咬着牙道："帮主可满意了么？"

上官金虹神色不变，冷冷道："你是想以这只手赎回你父子的两条命？"

龙小云嗄声道："晚辈……"

一句话未说完，他终于支持不住，晕了过去。

龙啸云当然也是神色惨然，却连一点表示都没有，还是呆呆地站在那里。

上官金虹冷冷道："看在你儿子的份上，你走吧，以后最好莫要让我再见到你！"

阿飞终于站了起来。

他仿佛根本已忘了方才发生过什么事，也没有瞧见别的人，目光茫然转动着，忽然发现桌上的酒壶，立刻扑了过去，一把抓在手里。

他抓得那么紧，好像这酒壶就是他的生命。

"叮"的一声，酒壶却突然被击碎。

酒流下。

阿飞的手还是抓着酒壶的碎片，但手已在发抖。

上官金虹冷冷道：“这酒是给人喝的，你不配！”

他随手摸出块银子，远远抛在地上，道：“你若要喝酒，自己买去。”

阿飞抬起头，茫然望着他，慢慢地转过身，慢慢地走过去。

银子就在他脚下。

他呆呆地瞧着这块银子，良久良久，终于慢慢地弯下腰……

上官金虹目中又闪过一丝笑意。

——他笑的时候，比不笑更残酷。

突然间，寒光一闪。

一柄刀闪电般飞来，将这块银子钉在地上。

阿飞的脸一阵扭曲，抬起头，整个人突然僵硬。

一个人站在门口，瞧着他，柔声道：“这里的酒比外面的好，你若要喝，我去替你倒一杯。”

桌上还有一壶酒。

这人竟真的走过去，倒了一杯，送到阿飞面前。

没有人说话，甚至连呼吸声都已停顿。

上官金虹竟也没有说话。

他只是静静地瞧着这个人。

这人不太高，但也不矮，穿的衣服很破旧，两鬓已有了华发，看来只不过是个很落魄、很潦倒的中年人。

但上官金虹眼看着他倒酒，眼看着他将这杯酒送给阿飞，非但没有阻止，连一点表情都没有。

上官金虹说出的话，从来没有人敢违抗！

但这次，他的命令在这人身上，竟像是忽然变为无效了。

酒杯已送到阿飞手里。

他痴痴地望着这杯酒，两滴晶莹滚圆的眼泪，慢慢地从眼睛里流了出来，滴在酒杯里。

他一向只肯流血，他的泪一向比血更珍贵。

落魄的中年人眼眶也已有些湿了，热泪已盈眶，但嘴角却还是带着一丝微笑。

这微笑竟仿佛使这平凡而潦倒的人忽然变得辉煌明亮了起来，无论谁也想象不到一个人微笑的力量竟有如此伟大。

他也没有说话。

他的微笑和热泪所表示出的意思，世上绝没有任何人说得出来。

阿飞的手在抖，不停地在抖，忽然猛吼一声，将酒杯重重地摔在地上，转身冲了出去。

落魄的中年人正想追上去。

突听上官金虹喝道："等一等！"

他迟疑着，脚步终于停下。

上官金虹缓缓道："既然要走，就不该来，既然来了，又何必走？"

落魄的中年人沉默了半晌，忽然淡淡一笑，道："不错，既然来了，又何必走？"

他始终没有瞧过上官金虹，现在才慢慢地转过身。

他的目光，终于触及了上官金虹的目光。

火花！

两人目光相遇，竟似激起了一串火花。

一串无声无形的火花，虽然没有人的眼睛能瞧得见，但每个人的心里却都能感觉得到。

每个人的心都突然震动了起来。

上官金虹的眼睛里就仿佛藏着双妖魔的手，能抓住任何人的魂魄。

这人的眼睛却如同浩瀚无边的海洋，碧空如洗的穹苍，足以将世上所有的妖魔鬼怪都完全容纳。

上官金虹的眼睛若是刀。

这人的眼睛就是刀的鞘。

看到了这双眼睛，没有一个人再认为他是平凡的了。

有的人已隐隐猜出他是谁。

只听上官金虹一字字道："你的刀呢？"

这人的手一反，刀已在指尖。

小李飞刀！

看到了这柄刀，大家才知道自己没有猜错。

是李寻欢。

李寻欢毕竟来了！

手，出奇地稳定，就像是已完全凝结在空气中。

手指纤长，有力，指甲修剪得很干净。

这只手看来，拿笔远比拿刀合适，但却是武林中最有价值、最可怕的一只手；刀，本是很平凡的一把刀。

但在这只手里，这把平凡的刀，也变得有了种逼人的锋芒、杀气。

上官金虹慢慢地站了起来，慢慢地走到李寻欢对面。

现在，他距离李寻欢已不及两丈。

可是他的手却还在袖中。

上官金虹的“龙凤双环”二十年前就已震慑天下，“兵器谱”中排名第二，名次还在“小李飞刀”之上。

近二十年来，已没有人见过他的双环出手。

虽然每个人都知道这双环的可怕，却没有人知道它究竟如何可怕？

现在，他的环是否已在手中？

每个人的眼睛都从李寻欢的刀上，转向上官金虹的手。

上官金虹的手终于自袖中伸出。

手是空的。

李寻欢道：“你的环呢？”

上官金虹道：“环已在。”

李寻欢道：“在哪里？”

上官金虹道：“在心里！”

李寻欢道：“心里？”

上官金虹道：“我手中虽无环，心中却有环！”

李寻欢的瞳孔突然收缩。

上官金虹的环，竟是看不见的。

正因为看不见，所以就无所不在，无处不至。

它可能已到了你眼前，已到了你咽喉，已到了你灵魂中。

直到你整个人都已被它摧毁，还是看不见它的存在。

“手中无环，心中有环！”

这正是武学的巅峰。

这已是“仙佛”的境界。

别人不懂，李寻欢却懂得的。

别人甚至有些失望。

——大多数人，都要看到那样东西，才肯承认它的价值，却不知看不见的东西，价值远比能看得见的高出甚多。

在这一瞬间，上官金虹目中的光辉，似已将李寻欢压倒。

上官金虹道：“七年前，我手中已无环。”

李寻欢道：“佩服。”

上官金虹道：“你懂？”

李寻欢道：“妙参造化，无环无我，无迹可寻，无坚不摧！”

上官金虹道：“好，你果然懂！”

李寻欢道：“懂即是不懂，不懂即是懂。”

这两人说话竟似禅宗高僧在打机锋。

除了他们两人外，谁也不懂。

不懂，所以恐惧。

所有的人都不由自主悄悄站起，悄悄往后退入了屋角。

上官金虹凝注李寻欢，突然长长叹了口气，道：“李寻欢果然是李寻欢。”

李寻欢道：“上官金虹又何尝不是上官金虹？”

上官金虹道：“你本是三代探花，风流翰林，名第高华，天之骄子，又何苦偏偏要到这肮脏江湖中来做浪子？”

李寻欢笑了笑，淡淡道：“想来就来，想走就走。”

上官金虹道：“你还能走？”

李寻欢沉默了半晌，也长长叹了口气，道：“是不想走，也是不能走！”

上官金虹道：“好，请出招！”

李寻欢道：“招已在！”

上官金虹不由自主，脱口问道：“在哪里？”

李寻欢道：“在心里，我刀上虽无招，心中却有招。”

上官金虹的瞳孔也突然收缩。

谁都看不见上官金虹的环在哪里，也看不见李寻欢的招在哪里。

但环已在，招已出。

每个人都似已感觉到它们的存在。

他们虽然还是静静地站在那里，但却似已进入生死一发的境况中，生死已只是呼吸间事。

大家虽都已退入角落中，却还是能感到那种可怕的杀气。

每个人的心都在收缩。

阿飞全身的血都已沸腾。

他狂奔着，既不知在想什么，也不知要做什么。

他在逃避。

但逃到哪里去呢？逃到几时？

他永远也逃不了的。

因为他所逃避的，正是他自己。

李寻欢和上官金虹仍然在对峙着，没有声音，也没有动作。

每个人都只能听到自己心跳的声音，都只能感到冷汗正一粒粒自毛孔中沁出，在皮肤上流过。

因为他们只要一有动作，就必定是惊天动地的动作。

决战随时都可能爆发，每一刹那都可能爆发。

或者也就在那同一刹那间终止。

在这刹那间，这两人中势必要有一个人倒下去。

倒下去的是谁呢？

“小李飞刀，例不虚发！”

二十年来，还没有一个人能避过小李探花的这一刀。

但上官金虹的双环排名更高，是不是更可怕？

两个人都很镇定。

两个人仿佛都充满了自信。

世上又有谁能预料这一战的结果？

阿飞已倒了下去，倒在地上喘息着，良久良久，他才抬起头，茫然四顾，似乎根本不知道自己已到了哪里？

这里是个小小的院落。

院子里一株孤零零的白杨正在秋风中颤抖。

回廊上朱帘半卷，小门虚掩，碧纱窗内悄无人声。

这正是他昨夜疯狂沉醉的地方。

他自己也不知道自己怎会又到了这里。

虚掩的门开了，一个人探出了半边娇美的脸，明媚的秋波在他身上一转，脸又缩了回来。

这正是昨夜曾经陪他疯狂沉醉过的人。

第六十九章

神魔之间

阿飞突然跳起来，冲过去。

“砰”的一声门竟关了，而且上了闩。

阿飞用力敲门。

过了很久，门里才有应声：“谁？”

阿飞木然道：“我。”

门里的声音问：“你是谁？”

“我就是我。”

门里突然传出一阵银铃般的笑：“这人原来是疯子。”

“听他说话的口气，就好像是这里的主人似的。”

“谁认得他？”

“谁知道他是什么人？他自己在活见鬼。”

这些声音很熟悉，昨夜也不知对他说了多少甜言蜜语，诉了多少柔情蜜意，现在为什么全都变了？

阿飞骤然觉得一阵火气冲了上来，忍不住用力撞开了门。

七双美丽的眼睛全都在瞪着他。

昨夜这七双眼睛中的柔情如水，蜜意如油。

现在这七双眼睛中的油已烧成烟，水已结成冰。

阿飞踉跄冲了进去，抓起酒壶，是空的。

“酒呢？”

“没有酒！”

“去拿！”

“为什么去拿？这里又不是卖酒的。”

阿飞扑过去，抓住了她的衣襟，大声道：“你们难道全都不认得我了？”

美丽的眼睛冷冷地瞧着他，冷冷道：“你认得我？你知道我是谁？”

阿飞的手指一根根松开，茫然四顾，喃喃道：“这里难道不是昨夜的地方？”

只听一人淡淡道：“这地方还是昨夜的地方，只不过你已不是昨夜的你了。”

甜蜜的语声，更熟悉。

阿飞整个人突然剧烈地颤抖起来。

他的眼睛紧紧闭了起来，不愿去看她，不敢去看她。

这个人本是他在梦魂中都忘不了的，他本来宁可不惜牺牲一切，为的只不过是要看看她。

但现在，他却宁死也不愿看她一眼。

她还是以前的她。

可是他，他的确已不是以前的他了。

还是没有声音，没有动作。

屋梁上的灰尘，突然一片片落了下来。

是被风吹落的，还是被他们的杀气摧落的？

上官金虹突然向前跨出了一步。

李寻欢没有动。

突听一人道：“动即是不动，不动即是动，你明白么？”

声音很苍老，每个人都听得很清楚。

却看不到他的人在哪里。

另一人带着笑道：“既然如此，打就是不打，不打就是打，那么又何必打呢？”

这声音清脆而美，如黄莺出谷。

但她的人，还是谁都没有瞧见。

老人道：“他们要打，只因为他们根本不懂武功之真谛。”

少女吃吃笑道：“你说他们不懂，他们自己还以为自己懂得很哩。”

这两句话说出，除了李寻欢和上官金虹，每个人都已耸然动容。

居然有人敢说他们不懂武功。

若连他们都不懂，世上还有谁懂？

老人道：“他们自以为‘手中无环，心中有环’，就已到了武学的巅峰，其实还差得远哩！”

少女吃吃笑道：“差多远？”

老人道：“至少还差十万八千里。”

少女道：“要怎么样才真正是武学的巅峰？”

老人道：“要手中无环，心中也无环，到了环即是我，我即是环时，已差不多了。”

少女道：“差不多？是不是还差一点。”

老人道：“还差一点。”

他缓缓接着道：“真正的武学巅峰，是要能妙参造化，到无环无我，环我两忘，那才真的是无所不至，无坚不摧了！”

说到这里，李寻欢和上官金虹面上也不禁变了颜色。

少女道：“听了你老人家的话，我倒忽然想起一个故事来了。”

老人道：“哦？”

少女道：“禅宗传道时，五祖口念佛偈：‘身如菩提树，心如明镜台。时时勤拂拭，不使留尘埃。’这已经是很高深的佛理了。”

老人道：“这道理正如‘环即是我，我即是环’，要练到这一步，已不容易。”

少女道：“但六祖惠能说得更妙：‘菩提本非树，明镜亦非台。本来无一物，何处落尘埃。’所以他才承继了禅宗的道统。”

老人道：“不错，这才真正是禅宗的妙谛，到了这一步，才真正是仙佛的境界。”

少女道：“这么说来，武学的真谛，岂非和禅宗一样？”

老人道：“普天之下，万事万物，到了巅峰时，道理本就全差不多。”

少女道：“所以无论做什么事，都要做到‘无人无我，物我两忘’时，才能真正到达化境，到达巅峰。”

老人道：“正是如此。”

少女叹了口气，道：“我现在总算明白了！”

老人淡淡道：“只可惜有些人还不明白，到了‘手中无环，心中有环’时，就已沾沾自喜，却不知这只不过刚入门而已，要登堂入室，还差得远哩。”

少女道：“一个人若是做到这一步就已觉得自满，岂非永远再也休想更进一步？”

老人也叹了口气，道：“一点也不错。”

听到这里，李寻欢和上官金虹额上也不禁沁出了冷汗。

上官金虹突然道：“是孙老先生么？”

没有人响应。

上官金虹道：“孙老先生既已来了，为何不肯现身一见？”

还是没有人响应。

风吹窗户，吹得窗纸飕飕直响。

李寻欢和上官金虹若是要交手，世上没有一个人能劝阻。

但老人和少女的一番对话，却似已使得他们的斗志完全消失了。

两人虽然还是面面相对，虽然还是保持着原来的姿势，但别的人却都透了口气，突然觉得压力已消失。

这只因那种可怕的杀气也已消失。

李寻欢突然长长叹息了一声，道：“神龙见首不见尾，孙老先生庶几近之。”

上官金虹沉着脸，冷冷道：“道理人人都会说的，问题是他能不能做得到。”

李寻欢笑了笑，道：“能说得出这道理来，已经很不容易了。”

他还没有说完这句话，就听到外面传来了一阵骚动声。

然后，他就看到四个人抬着口棺材走入了院子。

崭新的棺材，油漆都仿佛还没有完全干透。

四人竟将这口棺材笔直抬入了上官金虹宴客的大厅。

立刻有条黄衣大汉迎了上去，厉声道：“你们走错地方了，出去！”

抬棺材的脚夫四下瞧了一眼，嗫嚅着道：“这里有位上官老爷么？”

黄衣大汉道：“你问上官老爷干什么？”

脚夫道："那我们就没有走错地方，这口棺材就是送来给上官老爷的。"

黄衣大汉怒道："你是在找死，这口棺材你们刚好用得着。"

脚夫赔笑道："这是上好的楠寿，我们哪有这么好的福气？"

黄衣大汉的手已往他脸上掴了过去。

上官金虹突然道："这口棺材是谁要你们送到这里来的？"

他的声音一发出，黄衣大汉的手就立刻停住。

脚夫面上却已吓得变了颜色，怔了半晌，才痴痴道："是位姓宋的老爷，付了四两银子，叫小人们今天将这口棺材送到如云客栈的高贵厅来，还要小人们当面交给上官老爷。"

上官金虹道："姓宋？是个什么样的人？"

脚夫道："是个男的，年纪好像不太大，也不小了，出手很大方，模样却没有看见。"

另一人道："他是昨天半夜里将小人们从床上叫起来的，而且先吹熄了灯，小人们根本就没有瞧见他。"

上官金虹沉着脸，既不觉得意外，也没有再追问下去。

他早就知道问不出的。

那脚夫又道："这口棺材的分量不轻，里面好像……好像有人。"

上官金虹道："打开来瞧瞧。"

棺盖并没有钉封，立刻被掀起。

就在这一刹那间，上官金虹冷漠的脸像是突然变了。

其实他脸上还是完全没有表情，甚至连眉都没皱，嘴角都没有牵动。

但也不知为了什么，他整张脸却仿佛突然全都改变了。

竟像是变成了另一个人的脸，又像是突然戴上了一层硬壳的假面具。

他不愿让人看到他现在真正的面目。

世上大多数人都有这么一张面具的，平时虽然看不到它，但到了必要时，就会将这张面具戴起来。

有人是为了要隐藏自己的悲哀，有人是为了要隐藏自己的愤怒，有人是逼不得已，不得不以笑脸迎人，有人是为了要叫别人怕他。

也有人是为了要隐藏自己的恐惧。

上官金虹是为了什么呢?

棺材里果然有个死人。

这死人赫然竟是上官金虹的独生儿子上官飞。

上官飞死的时候李寻欢也在瞧着。

他不但亲眼瞧见荆无命杀死上官飞,而且瞧见荆无命将尸体埋葬。

现在,这尸体又怎会忽然在这里出现了?

是谁掘出了这尸体?

是谁送到这里来的?有什么目的?

李寻欢目光闪动着,似乎想得很多。

上官金虹脸上的面具却似愈来愈厚了,沉默了很久很久,目光突然向李寻欢一字字道:“以前你见过他?”

李寻欢叹了口气,道:“见过。”

上官金虹道:“现在你再看到他有何感想?”

尸体已被洗得很干净,并不像是从泥土中掘出来的。穿着崭新的寿衣,身上既没泥沙,也看不到血渍。

只有一点致命的伤口。

伤口在咽喉上,入喉下七分。

李寻欢沉吟着,道:“我想……他死得并不痛苦。”

上官金虹道:“你是说他死得很快?”

李寻欢叹道:“死,并不痛苦,痛苦的是等死的时候,看来他并没有经过这段时候。”

上官飞的脸看来的确像是比活着时还安详平静,就像是已睡着。

他临死前惊惧的表情,已不知被谁抹平了。

上官金虹的脸虽能戴上层面具,但眼睛却不能。

他眼睛似有火焰燃烧,盯着李寻欢,一字字道:“能这么快就将他杀死的人,世上并不多。”

李寻欢道:“不多,也许不会超过五个。”

上官金虹道:“你也是其中之一。”

李寻欢慢慢地点了点头，道：“不错，我是其中之一，你也是。”

上官金虹厉声道：“我怎会杀死他？”

李寻欢淡淡道：“你当然不会杀他，我的意思只不过是要你明白，能杀他的人，并不一定是要杀他的人，杀了他的人，也并不一定就是能杀他的人。”

他慢慢地接着道：“这世间常常有很多意外的事发生，本不是任何人所能想得到的。”

上官金虹不再说话了，但眼睛还是盯着他。

李寻欢的目光已变得很温和，甚至还带着些同情怜悯之色。似乎已透过了上官金虹的面目，看到了他心里的悲哀和恐惧。

他一直都在侵犯别人，打击别人。

现在，他自己终于也受到打击，而且不知道这打击是从哪里来的。

血浓于水，儿子毕竟是儿子。

无论对谁说来，这打击都不算小。

上官金虹似已有些不安，铁石般的意志似已渐渐动摇。

李寻欢目中的这份同情怜悯，就像是一柄铁锤，他脸上那层核桃壳般的面目，几乎已被打得粉碎。

他已无法忍受，突然道：“你我这一战，迟早总是免不了的！”

李寻欢点了点头，道：“是免不了的。”

上官金虹道：“今天……”

第七十章

是真君子

上官金虹因独子被杀，异常气愤，要和李寻欢决一死战，并把决战日期定在今天。

李寻欢打断了他的话，道：“无论什么时候我都奉陪，只有今天不行。”

上官金虹道：“为什么？”

李寻欢叹了口气，道：“今天我……我只想去喝杯酒。”

他目光扫过棺材里的尸体，叹息着接道：“有些时候非但不适合决斗，也不适合做别的事，除了喝酒外，几乎什么事都不能做，今天就是这种时候。”

他说得很婉转，别人也许根本不能了解他的意思。

但上官金虹却很了解。

因为他也很了解自己此刻的心情，在这种心情下和别人决斗，就等于自己已先将自己的一只手铐住。

他已给了敌人一个最好的机会。

李寻欢明明可以利用这机会，却不肯占这便宜——虽然他也知道这种机会并不多，以后可能永远也不会再有。

上官金虹沉默了很久，缓缓道：“那么，你说什么时候？”

李寻欢道：“我早已说过，无论什么时候。”

上官金虹道：“我到哪里找你？”

李寻欢道：“你用不着找我，只要你说，我就会去。”

上官金虹道：“我说了，你能听到？”

李寻欢笑了笑，道：“上官帮主说出来的话，天下皆闻，我想听不到都很难。”

上官金虹又沉默了很久，突然道："你要喝酒，这里有酒。"

李寻欢又笑了，道："这里的酒我配喝么？"

上官金虹凝注着他，一字字道："你若不配，就没有第二个人配了。"

他忽然转身倒了两大杯酒，道："我敬你一杯。"

李寻欢接过酒杯，一饮而尽，仰面长笑道："好酒！好痛快的酒！"

上官金虹的酒也干了，凝注着空了的酒杯，缓缓道："二十年来，这是我第一次喝酒。"

"当"的一声，酒杯摔在地上，粉碎。

上官金虹已自棺中抱起了他儿子的尸体，大步走了出去。

李寻欢目送着他，忽又长长叹息了一声，喃喃道："上官金虹若不是上官金虹，又何尝不会是我的好朋友？"

他又倒了杯酒，一饮而尽，曼声道："卿本佳人，奈何做贼？……"

"当"的一声，这酒杯也被摔在地上。

粉碎！

大家似已都变成了木头人，直等李寻欢也走了出去，才长长吐出口气。

有的人已在窃窃私议。

"李寻欢果然不愧是李寻欢，放眼天下，也只有李寻欢才能要上官帮主敬他一杯酒。"

"只可惜他们没有真的打起来。"

"我总觉得这两人像是有些相同的地方。"

"李寻欢和上官金虹会有相同之处？……你疯了么？"

"他们的作风和行事虽然完全不同，可是他们……他们全都不是人，他们做的事，全都'是人'绝对做不到的。"

"这话倒有几分道理，他们的确都不是人，只不过——一个是仙佛，一个却是恶魔。"

善恶本在一念之间，仙佛和恶魔的距离也正是如此。

"不错，李寻欢若不是李寻欢，也许就是另一个上官金虹。"

阿飞没有回头。

林仙儿搬了张椅子，就坐在他身后，将门挡住。

她已坐了很久。

阿飞甚至连姿势都没有变过。

他的姿势看来很可笑。

林仙儿笑了，道：“像这么样站着，你不觉得难受么？为什么不舒舒服服地坐下来，我旁边就有张椅子。”

“你不肯坐？我也知道你坐不住的，在这里坐着实在不是滋味。”

“可是你为什么又不走呢？”

“我虽然挡着门，但你随时都可以将我打倒的呀，要不然，那边有窗子，你也可以像小偷一样跳窗子逃出去，这两种法子都容易得很。”

“你不敢，是不是？”

“你心里虽然恨不得杀了我，可是你还是不敢动手，甚至连碰都不敢碰我，因为你心里还是在爱着我的，是不是？”

她说话的声音还是那么温柔，那么动听。

她笑得甚至比平常更娇媚，更愉快。

因为她喜欢看人受折磨，她希望每个人都受她的折磨。

只可惜她只能折磨爱她的人。

她虽然看不到阿飞面上痛苦的表情，却可以清清楚楚地看到阿飞脖子后的血管在膨胀，似即将暴裂。

她认为这是种享受，坐得更舒服了，正想去倒杯酒——

突然间，椅子被踢翻，她的人也几乎被踢倒。

上官金虹已回来了，带着他独生儿子的尸体一起来了。

一个人的椅子若被踢翻，心里总难免有些别扭的。

但林仙儿什么话也没有说，动都没有动，因为她知道现在无论说什么，做什么，都愚蠢极了。

上官金虹的眼睛也盯在阿飞脖子上，一字字道：“回过头来，看看这人是谁！”

阿飞的身子没有动，血管却在跳动，然后头才慢慢地转动，眼角终于瞥见了上官金虹手里抱着的尸体。

于是他的眼角也开始跳动。

上官金虹盯着他的眼睛，道：“你认得他，是不是？”

阿飞点了点头。

上官金虹道："他几天前还活着的，而且活得很好，是不是？"

阿飞又点了点头。

上官金虹道："现在你忽然看到他死了，也未吃惊，只因你早就知道他死了，是不是？"

阿飞沉默了很久，忽然道："不错，我的确早就知道他死了。"

上官金虹厉声道："你怎会知道的？"

阿飞道："因为杀死他的人，就是我！"

他随随便便就将这句话说了出来，连眼睛都没有眨，简直就像是完全不知道这句话能引起什么样的后果。

屋子里的少女们都吓呆了。

就连林仙儿都吓了一跳，在这刹那间，她心里忽然有了种很奇异的情感，竟仿佛有些悲哀，有些怜惜。

她自己也不知道自己怎会对阿飞有这种感情。

但她却知道只要上官金虹一出手，就绝不会再留下他的命。

上官金虹随时都可能出手的。

她瞧着阿飞，那眼色就好像在瞧着个死人。

一个蠢到极点的死人。

"这人不但蠢得要命，而且也已醉得发昏，否则为何要自己承认？这种人简直已完全无可救药，他的死活，我又何必关心？"

她扭转头，再也不去瞧他。

她只希望上官金虹快点杀了他，愈快愈好，也免得烦恼。

但她却又不禁要暗问自己："我既然对他的死活全不关心，又何必为这种事烦恼呢？"

上官金虹竟迟迟没有出手。

他还是在盯着阿飞的眼睛，仿佛要从阿飞眼睛里看出一些他还不能了解的事情来。

但他却什么也看不到。

阿飞眼睛里空空洞洞的，什么也没有。

这的确已不像是活人的眼睛。

上官金虹忽然觉得这双眼睛很熟悉，仿佛以前就见过。

他的确见过多次。

当他将荆无命的剑拔出来交给阿飞时，荆无命的眼睛就几乎和阿飞现在的眼睛完全一样。

当他杀死了一个人，这人的眼睛还没有闭起来时，也就是这样子——既没有感情，也没有生命，对一切事都已完全绝望。

阿飞在等着，静静地等着。

上官金虹忽然道：“你在等死？”

阿飞拒绝回答。

上官金虹道：“你承认，为的就是希望我杀死你，是么？”

阿飞拒绝回答。

上官金虹目中忽又闪过一丝残酷的笑意，缓缓道：“吕总管。”

他只唤了一声，立刻就有个人出现了。

谁都不知道这人本来藏在哪里的，也不知道这附近是否还藏着别的人，上官金虹的附近，仿佛永远都有很多人在躲藏着。

别人看不见的人，就像是鬼魂。

上官金虹走到哪里，这些鬼魂就跟到哪里。

他的命令就是魔咒，只有他才能将这些鬼魂唤出来。

吕总管若真的是个鬼魂，至少总不是饿死鬼。

饿死鬼没有这么胖的。

他胖得就像是个球，行动却很敏捷，一滚就滚了出来，躬身道：“属下在。”

上官金虹眼睛还是盯着阿飞，缓缓道：“他要死，我们不给他死。”

吕总管道：“是！”

上官金虹道：“我们给他别的。”

吕总管道：“是！”

上官金虹道：“给他酒，给他女人，他要多少，就给多少。”

吕总管道：“是！”

上官金虹沉默了半晌，又道：“他无论要谁，都给他！”

吕总管道：“是。”

他嘴里答着话，眯着的眼睛却有意无意间瞟了林仙儿一眼，又道：“无论谁？”

上官金虹冷冷道："无论谁都一样，就算他要你的老婆，也给他！"

吕总管的眼睛已眯成了一条线，躬身笑道："属下明白了，属下这就去将老婆带来给他看。"

林仙儿咬着嘴唇咬得很重，终于忍不住道："他若要我呢？"

上官金虹冷冷道："我说过，无论谁都一样。"

林仙儿道："可是……可是我却不一样，我是你的，除了你，谁都不能……"

她带着笑走过去，走到上官金虹身旁，轻抚着他的肩。

她笑得那么甜，动作那么温柔。

上官金虹却连瞧都不瞧她一眼，突然腾出手，一巴掌掴在她脸上，道："无论谁都可以要你，为什么他不可以？"

林仙儿整个人都被打得飞了出去，跌到院子里。

上官金虹一字字道："他要什么都给他，就是不能让他走，我要看他三个月后会变成什么样子。"

吕总管道："是。"

上官金虹这才缓缓转过身，走了出去。

阿飞紧咬着牙，但牙齿还是在"咯咯"地打战，嘶声道："我杀了你儿子，你为什么不杀我？"

上官金虹已走出了门，头也不回，缓缓道："因为我要让你活着痛苦，又没有勇气死！"

"无论谁都可以要你，为什么他不可以？"

"活着痛苦，又没有勇气死！"

阿飞身子往后缩，缩成一团，就像是在躲着条无形的鞭子。

这条鞭子正不停在抽打着他。

吕总管已走了过来，笑嘻嘻道："人生得意须尽欢，莫使金樽空对月。做人本就是这么回事，又何必太认真呢？"

他转向少女，脸立刻沉了下来，厉声道："还不快为飞少爷置酒？"

这人对上官金虹说话时是一张脸，对阿飞说话是一张脸。

现在，他对这些少女们说话，又是另一张不同的脸。

大多数人都有好几张不同的脸，他们若要变脸时，就好像戏子在换面具，甚至比换面具还要简单。

面具换得多了，渐渐就会忘记自己本来是什么样的一张脸。

面具戴得久了，就再也不愿拿下来。

因为他们已发觉，面具愈多，吃的亏就愈少。

幸好还有些人没有面具，只有一张脸，他自己的脸。

无论他们遇着什么事，吃了多少亏，这张脸都永远不会改变。

他们要哭就哭，要笑就笑，要活就活，要死就死。

他们死也不愿改变自己的本色，男儿的本色。

男人的本色。

世上若没有这样的人，人生就真的像是一出戏了。

那么，这世界也就不知会变成什么样子。

酒来了。

吕总管倒酒，举杯，笑道："喝吧，酒喝得多了，你就会发觉世上所有的女人本都是一样的，更不必认真。"

阿飞咬着牙，盯着他，忽然道："不一样。"

吕总管眯着眼，笑道："那么你要的是谁呢？"

阿飞眼睛里布满血丝，一字字道："我要你的老婆！"

夜。

夜市。

夜市永远是热闹的，夜市中永远有各式各样不同的人。

但李寻欢却觉得这世上仿佛已只剩下他一个人，根本没有别人存在。

因为他所爱的人都离得他很远，太远了，仿佛已变得很缥缈，很虚幻，他几乎已不能感觉到他们的存在。

他已听到龙啸云父子的消息，可是——

林诗音呢？

没有踪迹，没有消息，只有思念，永恒的思念。

"天长地久有时尽，此恨绵绵无绝期。"

这两句诗的文字虽浅近，其中蕴含的情感却深邃如海。

但若非痴情的人，又怎么体会到这其中的辛酸滋味？

远处有夜笛在伴着悲歌。

凄凉的夜笛，如思如慕：

何必多情？
何必痴情？
花若多情，也早凋零。
人若多情，憔悴，憔悴……
人在天涯，何妨憔悴，
酒入金樽，何妨沉醉，
醉眼看别人成双作对。
也胜过无人处暗弹相思泪……

“卖唱的人本身已够悲苦，又何必再以这种凄凉的歌声来赚人眼泪？”

李寻欢满满地喝了杯酒，忽然以筷敲杯，随着那凄凉的夜笛曼声低吟：

花木纵无情，
迟早也凋零，
无情的人，也总有一日憔悴。
人若无情，
活着还有何滋味？
纵然在无人处暗弹相思泪，也总比无泪可流好几倍。

笛声犹低回不已，他却已突然大笑了起来。

但这笑又是什么滋味？

阿飞呢？

这半天，李寻欢一直都在寻找、打听。

没有人知道阿飞到哪里去了，谁也没有看到这么样一个人。

李寻欢当然想不到阿飞竟到了金钱帮的总部。

就算他想到，也不知那地方在何处。

灯在风中摇晃，酒在杯中摇晃。

浑浊的酒，黯淡的灯光。

他喝酒的地方，只不过是个很小的面摊子。

这一排都是小摊子，到这种地方来的，都是很平凡的小人物，谁都不认得他，他也不认得别人。

他喜欢这种情调，带着些萧索，带着些寂寞，却又带着几分洒脱。

世间的荣辱，生命的悲欢，在这些人心目中，都已算不了什么，只要有一杯在手，就已足够。

在这里，既没有得意的长笑，也没有慷慨的悲歌。

夜色是如此平静，如此淡漠……

忽然间，平静中起了骚动。

有人在呼喝，叱骂。

“酒鬼，不要脸，偷酒喝，就算你喝下去我也要你吐出来！”

李寻欢忍不住转过头。

他转头去瞧，也许只因为他听到“酒鬼”两个字。

只见一个人抱着个酒坛子，虽已被打得躺在地上，还是死也不肯放松拼命地喝，伸过头去喝酒。

一个腰上围着块油布的老头子，嘴里骂个不停，手上打个不停。

李寻欢暗暗地叹了口气，走过去，道：“让他喝酒，算我的钱。”

骚动立刻停了，手也停了。

钱不但能封住人的手，也能塞住人的嘴。

躺在地上的人连站都来不及站起来，捧着酒坛子就往嘴里倒，酒倒得他满身满脸，他也不在乎。

他似乎宁愿将自己淹死在酒里。

“若没有伤心的事，一个人又怎会变成这样子？”

“若不是多情的人，又怎会有伤心的事？”

李寻欢忽然对这人很同情，带着笑道：“一个人独饮最无趣，我那边还有下酒的菜，何妨过去一起喝几杯？”

那人又吞下几口酒，忽然跳起来，大骂道：“你是什么东西？你配跟我一起喝酒，就算你再买三百坛酒送给我，也休想要我陪你……”

骂到这里，他声音突然停住，就像突然被只手扼住了脖子。

李寻欢似乎也已怔住了，失声道：“你……是你？”

这人忽然“砰”的一声将酒摔在地上，掉头就跑。

李寻欢立刻也追了过去，呼道：“等一等，等一等……兄台莫非不认得小弟了么？”

这人跑得更快，大叫道：“我不认得你，我不喝你的酒……”

两人一个追，一个逃，眨眼间都已跑得瞧不见了。

无论是谁，都忍不住会以为他们有毛病。

“那偷酒的人原来是个疯子，明知要挨揍也敢来偷酒喝，但等到别人请喝酒时，他反而逃了。”

“那买酒的人更疯，既花了钱，又挨了骂，还要称那人为兄台，像这种人我倒真没有瞧见过。”

他当然没有瞧见过，因为这种人世上本就不多。

逃的人是谁？

他为什么一见了李寻欢就逃？

这原因别人自然不知道，就连李寻欢自己，也想不到会在这种地方，这种情况下遇到他。

李寻欢第一次见到他的时候，是在一条长街上的屋檐下。

那条街上的人很多。

他的白衣如雪，在人群中就像是鸡群中的鹤。

他自己显然也不屑与别人为伍，就算将世上所有的黄金都堆在他面前，他也不屑和那些他所看不起的人说一句话。

但现在，只为了一坛酒，浊酒，他竟不惜忍受别人的讪笑、辱骂、鞭打，甚至不惜像猪一样被打得滚在泥浆中。

李寻欢简直无法相信这会是同一个人，也不敢相信。

但他却不能不信。

现在这滚在泥浆中的人，的确就是昔日那高高在上的吕凤先。

是什么事令他改变的？改变得这么快，这么大，这么可怕。

灯火已在远处，星光却仿佛近了些。

吕凤先突然停下了脚步，不再逃了。

因为他也和阿飞一样，逃避的只是他自己。

世上也许有很多人都想逃避自己，但却绝没有一个人能逃得了。

李寻欢也已远远停下，弯下腰，不停地咳嗽。他已发觉近来咳嗽的次数虽然少了些，但一咳起来，就很难停止。

这岂非正如“相思”一样？

你将一个人思念的次数少了些时，并不表示你已忘了他，只不过是因为这相思已入骨。

等他咳嗽完了，吕凤先才一字字道：“你为什么不让我走？”

他虽然尽力想使自己显得镇定些，却并没有成功。

他说话的声音抖得就像是一只刚从冰河中捞起来的兔子。

李寻欢没有回答，生怕自己的回答会伤害到他。

无论什么样的回答都可能伤害到他。

吕凤先道：“我本不欠你的，本不必为你做什么事，你何必还要来逼我？”

李寻欢终于长长叹息了一声，道：“我欠你的。”

吕凤先道：“就算你欠我，也不必还。”

李寻欢道：“我欠你的，本就无法还，但你至少也该让我请你喝杯酒。”

他笑了笑，接着道：“莫忘了，你也请过我。”

吕凤先的手一直在不停地发抖，抖得连酒杯都拿不稳了。

他用两只手捧着碗喝酒，但酒还是不停地从碗里溅出来，从他嘴角流出来，溅得他自己一身一脸。

就在几天前，这只手还是件“杀人的兵器”！

无论是什么事令他改变的，这件事对他的打击都太可怕了。

李寻欢简直无法想象。

吕凤先又伸出手，去倒酒。

“当”的一声，酒壶自他手中跌下。

他的脸骤然扭曲了起来，盯着自己的这只手，眨也不眨，也不知过了多久，突然狂吼一声，将这只手塞入自己嘴里。

拼命地塞，拼命地咬。

血，流过他嘴角的酒痕。

无论他做任何事，李寻欢本都不愿拦阻他的，但现在却不得不拉住他的手。

吕凤先狂吼：“放开我，我要咬掉它，一口口嚼碎，一口口吞下去！”

这只手本是他最自傲、最珍惜的，一个人到了真正痛苦时，就想将自己最珍惜的东西，将毁掉自己整个人的东西都毁掉。

因为世上唯一能解除这种痛苦的法子，只有毁灭。

彻底的毁灭。

李寻欢黯然道："若是别人做了对不起你的事，该死的是他，你又何苦折磨自己？"

吕凤先嘶声道："该死的是我，我自己……"

他拼命想挣脱李寻欢的手，自己却从凳子上跌了下去。

他没有再爬起，就这样伏在地上，放声痛哭了起来。

他终于断断续续说出了自己的故事。

李寻欢耳朵里听着的是他的故事，眼睛里看着的是他的人，但心里想到的却是阿飞。

李寻欢的心在发冷。

阿飞是不是也受了这种同样的打击？

阿飞是不是也已变成这样子？

李寻欢本不忍再对吕凤先说什么，但现在却不得不说了："你何必还留在这里？"

极度的悲痛后，往往是麻木。

吕凤先的人似已麻木，茫然道："不留在这里，到哪里去？"

李寻欢道："回去，回家去。"

吕凤先道："家？……"

李寻欢道："你现在就好像生了场大病，这病只有两种药能治好。"

吕凤先道："两种药？"

李寻欢道："第一种是家，第二种是时间，你只要回家……"

吕凤先忽然大声道："我不回家。"

李寻欢道："为什么？"

吕凤先道："因为……因为那已不是我的家了。"

李寻欢道："家就是家，永远都不会变的，这就是家的可贵。"

吕凤先又在发抖，道："就算永远没有变，我却已变了，我已经不是我。"

李寻欢道："你若肯在家里安安静静地过一段时候，就一定会变回原来的你。"

他还想接着说下去，身后已有一人缓缓道："若是没有家的人，这种病是不是就永远也不会治好？"

第七十一章

毒妇的心

轻柔的声音，带着种诱人犯罪的韵律。

李寻欢还没有回头，吕凤先已跳起来，疯狂般冲了出去。

他就好像突然见到鬼似的。

李寻欢用不着回头，已知道说话的人是谁了。

他当然也明白她这句话的意思。

“阿飞就是没有家的。”

李寻欢的心在往下沉，拳已握紧，一字字道：“想不到你居然会来，到这种地方来。”

来的当然就是林仙儿。

她在笑着，银铃般笑着道：“我的确很少到这种地方来，但我却知道只有在这里才能找得到你，只要能找到你，什么地方我都去。”

李寻欢冷冷道：“你本不该来找我，因为你也许要后悔！”

林仙儿笑道：“后悔？我为什么要后悔？我们是老朋友了，既然知道你在这城里，怎么能不来看你？”

她的声音更温柔，慢慢地接着道：“你总该知道，我一直都很想你。”

李寻欢道：“但我若知道你也像对吕凤先那样对阿飞……”

他没有再说下去。

他一向很少说威胁别人的话，因为他根本用不着说。

林仙儿道：“我若像甩吕凤先那样，甩了阿飞，难道你就会杀我？”

李寻欢道：“我的意思，你应该懂得。”

林仙儿道：“我只知道你一直都在劝他离开我，我若先离开他，岂非正如你所愿？”

李寻欢道：“那不同。”

林仙儿道："有什么不同？"

李寻欢道："我只要你离开他，并没有要你毁了他。"

林仙儿道："我若已毁了他呢？"

李寻欢霍然转身，盯着她，一字字道："那么你就会后悔今天为何要来！"

他神色看来还是很平静，但也不知为了什么，林仙儿却忽然感觉到一种说不出的压力，压得她几乎连笑都笑不出来。

她很少有笑不出来的时候。

笑，本是她最有把握的一种武器，她只有在面对着上官金虹的时候，才会觉得这种武器并不十分有效。

但现在，她忽然发觉在李寻欢面前也一样——一个人的信心若消失，笑得就绝不会像平时那么动人了。

过了很久，她才慢慢地摇了摇头，道："你绝不会对我怎么样的，我知道。"

李寻欢道："你有把握？"

林仙儿道："嗯。"

李寻欢道："但我自己却没有把握，有时我也会做出一些令人想不到的事来。"

林仙儿道："可是，你若令我后悔了，你自己一定就要后悔得更厉害。"

李寻欢道："哦？"

林仙儿道："你若还想再见到阿飞……"

李寻欢耸然道："你知道他在哪里？"

林仙儿道："我当然知道。"

她似乎又恢复了自信，嫣然笑道："这世上也许就只有我一个人能带你去找他，也只有我一个人能救他……我既然能毁他，就能救他！"

直到这时，李寻欢的脸色大变了。

因为他知道这次她说的并不是假话。

她说谎的时候固然很可怕，说真话的时候却更可怕，因为像她这种人，若不是为了要求更高的代价，就绝不会说真话。

李寻欢轻轻地摩擦着自己的手指，他觉得指尖已有些发冷，过了很久，才长长吁了口气，道：“好，你要的是什么，说出来吧。”

林仙儿脉脉地瞧着他，不说话。

李寻欢道：“你究竟想要什么？”

林仙儿忽又笑了，柔声道：“我想要的东西一直很多，可是现在……我却只想多瞧你几眼。”

她咬着嘴唇，痴痴笑道：“因为我从来也没有看到过你发怒，我一直在想，李寻欢发怒的时候会是什么样子呢？现在我总算看到了，这机会很难得，我怎么能轻易错过。”

李寻欢沉默了半晌，慢慢地坐下，将桌上一盏油灯移到自己面前，然后慢慢地斟了杯酒。

她要看，他就让她看，而且还像是生怕她看得不够清楚。

“女人若要做一件事，最好的法子，就是让她去做，她自己很快就会觉得这件事并不如想象中那么有趣的。”

“因为女人无论对什么事的兴趣都不会保持得很久，但你若不让她去做，她的兴趣反而会更浓厚。”

这也许就是女人最大的毛病，千百年前的女人就有这种毛病，千百年后的女人也必将有这种毛病。

奇怪的是，男人对女人已研究了这么多年，但能了解女人这种毛病的男人，却偏偏还是不太多。

李寻欢坐在那里，慢慢地喝着酒。

林仙儿盯着他，甜笑着道：“你真是个妙人，不但说的话妙，做的事妙，喝酒的样子也妙，每次我看到你喝酒的时候，都恨不得将自己变成你手里的酒杯，我总忍不住要想，你对女人是不是也像对酒杯这么温柔呢？”

李寻欢听着。

林仙儿道：“其实你对付女人的法子更妙，你好像总有法子知道女人们心里在想着什么，你做的每件事都恰好正是她们最喜欢的——有时你甚至什么都不做，也自然会有人来上你的钩。”

她叹了口气，又道：“所以无论多厉害的女人，只要遇上你，就休想逃得了。”

李寻欢还是在听着。

林仙儿道："每次我遇着你，都觉得跟你聊天很有趣，后来仔细想一想，才发现上了你的当，你根本什么话都没有说。"

最会说话的人，往往也就是不说话的人。

只可惜这道理也很少有人明白。

林仙儿笑道："但这次我却不再上你的当了，这次我要你说话。"

李寻欢道："等你看够了，我再说。"

林仙儿道："我已经看够了。"

李寻欢道："那么，你还想要什么？"

林仙儿盯着他，假如眼睛里也有牙齿，李寻欢早已被她吞下了肚。

被一个这么样的女人这样盯着，虽然很愉快，却又实在有点受不了，她简直是想要人发疯。

只有李寻欢受得了。

林仙儿咬着嘴唇，一字字道："我什么都不要，只要你！"

李寻欢道："要我？"

林仙儿眼波流动，道："用你自己来换阿飞，这交易岂非很公道。"

李寻欢道："不公道。"

林仙儿道："有什么不公道，你认为他现在已不属于我了？"

李寻欢道："不错，你既然已毁了他……"

林仙儿道："就因为我已毁了他，所以他才永远属于我，我若去救他，他就不是我的了，这道理你难道不懂？"

李寻欢当然懂。就因为他懂，所以才痛苦。

林仙儿笑了，道："所以你若想要我放他走，就得用你自己来换，你若不答应，就永远再也休想见得到他。"

李寻欢慢慢地喝完了杯中酒，慢慢地走到她面前，缓缓道："看来我只有答应你了，是么？"

林仙儿笑得更媚，轻轻道："我保证你绝不会后悔的……"

她声音突然停顿。

李寻欢的手已掴在她脸上，正正反反掴了她十几个耳光。

林仙儿非但没有躲避，反而"嘤咛"一声，扑入他怀里，喘息着道："你要打，就打吧，只要你答应我，我情愿日日夜夜被你打。"

突听一人拍手笑道："打得好，她既然这么说，你为何不再打？"

第七十二章

互斗心机

摊子上挑着盏灯笼，灯笼已被油烟熏黑。

灯笼下俏生生地站着一个人，大大的眼睛，长长的辫子——

李寻欢失声道：“孙姑娘！”

孙小红嫣然道：“我本来最恨男人打女人，但这次，你却打得让我开心极了。”

林仙儿道：“我也开心极了，我喜欢被他打。”

她又勾住了李寻欢的臂，媚笑道：“你若在吃醋，不妨也过来喝杯酒，醋可以解酒，酒也可以解醋。”

孙小红居然真的走了过来，用李寻欢的酒杯倒了杯酒，一口就干了，吐了吐舌头，皱眉笑道：“劣酒喝多了虽然也就和好酒差不多，但这第一口可真难喝。”

林仙儿笑道：“等孙姑娘下次到我们家来的时候，我们一定用最好的酒来招待你。”

她仰着面，笑问李寻欢，道：“你说好不好？”

李寻欢还没有说话，孙小红已抢着道：“你笑得真好看，我虽然是女人，也忍不住想多瞧几眼。”

林仙儿吃吃笑道：“小妹妹，你还不是女人，你只不过是个小孩子。”

孙小红道：“你现在尽管多笑笑吧，因为你马上就要笑不出了。”

林仙儿道：“哦？”

孙小红道：“他绝不会答应你的。”

林仙儿道：“哦？”

孙小红道：“因为你能做得到的事，我也能做得到。”

林仙儿又笑了，道："你能做得到什么？小孩子毕竟是小孩子，明明什么事都不懂，却偏偏要装出很懂的样子。"

她吃吃地笑着道："有些事虽然只要是女人就能做，但做得好不好，分别就很大了……这道理你也懂么？"

孙小红的脸也已有些发红，咬着嘴唇道："我至少也能带他去找阿飞。"

林仙儿道："你找得到？"

孙小红道："当然，而且我也知道要怎么样才能救阿飞。"

林仙儿道："哦？"

孙小红道："要救他，只有一种法子。"

林仙儿道："什么法子？"

孙小红道："杀了你！要救他，只有杀了你！这世上若已没有你这个人，他就绝不会再有苦恼！"

李寻欢突又干了杯酒，大笑道："说得好！"

林仙儿叹了口气，道："想不到你也和阿飞一样，你难道不知大多数女人说的话都靠不住么？你难道真相信她能带你去找阿飞？"

李寻欢笑了笑，道："世上有说谎的男人，也有诚实的女人。"

孙小红笑道："对了，你莫将天下的女人都看得和你自己一样。"

林仙儿道："好，那么我问你，阿飞现在在什么地方？"

孙小红道："已跟我爷爷在一起，我爷爷已将他从上官金虹那里带出来了。"

林仙儿又笑了，瞟着李寻欢，道："这种话你也相信么？天下又有谁能从上官金虹手上将人救出来？"

李寻欢微笑道："也许只有一个人，就是她的爷爷孙老先生。"

林仙儿的笑容看来已又变得有些生硬，道："好，既然如此，我倒也想去瞧瞧。"

孙小红道："用不着！他不想见你。"

她冷冷接着道："现在你活着好像已是多余的。"

林仙儿道："你想我死？"

孙小红道："你早就该死了。"

林仙儿笑道："可是你想过没有，要谁来杀我呢？"

孙小红道："你以为没有人能下得了手？"

林仙儿眼波流动，道："这世上的男人，也许只有一个能忍心下得了手，可是他也不会出手的。"

她用眼角瞟着李寻欢，接着道："因为他知道他若杀了我，阿飞还是一样会恨他。"

孙小红道："你莫忘了，我不是男人，我也不怕阿飞恨我。"

林仙儿忽然大笑了起来，道："小妹妹，难道这就算是挑战么？难道你想跟我决斗？"

孙小红板着脸，道："一点也不错。"

她不让林仙儿说话，又道："地方可以由你选，时间却得由我。"

林仙儿道："你说什么时候？"

孙小红道："就是现在。"

看来决斗并不是男人的专利，女人有时也会决斗的。

但女人决斗的法子是不是也和男人一样呢？

孙小红道："我已挑了时间，现在你就挑个地方吧。"

林仙儿眼珠子转动着，道："地方也不必挑了，看来这里就不错，只不过……"

孙小红道："只不过怎样？"

林仙儿道："我们用哪种法子呢？"

孙小红道："决斗就是决斗，难道还有很多种法子？"

林仙儿悠然道："当然有，有的叫文斗，有的叫武斗，有的斗兵器，有的斗轻功，也有的斗毒药，何况，我们到底是女人，无论做什么事至少都应该比男人斯文些才是。"

孙小红道："你说用哪种法子？"

林仙儿眨着眼，道："法子也由我来选么？"

李寻欢忽然道："可能用毒药。"

孙小红甜甜地对他一笑，道："用毒药也没关系，我七叔也是使毒的大行家，绝不在五毒童子之下，只不过他使毒是为了要救人，并不是为了要杀人。"

林仙儿道："若能用毒药救人，使毒的本事就必定已出神入化，因为用毒药救人，的确比用毒药杀人困难得多。"

她叹了口气，道："看来我倒真不能用毒药来跟你决斗了。"

孙小红淡淡道："随便你用什么法子。"

她看来是这么有把握，李寻欢也不再说什么。"孙老先生"嫡传的武功，他也早就想见识见识了。

林仙儿又瞟了李寻欢一眼，道："在小李探花这样的绝顶高手面前，我们若是拳打脚踢地打了起来，岂非是在班门弄斧，要人家瞧着笑话。"

孙小红道："那么，你说用什么法子？"

林仙儿道："我们既然是女人，就应该用女人的法子。"

孙小红道："女人难道还有什么特别的法子？"

林仙儿道："当然有。"

孙小红道："你说。"

林仙儿道："男人自以为处处都比女人强，但有件事却只有女人才能做，本事再大的男人也无能为力。"

孙小红道："哦？"

林仙儿道："譬如说，生孩子……"

孙小红笑声道："生孩子？"

林仙儿笑道："不错，生孩子才是女人们最大的本事，最大的光荣，不能生孩子的女人，谁都瞧不起的，你说是么？"

孙小红的脸又红了，吃吃道："你难道……难道……"

林仙儿道："我们本来可以比一比谁的孩子生得多，生得快。"

孙小红叫了起来，道："你疯了，这种事怎么能比？"

林仙儿悠然道："谁说不能，难道你生不出孩子？"

孙小红涨红了脸，既不能承认，又不能否认。

林仙儿道："你若嫌这种法子太慢，太费事，我们也可以换一种。"

孙小红松了口气，道："当然要换一种。"

林仙儿道："还有些事只要是男人就敢做，但无论多厉害的女人，你若要她做这些事，她也没这个胆子。"

她笑了笑，接着道："你既然不愿意比女人都能做的事，我们就比一比女人都不敢做的事如何？"

孙小红迟疑着，道：“你先说来听听。”

林仙儿道：“譬如说，脱衣服……我们就在这里把衣服全脱下来，看谁脱得快，我若输了情愿把脑袋送给你。”

这里本是个夜市，到这里来喝酒的人，虽都不愿多管别人的闲事，但若有女人当场脱衣服，打破头也要抢着来瞧瞧的。

孙小红咬着嘴唇，红着脸道：“难怪聪明的男人都不愿找女人赌钱，原来就因为你们这种女人，无论赌什么都要想出法子来赖皮。”

林仙儿笑道：“跟男人赖皮，本来就是女人的特权，不懂得利用这种特权的女人，不是丑八怪，就是个呆子。”

孙小红大声道：“我不是男人。”

林仙儿道：“我也没有赖皮，‘随便你用什么法子’，这句话难道不是你自己说的？”

孙小红怒道：“可是我又怎知道你会想得出这种不要脸的法子？”

林仙儿悠然道：“这也只能怪你自己，你要杀我，为何不干干脆脆地动手，谁叫你还要多嘴的？”

她笑了笑，接着道：“不过话又说回来了，这也不能怪你，不多嘴的女人，到现在我还没有看到过。”

看来“决斗”的确是男人的专利。

因为决斗时只能用手，绝不能用嘴——无论谁若话说得太多了，勇气和斗志都会渐渐消失的。

无论在什么地方，你看到两个人打架时若先啰里啰唆吵了起来，那场架就一定打不起来了。

而女人却偏偏大多是“君子”，都很懂得“动口不动手”这道理。

——秋风肃杀，夕阳西下，两个女人一言不发地站在秋风落叶中，等着那立判生死的一刹那——

这种场面又有谁瞧见过？

不但没有人瞧见过，简直连听都未听说过。

“女人就是女人。”

男女虽平等，但世上却偏偏有些事是女人不能做，也做不出的。

女人若一定想做这些事，不是“自不量力”就是“自讨无趣”。

“女人就是女人”。

这道理是谁也驳不倒的。

林仙儿笑得更甜，更得意了。

看着林仙儿的笑脸，李寻欢忽然想起了蓝蝎子。

蓝蝎子虽也是个声名狼藉的女人，但却有种非凡的烈性。

他忽然觉得蓝蝎子死得很可惜。

孙小红涨红的脸已渐渐发青。

林仙儿笑道：“现在决斗的时间、地点、方法，已全都决定，斗不斗就全看你了。”

孙小红摇了摇头。

林仙儿道：“既然不斗，我可要走了。”

孙小红道：“你走吧。”

她忽然叹了口气，淡淡道：“这也只怪你运气不好。”

林仙儿抿嘴笑道：“是你运气不好，还是我运气不好？”

孙小红道：“你。”

林仙儿忍不住问道：“我运气哪点不好？”

孙小红道：“我嘴上说得虽凶，但若真的动起手来，还不至于真要你的命，最多也只不过要你受点伤，叫你以后害不了人而已。”

林仙儿笑道：“如此说来，我的运气岂非好极了？”

孙小红道：“我若已伤了你，别人再要来杀你，我一定不会让他们动手的，是么？”

她笑了笑，淡淡接着道：“但现在，若有人要来杀你，我就不管了。”

这句话还没有说完，林仙儿的身子已打了个转。

对某些事，林仙儿的反应绝不比李寻欢和阿飞慢。

她目光随着身子的转动四面搜索，向最黑暗的地方搜索。

她并没有瞧见什么。

孙小红已拉起李寻欢的手，道：“我们走吧，我不喜欢看杀人。”

林仙儿忍不住道：“你是说有人要来杀我？”

孙小红眨着眼，道：“我说过么？”

林仙儿道："人在哪里，你瞧见了？"

孙小红既不承认，也不否认。

她无论是承认，还是否认，都不会令林仙儿害怕的。

但林仙儿现在却显然有点害怕了，嗫嚅着道："我怎么瞧不见？"

孙小红淡淡笑道："你当然瞧不见，你若瞧见时，也许就太迟了。"

林仙儿道："我若看不到，你怎么能看到？"

孙小红道："因为他们要杀的并不是我。"

她又笑了笑，接着道："我现在才知道，若要杀你，最好莫要被你看到，因为若是先被你看到，也许就杀不成了。"

林仙儿道："他……他们是谁？"

孙小红道："我怎么知道谁要杀你？你自己本该知道的。"

林仙儿目光还是四下搜索着，目中已有了惊惧之色。

她一向很少害怕。

因为她总有把握能令那些要杀她的人下不了手。

但现在，她根本不知道是什么样的人，对方根本不让她看到，她就算有一万种法子，也用不出来。

孙小红道："难道连你自己都想不出是谁要杀你？是不是你自己也知道要杀你的人太多了？"

林仙儿情不自禁擦了擦汗。

她无论做什么事，姿态都一向很优美，很动人。

但现在她这擦汗的动作看来竟有些笨拙。

无论多聪明的人，心里若有些畏惧，也会变笨的。

所以你若想击倒一个人，最好的方法，就是让他自己心里先觉得恐惧，那么用不着你出手，他自己就先已将自己击倒。

李寻欢瞧着孙小红，心里忍不住在微笑。

他忽然发觉孙小红已不再是孩子，无论从哪方面看，她都已是个完全成熟的女人。

只有成熟的女人，才了解成熟的女人。

第七十三章

人性无善恶

林仙儿和孙小红的这一次决斗虽未真的交手，却无异已交手，而且已交手了两次。

只不过她们斗的不是力，而是心。

第一次林仙儿胜了。

因为她很了解女人心里的弱点，而且懂得如何利用它。

第二次，胜的却是孙小红。

她用的也是同样的法子。

她知道女人对什么事都要怀疑。

因为怀疑，才有畏惧。

孙小红若是男人，也许早已杀了林仙儿。

林仙儿若是男人，无论孙小红说什么，她也早就走了。

就因为她们都是女人，所以才会造成这种奇特的局面。

——若要男人和女人去做同一样事，无论做什么，过程既不会相同，结果更不会一样。

“决斗”也是如此。

女人的决斗当然不会有男人那么沉重、紧张、激烈，但也许却更微妙，更复杂，更有趣。

因为那其中的变化必定多些。

她们的变化，并不像武功招式的变化那样，人人都能看见，也远比武功招式的变化更复杂，更快。

只可惜她们的变化是眼睛看不见的。

若有人能看到女人心里复杂微妙的变化，一定就会觉得女人的决斗比世上所有男人的决斗都更精彩，更别致。

女人就是女人，永远和男人不同。

谁若想反驳这道理，谁就是呆子。

这道理既明白，又简单。

奇怪的是，世上偏偏有些人想不到。

孙小红拉着李寻欢在前面走。

林仙儿居然在后面跟着。

孙小红道："我们走我们的，你走你的，你为什么要跟来？"

林仙儿道："我……我也想去看看阿飞。"

孙小红道："你还要看他干什么？难道你害他害得还不够惨？"

林仙儿道："我只想……"

孙小红道："我们不会让他再看见你的，你去了，也是白去。"

林仙儿道："我只想远远看他一眼，他要不要看我都没关系。"

孙小红冷冷道："腿长在你自己身上，你一定跟着来，我们也没法子，只不过……你既然跟着来了，就莫要后悔。"

林仙儿道："我做事从不后悔。"

孙小红忽然笑了，道："你看，我早就算准她会跟着来的，果然没有算错。"

这句话是向李寻欢说的。

李寻欢微笑道："你本来就要她跟来？"

孙小红道："当然要。"

李寻欢道："为什么？"

孙小红道："我刚才既然已没法子再对她下手，就只好等下一次机会，她若不跟着我们来，我哪有机会？"

李寻欢悠然道："其实你根本不必等，刚才也可以下手，无论她说什么，你都可以不听。"

孙小红道："你们男子汉讲的是'话出如风，一诺千金'，难道我们女人就可以说了话当放屁么？"

李寻欢笑了，道："但你怎知她会跟着来？"

孙小红道："因为她想要我们保护她，她跟小李探花在一起时，无论谁想杀她，也没这个胆子下手的。"

她嫣然笑道："说得好听些，这就叫作狐假虎威，说得难听些，这就叫作狗仗人势。”

李寻欢失笑道：“这两种说法好像都不大好听。”

孙小红道：“你若是做了这些事，无论别人话说得多难听，也只好听听了。”

这些话林仙儿当然全都听得见。

孙小红本就是故意说给她听的。

但林仙儿却装得好像什么都没有听到似的，也没有开口。

她这人就仿佛突然变得又聋又哑。

能装聋作哑，的确是种很了不起的本事。

孙小红忽然改变了话题，道：“你知不知道龙啸云要跟上官金虹结拜的事？”

李寻欢道：“听说过……你们就是为这件事来的。”

孙小红道：“嗯，因为我们知道在这里一定可以遇到很多人。”

她瞟了李寻欢一眼，抿着嘴笑道：“最主要的，当然还是因为我知道可以在这里遇见你。”

李寻欢也在瞧着她，心里忽然觉得很温暖，就好像喝了杯醇酒。

他已很久没有感觉到这种滋味了。

孙小红被他瞧着，整个人都像是在春风里。

过了很久，李寻欢才叹了口气，道：“若不是你们来，说不定我已……”

孙小红打断了他的话，抢着道：“说不定上官金虹已进了棺材。”

李寻欢淡淡一笑，没有再接着说下去。

他和上官金虹虽然迟早难免要一决生死，但他却不愿谈到这件事。

他不愿对这件事想得太多，因为想得太多，就有牵挂，有了牵挂，心就会乱，心若乱了，他战胜的机会就更少。

孙小红道：“其实对上官金虹那种人，你本不必讲道义，你若在他看到上官飞尸体的时候出手，一定可以杀了他。”

李寻欢叹道：“只怕未必。”

孙小红道：“未必？你认为他看到自己儿子死了，心也不会乱？”

李寻欢道：“血浓于水，上官金虹多少也有点人性。”

孙小红道：“那么你为何不出手？你要知道，你对他讲交情，他可不会对你讲交情。”

李寻欢道：“我和他现在已势不两立，谁也不会对谁讲交情。”

孙小红道：“那么你……”

李寻欢忽然笑了笑，打断了她的话，道：“我不出手，只因为我还要等更好的机会。”

孙小红道：“在我看来，那时已经是最好的机会。”

李寻欢道：“你看错了。”

孙小红道：“哦？”

李寻欢道：“看到自己的儿子死了，心虽然会乱，但心里却会生出种悲愤之气，那时我若出手，他就会将这股怒气发泄在我身上。”

他叹息着，接道：“人在悲愤中，不但力量要比平时大得多，勇气也要比平时大得多，那时上官金虹若出手，一击之威，我实在没有把握能接得住。”

孙小红瞧着他笑了，嫣然道：“原来你也不是我想象中那么好的人，有时你也会用心机的。”

李寻欢也笑了，道：“我若真像别人想的那么好，至少已死了八十次。”

孙小红道：“上官金虹若知道你的意思，一定会后悔喝那杯酒的。”

李寻欢道：“他绝不后悔。”

孙小红道：“为什么？”

李寻欢道：“因为我的意思他本就很明了。”

孙小红道：“那么，他为什么还要敬你酒？”

李寻欢道：“他敬我那杯酒，为的并不是我对他讲道义——讲道义的人在他眼中看来，简直是呆子。”

孙小红道：“那么他为的是什么？”

李寻欢笑道：“因为他已明了我的意思，知道我并不是呆子。”

孙小红眨着眼，道：“他知道你也和他一样，能等，能忍，能把握机会，也能判断什么时候才是最好的机会，所以才敬你的酒，是不是？”

李寻欢道："是。"

孙小红道："他觉得你也和他是同样的人，所以才佩服你，欣赏你——一个人最欣赏的人，本就必定是和他自己同样的人，因为每个人都一定很欣赏自己。"

李寻欢微笑道："这句话说得很好，简直不像你这种年纪的人能说得出来的。"

孙小红撇了撇嘴，道："但你真的和他是同样的人么？"

李寻欢沉吟着，缓缓道："在某些方面说，是的，只不过因为我们生长的环境不同，遇着的人和事也不同，所以才会造成完全不同的两个人。"

他叹息接道："有人说，人性本善，也有人说，人性本恶，在我看来，人性本无善恶，一个人是善是恶，都是后天的影响。"

孙小红凝注着他，道："看来你不但很了解别人，也很了解自己。"

李寻欢叹道："一个人若要真的完全了解自己，并不容易。"

他神色又黯淡了下来，目中又露出了痛苦和忧虑。

孙小红也叹了口气，幽幽道："一个人若要了解自己，必定要先经过很多折磨，尝过很多痛苦——是不是？"

李寻欢黯然道："正是如此。"

孙小红叹道："这么说来，我倒希望永远不要了解自己了，了解得愈多，痛苦愈多，完全不了解，也许反倒幸运些。"

这次是李寻欢改变了话题。

他忽然问道："上官金虹敬我酒的时候，你们还在那里？"

孙小红道："我们已经走了，这件事都是我以后听人说的。"

她嫣然笑道："现在你和上官金虹都是了不起的大人物，你们的一举一动，在别人看来都是大消息，今天晚上，在这城里，至少也有十万个人在谈论你……你信不信？"

李寻欢笑道："所以我才佩服你爷爷，身若浮云，心如止水，随心所欲，无牵无挂，这种人才真的是了不起！"

孙小红沉默了半晌，幽幽道："他老人家的确已什么事都看穿了。"

她忽又改变话题，道：“你知不知道那口棺材是谁送去的？”

李寻欢道：“我猜不出。”

孙小红眨了眨眼，道：“送棺材去的，难道就是杀上官飞的人？”

她显然也已知道杀上官飞的人是谁了。

林仙儿却不知道，一直竖着耳朵在听，只恨他们却偏偏都不肯将这个人的名字说出来。

李寻欢沉吟着，道：“想必就是他，因为知道上官飞尸体在那里的人并不多。”

孙小红道：“他为什么要这样做？”

李寻欢道：“因为他想打击上官金虹。”

孙小红道：“他也恨上官金虹？”

李寻欢又沉吟了很久，缓缓道：“也许他并不是恨，他想打击上官金虹，也许只因为上官金虹被打倒后，他才有机会去救他。”

孙小红道：“我更不懂了，他既然想救他，为何又要打击他？”

李寻欢道：“也许他是要上官金虹后悔。”

孙小红叹了口气，道：“人的心，实在比什么事都难了解。”

李寻欢缓缓道：“不错，世上最难了解的，就是人心和人性，人性的复杂，远在天下任何一种武功之上。”

他忽然又接着道：“但你若不能了解人性，武功也就永远无法达到巅峰，因为无论什么事，都是和人性息息相关的，武功也不例外。”

这种哲理对孙小红来说也许太深奥了些。

孙小红也不知听懂了没有，沉默了半晌才开口，声音如风在轻诉，道：“我什么都不想了解，只想了解你。”

她的眼睛在凝视着他，眼睛里的神色不仅是赞赏，还带着种信赖，仿佛在告诉他，只有在他面前，她才会将自己的心事全说出来。

李寻欢心里忽然又泛起了那种温暖之意，几乎忍不住要伸手去摸一摸她那苹果般的脸。

但他当然并没有真的这么样做。

他绝不能这么做。

他慢慢地扭转头，轻轻地咳嗽了起来。

孙小红显然在等着，等了很久，目中渐渐露出了失望之色，缓缓道：“但你却好像很怕被人了解，所以时时刻刻都在防备着。”

李寻欢道：“怕？怕什么？”

孙小红咬着嘴唇，道：“怕别人爱上你。”

她很快地接着道：“因为你知道无论谁若是真正了解了你，一定就会忍不住要爱上你的，你宁可被人恨，也不愿被人爱，是么？”

李寻欢笑了，道：“现在的年代的确变了，以前的小姑娘，嘴里绝不会说出‘爱’这个字。”

孙小红道：“以后的小姑娘也未必敢说，可是我……我无论生在哪个年代，就算是生在几百年以前，只要是我心里想说的话，我还是一样会说出来。”

无论是什么时代，都会有几个像她这样的人。

这种人敢说，敢做，敢爱，也敢恨。

就因为他们是活在时代前面的，所以在别人眼中，也许会将他们看成疯子、怪物。

但他们自己却还是活得很好，很愉快，甚至比大多数人都愉快得多，因为无论别人对他们的看法如何，他们根本全不在乎。

今夜还是有雾。

现在虽已是冬天，但这雾，却像是春天的雾。

孙小红在雾中慢慢地走着，就像是希望这段路永远也莫要走完似的。

李寻欢本来是急着想去瞧阿飞的，但现在，他也没有催促。

这些年来，他的心情一直很沉重，就像是已被一道无形的枷锁压住，压得他几乎连气都透不过来。

只有在和孙小红聊天的时候，他才会觉得轻松些。

他忽然发觉孙小红实在很了解他，甚至比他想象中还要了解得深。

能和了解自己的人聊聊天，本是人生中最愉快的事。

但李寻欢却已开始想逃避了。

“……你宁可被人恨，也不愿被人爱，是么？”

李寻欢的心在绞痛。

他并不是“不愿”，而是“不能”。

他觉得自己非但已无法再“给予”，也无法再“接受”。

每个人都戴着他自己的枷锁，除了他自己外，谁也无法替他解脱。

李寻欢如此，阿飞也如此。

他们的枷锁是不是永远也无法解脱？难道他们要戴着这副枷锁走入坟墓？

孙小红忽然停下脚步，道："到了。"

路很荒僻，路旁有栋小小的屋子，窗子里有灯光透出。

灯光闪动着，显得特别明亮，这么小的屋子里，本不该有这么明亮的灯光。

孙小红转过身，面对着林仙儿，道："这地方你认得的，是不是？"

林仙儿当然认得，这本是她和阿飞的"家"。

她咬着嘴唇，点了点头，嗫嚅着道："阿飞已回来了？"

孙小红道："你是不是也想进去看看他？"

林仙儿道："我……我可以进去么？"

孙小红道："这本是你的家，你要进去就进去，本不必问别人的。"

林仙儿垂下了头，道："可是，现在……"

孙小红道："现在当然不同了，你自己也该知道，这种情况是谁造成的？"

她冷笑着接道："你本可在这里快快活活、安安静静地过一生，可是你自己不愿意，因为你看不起这个家，也看不起这个人。"

林仙儿垂着头，轻轻道："现在我才知道自己错了，我还能够活着，全都是因为他在保护我，若是没有他，我也许早就被人杀了。"

她声音愈说愈低，眼泪也已流下！

她叹了口气，接道："我和他在一起的时候，没有人敢来伤我一根头发……但现在，好像任何人都可以来要我的命……"

孙小红盯着她，冷冷道："你以为他还会像以前那样保护你？"

林仙儿流着泪道："我不知道，我也不在乎……"

她忽然抬起头，大声道："我只想再见他一面，对他说两句话，然后立刻就走，这要求无论怎么都不过分，你们总可以答应我吧。"

孙小红道："我并不是不答应，只可惜你说的话很难令人相信。"

林仙儿道："就算我到时候又不肯走了，你们也可以赶我走的。"

孙小红沉吟着，瞧了李寻欢一眼。

李寻欢一直静静地站在那里，脸上一点表情都没有。

但他的心也很乱。

他这一生最大的弱点，就是心肠太软，有时他虽然明知这件事是绝不能做的，却偏偏还是硬不起心肠来拒绝。

很多人都知道他这种弱点，很多人都在利用他这种弱点。

他自己也知道，却还是没法子改。

他宁可让人对不起他一万次，也不愿做一次对不起别人的事。有时他甚至明知别人在骗他，却还是宁愿被骗。

因为他觉得只要有一个人对他说的是真话，他牺牲的代价就已值得。

李寻欢就是这么样一个人，你说他是君子也好，是呆子也好，至少他这种人总是你这一辈子很难再遇见第二个的。

至少你遇见他总不会觉得后悔。

他很少令人流汗，更少令人流血；血与汗他情愿自己流。

但他做出的事，总令人忍不住要流泪——

是感动的泪，也是感激的泪。

孙小红心里在叹息。

她早已知道李寻欢绝不忍拒绝的，他几乎从未拒绝过别人。

林仙儿幽幽道："这也许就是我最后一次见他了，以后他若知道你们连最后一面都不让我去见他一次，会恨你们一辈子。"

孙小红咬着嘴唇，道："你只说两句话？说完了立刻就走？"

林仙儿凄然笑道："我难道真的那么不知趣？难道真要等你们来赶我走？只要你们答应我这最后的一个要求，我死而无怨。"

李寻欢忽然长长叹了口气，道："让她去吧，无论如何，两句话总害不了人的。"

第七十四章

蒸笼和枷锁

屋子里很热，热得出奇。

因为屋里生了四盆火，火烧得很旺。

闪动的火光，将墙壁和地板都照成了嫣红色。

阿飞的脸也是红的，全身都是红的。

他就躺在四盆火的中间，赤着上身，只穿着条犊鼻裤。

裤子已湿透。

他仰面躺在那里，不停地流着汗，不停地喘着气。

他整个人都已虚脱。

屋角里坐着个白发苍苍的清癯老人，正自悠闲地抽着旱烟。

一缕缕轻烟从他鼻子里喷出来，他的人就好像坐在雾里。

他的确是个雾一般的人物。

没有人知道他从哪里来，也没有人知道他要往哪里去。

甚至没有人知道他究竟是谁?

也许他只不过是个穷愁潦倒的说书先生。

也许他就是那鬼神难测的“天机老人”。

阿飞闭着眼睛，仿佛根本没有发现有人走进来。

但无论谁走进来，第一眼就会看到他。

孙小红怔了怔，失声道：“爷爷，你老人家这是在干什么？”

孙老先生眯着眼，喷出口烟，悠然道：“我在蒸他。”

孙小红更奇怪了，瞪大眼睛道：“蒸他？他既不是馒头，又不是螃蟹，为什么要蒸他？”

阿飞现在看来的确就好像一只被蒸熟了的螃蟹。

孙老先生笑了，道：“我蒸他，因为我要将他身子里的酒蒸出来，让他清醒。”

他目光凝注着李寻欢，缓缓接着道：“我也想将他血里的勇气蒸出来，让他重新做人。”

李寻欢长揖，苦笑道：“如此说来，我倒也的确需要被蒸一蒸，只可惜我身子里的酒若完全被蒸出来，我这人只怕也就变成空的了。”

孙老先生目中闪动着笑意，道：“你身子里除了酒，难道就没有别的？”

李寻欢叹息了一声道：“也许还有一肚子的不合时宜。”

孙老先生拊掌大笑，道：“说得妙，若没有一肚子学问，怎说得出这种话来？”

他忽又顿住笑，唏嘘道：“其实我倒真想把你蒸一蒸，看看你身子里除了酒和学问外，还有什么别的？看老天究竟用些什么东西来造成你这么样一个人的。”

孙小红眨着眼，道：“然后呢？”

孙老先生道：“然后我就要将天下的人全都找来，把这些东西像填鸭似的塞到他们肚子里去。”

孙小红道：“每个人都塞一点？”

孙老先生道：“不是一点，愈多愈好。”

孙小红笑道：“这样说来，天下的人岂非都要变得和他一样了？”

孙老先生道：“天下的人都变得和他一样，又有什么不好？”

孙小红道：“也有点不好。”

孙老先生道：“哪点不好？”

孙小红突然垂下头，不说话了。

这祖孙两人也许是搭档说书说惯了，平时说起话来，也是一搭一档，一吹一唱，教别人连插嘴的机会都没有。

直到这时，李寻欢才有机会开口。

他苦笑着，道：“前辈若要令天下人都变得和我一样，世上也许只有一种人赞成这主意。”

孙老先生道：“哪种人？”

李寻欢道：“卖酒的。”

孙老先生也笑了，道：“在我看来，世上也许只有一个人不赞成我这主意。”

孙小红忽然道：“谁？”

这个字她脱口就说了出来，说出来后，又有点后悔。

因为她已知道她爷爷说的是谁了。

孙老先生果然在瞧着她，微笑道：“就是你。”

也不知为了什么，孙小红的脸忽然红了，垂着头道：“我……我为什么不赞成？”

孙老先生笑道：“天下人若是都变得和他一样，你岂非就不知道要哪个才好。”

孙小红“嘤咛”一声扭转了身子，脸已红如炉火。

她心里是不是也有一团火？

少女们的春火？孙老先生拊掌大笑，笑过了，就又开始抽烟。

他仿佛根本没有注意到林仙儿这个人，也没有瞧她一眼，但却连自己烟斗的烟早就熄了都不知道。

屋子里忽然沉寂了下来，只剩下松枝在火焰中燃烧的声音。

林仙儿已走到阿飞面前。

除了阿飞外，她也没有去瞧别人一眼。

闪动着的火光映着她的脸，她脸上一阵白，一阵红，红的时候看来就像是害羞的仙子，白的时候看来就如幽灵。

人都有两种面目，有时美丽，有时丑陋。

只有她，无论怎么变，都是美丽的。

她若是仙子，当然是天上最美丽的仙子；她若是幽灵，也是地狱中最美丽的鬼魂。

但阿飞却像是已下定了决心，无论她怎么变，都不会再瞧她一眼。

林仙儿轻轻叹了口气，幽幽道：“我到这里来，只为了要对你说两句话，听不听都随便你。”

阿飞好像根本没有在听。

可是，他的身子为什么却又已僵硬？

林仙儿缓缓接着道：“那天，我知道你很伤心，可是我却不能不那么做，因为我不愿看到你死在上官金虹手上，我只有用那种法子，上官金虹才不会杀你。”

阿飞好像还是没有在听。

可是，为什么他的拳已握紧？

林仙儿道："今天我到这里来，既不是要求你了解，更不是要求你原谅，我自己也知道，我们的缘分已尽……"

她长长地叹息了一声，才接着道："我告诉你这些话，只为了要让你心里觉得好受些，因为我一直都希望你好好地活下去。至于我……"

孙小红忽然大声道："你已说得太多了。"

林仙儿笑了笑，笑得很凄凉，慢慢道："不错，我的确已说得太多了。"

她果然一个字都不再说，立刻转身走了出去。

她走得并不快，却没有回头。

阿飞还是躺在那里，连眼睛都没有张开过。

林仙儿眼看已要走出门。

李寻欢这才松了口气。

他知道林仙儿今天只要走出这道门，阿飞以后只怕就永远再也见不到她。

只要阿飞不再见到她，就已重生。

林仙儿自己当然也很明白今天只要走出这道门，就等于已走出了这世界。

她脚步虽然并没有慢下来，但目光中却已又露出了恐惧之意——屋子里虽然亮如白昼，但门外却是一片黑暗。

虽然也有星光，但星光她并没有看在眼里。

她喜欢的是令人炫目的光彩。

她喜欢赞美、阿谀、掌声，喜欢奢侈、浪费、享受，喜欢被人爱，也喜欢被人恨……

她本就是为了这些而活着的。

若没有这些，她就算还能活下去，也就如活在坟墓里。

黑暗已愈来愈近了。

林仙儿目中的恐惧已渐渐变为怨毒、仇恨。

这时她若有力量，她一定会将世上所有活着的人都杀死。

但就在这时，阿飞突然跳了起来，大声道：

“等一等。”

“等一等！”

谁都无法相信这简简单单的三个字能改变多少人的一生！

就在这刹那间，林仙儿已突然完全改变。

她眼睛里立刻就又充满了得意、自信、骄傲，她整个人也仿佛突然变得说不出的辉煌、美丽！

她几乎从来也没有像现在这么美丽过。

“只有骄傲和自信，才是女人最好的装饰品。”

一个没有信心，没有希望的女人，就算她长得不难看，也绝不会有那种令人心动的吸引力。

这就正如在女人眼中，只要是成功的男人，就一定不会是丑陋的。

“只有事业的成功，才是男人最好的装饰品。”

林仙儿脚步已停下，还是没有回头，却轻轻叹息了一声。

她的叹息声很轻很轻，带着种说不出的幽怨凄苦之意。

看到她目中神色的人，无论如何也不会相信她在如此得意的时候，也会发出这么凄凉的叹息。

李寻欢的心又沉了下去。

他知道世上绝没有任何一种音乐，任何一种声音能比她这种叹息更能打动男人的心，纵然是秋叶的凋落声，流水的哀鸣声，甚至连月下的寒琴、风中的夜笛，也绝没有她这种叹息声凄恻动人。

他只希望阿飞能瞧他一眼，听他说句话。

但阿飞现在眼中已又只剩下林仙儿一个人，耳里也只能听得到她一个人的声音。

林仙儿叹息着道：“我的话已说完了，已不能再等了。”

阿飞道：“不能等？为什么？”

林仙儿道：“因为我答应过别人，只来说两句话，说完了就走的。”

阿飞道：“你想走？”

林仙儿叹道：“就算我不想走，也有人会来赶我走。”

阿飞道：“谁？谁要赶你走？”

他眼睛里忽然又有了光，有了力量，大声道：“你为什么要被人赶走？这本是你的家。”

林仙儿霍然转身，凝注着阿飞。

她目中似已有泪，因为她眼波本就柔如春水。

良久良久，她才又叹息了一声，凄然道：“现在这里还是我的家么？”

阿飞道：“当然是的，只要你愿意，这里就是你的家。”

林仙儿的脚步开始移动，仿佛忍不住要去投入阿飞怀里，但忽然间又停下脚步，垂头道：“我当然愿意，怎奈别人却不愿意。”

阿飞咬着牙，一字字道：“谁不愿意，谁就得走。”

他似已不敢触及李寻欢的目光，也不管别人对他怎么想了。

孙老先生的确将他血液里的酒蒸了出来，勇气蒸了出来，他却将他的情感也全都蒸了出来。

一个人身子最虚弱时，情感却最丰富。

阿飞的眼睛似乎再也不愿离开林仙儿，一字字接着道：“在这里，没有任何人能赶你走，只有你才能赶别人走。”

林仙儿带着泪，又带着笑，道：“我的确很想跟你单独在一起，可是，他们都是你的朋友……”

阿飞道：“不愿意做你朋友的人，也就不是我的朋友。”

林仙儿忽然燕子般投入他怀里，紧紧拥抱住他，道：“只要能再听到你说这句话，我已经心满意足了，别的我什么都不再想，无论别人对我怎么样，我也都不再放在心上。”

门，是虚掩着的。

李寻欢慢慢地走了出去，走入门外的黑暗与寒夜中。

他知道自己若再留在屋子里，已是多余的。

孙小红也跟了出来，咬着嘴唇，道：“我们难道就这样走了么？”

李寻欢什么也没有说，什么都说不出。

孙小红跺了跺脚，道：“我真没想到他竟是这么样一个人，居然还对她这样子，这种人简直……简直是忘恩负义，重色轻友！”

李寻欢终于长长叹了口气，道：“你看错他了。”

孙小红冷笑着，恨恨道：“我看错了？难道他不是这种人？”

李寻欢道：“他不是。”

孙小红道：“若不是这种人，怎么能做得出这种事？”

李寻欢黯然道：“因为……因为……”

他实因不知道该怎么说，孙老先生却替他说了下去。

孙老先生叹息着道：“他这么样做，只因为他已不能自主。”

孙小红道：“为什么不能自主，又没有人用刀逼住他，用锁锁住他。”

孙老先生道：“虽然没有别人逼他，他自己却已将自己锁住。”

他叹息着接道：“其实，不只是他，世上每个人都有他自己的枷锁，也有他自己的蒸笼。”

孙小红道：“我就没有。”

孙老先生道：“你没有，只因为你还是个孩子，还不懂！”

孙小红叫了起来，道：“我是孩子？好，就算我还是个孩子，那么他呢？”

她指着李寻欢道：“他总不是孩子了吧？难道他也有他的枷锁？他的蒸笼。”

孙老先生道：“他当然有。”

孙小红瞪着李寻欢，道：“你承认你有？”

李寻欢叹了口气，苦笑道：“我承认，因为我的确有。”

孙老先生道：“他对自己什么都不在乎，就算有人辱骂了他，对不起他，他也不放在心上，别人甚至会以为他连勇气都已消失……”

李寻欢笑得更苦。

孙老先生道：“但他的朋友若是有了危险，他就会不顾一切去救他，甚至赴汤蹈火，两肋插刀也在所不惜……”

他叹了口气，接着道：“因为朋友就是他的蒸笼，只有这种蒸笼，才能将他的生命之力蒸出来，将他的勇气蒸出来。”

孙小红道：“那么，龙啸云那种人难道也有蒸笼么？”

孙老先生道：“当然也有。”

孙小红道：“什么才是他的蒸笼？”

孙老先生道：“金钱、权力！”

孙小红道："可是，他要杀李寻欢，却并不是为了金钱和权力，因为他自己也知道李寻欢是绝不会和他争权夺利的。"

孙老先生道："他一心要杀李寻欢，只因为他心上也有副枷锁。"

孙小红道："他的枷锁是什么？"

孙老先生瞟了李寻欢一眼，没有再说下去。

李寻欢的脸色比夜色更黯。

孙小红忽然也明白了。

龙啸云恨李寻欢，因为他怀疑，他嫉妒。

他始终怀疑李寻欢会将所有的一切都收回去。

他嫉妒李寻欢那种伟大的人格和情感，因为他自己永远做不到。

怀疑和嫉妒，就是他的枷锁。

这种枷锁也许世上大多数人都有一副。

那么，阿飞的枷锁是什么呢？

孙老先生目光遥视着天际的星光，叹息着道："阿飞的枷锁就和龙啸云的完全不同了……阿飞的枷锁是爱。"

孙小红道："爱？爱也是枷锁？"

孙老先生道："当然是，而且比别的枷锁都重得多。"

孙小红道："但他真的那么爱林仙儿么？他爱她，是不是只因为他得不到她？"

没有人回答她的话。

因为这问题根本就没有人能回答。

孙小红叹了口气，凝注着李寻欢，道："他是你的朋友，你好歹也得想个法子救救他，将他这副枷锁解脱。"

李寻欢慢慢地回过头——

窗子里的火光已暗了，小屋孤零零地矗立在西风和黑暗中，看来就像是阿飞的人一样，那么倔强，又那么寂寞。

李寻欢弯下腰，不停地咳嗽起来。

因为他知道无论谁都没法子将阿飞的枷锁解脱。

除了他自己之外，谁也没法子救得了他。

第七十五章

最慷慨的人

炉火已熄。

现在屋子里燃烧着的是另一种火。

一条修长、浑圆的腿自床沿垂下，在朦胧中看来更白得耀眼。

腿蜷曲，人颤抖。

阿飞紧张得就像是一根弓弦。

箭已在弦上，寻找着箭垛。

有经验的人都知道极度疲劳后的紧张最难令人忍受。

林仙儿当然是有经验的人。

她闪避着，推拒着，喘息着："等一等……等一等……"

阿飞的回答不是言语，是动作。

他显然已不想再等。

林仙儿咬着唇，望着他布满红丝的眼睛。

"你……你为什么一直没有问我？"

"问什么？"

"问我是不是已经和上官金虹……"

阿飞的动作突然停住，就像是被人踢了一脚。

林仙儿盯着他："你一直没有问，难道你不在乎？"

阿飞不停地在流汗，汗使人软弱。

林仙儿已感觉到他的软弱。

"我知道你一定在乎的，因为你爱我。"

她的声音凄楚，眼睛里却带着种残酷的笑意，就像是一只猫在看着爪下的老鼠，就像是上官金虹在看着她的时候。

阿飞的声音嘶哑："你有没有？"

林仙儿叹息着："一只老鼠若是落入了猫的手里，你不必问，也该知道她的结果。"

阿飞突然倒了下去，已愤怒得不能再有任何动作。

林仙儿轻抚着他的脸，仿佛已有泪将流落。

"我知道你会生气，可是我不能不说，因为我本想将这身子清清白白地交给你的，只可惜……"

她伏在阿飞胸膛上，流着泪："我现在真后悔为什么要让你等这么久，虽然是为了你，可是我……"

阿飞忽然大叫了起来："我知道你是为了我，所以我一定要还你的清白。"

林仙儿凄然道："这是永远没法子还的。"

阿飞道："有！我有法子。"

他紧握着双手，咬着牙道："只要杀了上官金虹，杀了玷污你的人，你就还是清白的……"

他声音忽然停顿，因为他听到窗外有人在冷笑。

一人冷笑着道："这么样说来，你要杀的人就太多了！"

另一人冷笑道："这条母狗身子根本就从来也没有清白的时候，只要是跟她见过面的男人，除了你之外，谁都跟她睡过觉。"

第三人笑道："你若要将跟她睡过觉的男人全都杀死，就算每天杀八十个，杀到你胡子都白了的时候，也杀不完的。"

这屋子一共有三个窗户。

每个窗户外都有个人。

三个人说话的声音虽不同，却又有种很奇特的相同之处。

尖锐，做作，无论谁听了都想吐。

阿飞跃起，掀起被，盖住了林仙儿赤裸的身子，踢出枕头，击灭了桌上的灯，厉声道："什么人？"

他本想冲出去，但身子跃起后，又退回，紧守在林仙儿身旁。

窗外的三个人都在大笑："你难道还怕这母狗的身子被我们看到？"

"她早就被人看惯了，没有男人看她，她反而会觉得不舒服。"

"砰"的一声，窗户忽然同时被撞开。

三道强烈的光柱从窗外照进来，集中在林仙儿身上。

是孔明灯的灯光。

只能看得到灯光，却看不到灯在哪里，也看不到人在哪里。

炫目的灯光亮得人眼睛都张不开。

林仙儿用手挡住了眼睛，棉被从她身上慢慢地往下滑，渐渐露出了她的脚，她的腿……

她并没有将这条被拉住的意思，她的确不怕被人看。

阿飞咬着牙，将衣服摔过去，厉声道："穿起来。"

林仙儿眼波流转，忽然笑了，道："为什么？你难道认为我见不得人？"

她又已几乎完全赤裸，又在媚笑。

她又同时用出了她的两种武器。

阿飞抄起张凳子，摔碎，握着了两只凳脚，厉声道："谁敢进来，我就要他死！"

外面的三个人又笑了，这次笑声是从门外传进来的："他居然还想要人的命。"

"就凭他现在这样子，谁的命他都休想要得了。"

"他至少还能要一个人的命——要他自己的命！"

又是"砰"的一声大裂，厚木板做成的门突然被打得粉碎。

木屑纷飞，三个人慢慢地走了进来。

三个黄衣人。

三个人头上都戴着顶竹笠，紧紧压在眉毛上，掩起了面目。

这正是"金钱帮"属下独特的标志。

第一人手上缠着根金链，链子两端悬着个瓜大的铜锤。

第二人和第三人用的是刀剑。

鬼头刀和丧门剑。

三个人的武器都已在手，仿佛生怕错过任何一个杀人的机会。

阿飞突然镇定了下来，正如一条饥饿而愤怒的狼，忽然嗅到血腥气时，反而会镇定下来一样。

他的反应虽已慢，体力虽衰退，可是他的本能还未丧失。

他已嗅到了血腥气。

林仙儿却还在笑着，笑得更媚，道："原来是'风雨双流星'向松向舵主到了，失迎失迎。"

向松手里的流星锤不停地轻轻摇摆着，他的人却稳如泰山。

林仙儿道："向舵主这次来，是奉了上官金虹之命来杀我的么？"

向松道："你猜对了。"

林仙儿叹了口气，道："想不到上官金虹这么急着想要我的命。"

向松道："用不着的人，就得死。"

林仙儿道："你猜错了，他并不是为了这原因才想杀我。"

向松道："哦？"

林仙儿道："他要杀我，只不过为了怕我再去找别的男人，丢他的面子。"

向松冷冷道："上官帮主的命令从来用不着解释，只执行。"

林仙儿瞟了阿飞一眼，道："你们敢闯到这里来杀我，想必是认为他已不能保护我。"

向松道："他不妨试试。"

执刀的人忽然冷笑道："他已不必试。"

林仙儿道："哦？"

执刀的人道："你敢在他面前说这种话，自然也知道他已不能保护你了，既然大家都知道，又何必试？"

林仙儿又笑了，道："不错，他的确已连自己都保护不了，我也在替他难受，只不过……"

她慢慢地站起来，赤裸裸地站在灯光下，慢慢地接着道："你认为我自己是不是还能保护自己呢？"

她胸膛骄傲地挺立，腿笔直。

她的皮肤在灯光下看来就像是奶油色的缎子。

这身材的确值得她骄傲。

阿飞的脸已因痛苦而扭曲，冷汗如豆，一粒粒滴落。

林仙儿的手在自己身上轻抚，柔声道："你们杀了我，不会觉得可惜么？"

向松也叹了口气，缓缓道："有些女人拿自己的身子来付账，付脂粉的账，付绸缎的账，无论对谁都从不小气，但你却不同。"

林仙儿笑道：“我当然不同。”

向松道：“你比她们更大方，你用你自己的身子付小费，甚至连替你开门的店小二，只要你高兴，你都会让他满意。”

林仙儿媚笑道：“你是不是也想问我要小费？”

她慢慢地走过去，道：“你来拿吧，我付的小费，任何人都不会嫌多的。”

向松木立。

林仙儿走到他面前，想去勾他的脖子。

向松忽然出手，锤击胸膛。

林仙儿凌空一个翻身，落在床上怔住了。

向松头上的竹笠已被打落，露出了他的脸。

一张苍白的脸，满是皱纹，没有胡子，一根胡子都没有。

林仙儿忽然大笑了起来，道：“难怪上官金虹要你们来杀我，原来你是个阴阳人——不男不女的阴阳人。”

向松冷冷地盯着她，面上一点表情也没有。过了很久，他目光才转向阿飞，一字字道：“你最好出去。”

阿飞道：“出去？”

向松道：“难道你还想保护这条母狗？”

阿飞的手渐渐垂落。

向松道：“所以你最好出去，我杀她的时候，你最好莫要在旁边瞧着。”

阿飞道：“为什么？”

向松狞笑，道：“因为你若在旁边瞧着，一定会吐。”

阿飞沉默了，垂下了头。

林仙儿的笑声已停止。到了这时，她也已笑不出。

就在这时，阿飞已出手！

阿飞的本能还未消失。

他选择的确实是最好的机会。

只可惜他反应已慢，体力已衰。

金光一闪，流星锤飞出。

木屑纷飞，阿飞手里的凳子脚已被击得粉碎。

向松冷笑道："我奉命来杀她，不是杀你，我从不愿多事，所以你还活着。"

阿飞紧握着两截已被打断了的木脚，就像是一个快淹死的人紧握着他的最后一线希望。

但这又是个什么样的希望？

他本是杀人的人。

他杀人，别人杀他。

但现在，他已不能杀人，别人也已不屑杀他。

这表示他在别人眼中已全无价值，他是死是活，别人也不放在心上。

"一个人要爬起来很难，要跌下却很容易。"

阿飞突然想起他去救李寻欢的时候，和荆无命决斗的时候……

那时他在别人眼中，还是不可轻视的。

但现在呢？

那只不过是几天前的事，但现在想来，却已遥远得几乎无法记忆。

向松的声音似乎也已遥远："你要留在这里也无妨，我就要你看看真正的杀人是什么样子的。"

突然一人缓缓道："凭你也懂杀人么？你只怕还不配！"

第七十六章

生死一线间

缓慢的语声，既无高低，也没有情感，向松是熟悉这种声音的，只有荆无命说话才是这种声音。

荆无命！

向松骇然回首果然瞧见了荆无命。

他的衣衫已破旧，神情看来也很憔悴，但他的那双眼睛——

死灰色的眼睛，还是冷得像冰，足以令任何人的血凝结。

向松避开了他的眼睛，看到了他的手。

他的左手还是用布悬着，手的颜色已变成死灰色，就像是刚从棺材里伸出来的。

这本是只杀人的手，但现在却只能令人作呕。

向松笑了，淡淡笑道："在下虽不懂杀人，却还能杀，荆先生虽懂得杀人，只可惜杀人并不是用嘴的，是要用手！"

荆无命的瞳孔又在收缩，盯着他，一字字道："你看不到我的手？"

向松道："手也有很多种，我看到的并不是杀人的手。"

荆无命道："你认为我右手不能杀人？"

向松微笑道："人也有很多种，有些人容易杀，有些人不容易。"

荆无命道："你是哪一种？"

向松忽然沉下了脸，冷冷道："你杀不死的那一种。"

他目中充满了仇恨，像是在激荆无命出手，他要找个杀荆无命的理由。

荆无命忽然笑了。

他也和上官金虹一样，笑的时候远比不笑时更残酷，更可怕。

向松竟不由自主后退了一步。

荆无命道："原来你恨我？"

向松咬着牙，冷笑道："不恨你的人只怕还很少。"

荆无命道："你想杀我？"

向松道："想杀你的人也不止我一个。"

荆无命道："但你为什么要等到现在？"

向松道："要杀人就得等机会，这道理你本该比谁都明白。"

荆无命道："你认为现在机会已来了？"

向松道："不错。"

荆无命忽又叹了口气，道："只可惜我有个秘密你还不知道。"

向松忍不住问道："什么秘密？"

荆无命死灰色的眼睛盯着他的咽喉，缓缓道："我右手也能杀人的，而且比左手更快！"

"快"字出口，剑已刺入了向松的咽喉！

谁也没有看到这柄剑是从哪里拔出来的，更没有瞧见剑怎么会刺入向松的咽喉。

大家只瞧见寒光一闪，鲜血已涌出，只听到"咯"的声音，向松的呼吸就已停顿，连眼珠子都几乎完全凸了出来。

"鬼头刀"和"丧门剑"的眼珠子也像是要凸了出来。

两个人一步步向后退，退到门口。

荆无命根本没有回头，冷冷道："你们既已听到了我的秘密，还想走？"

寒光又一闪。

鲜血飞溅，在灯光下看来就像是一串玛瑙珠链，红得那么鲜艳，红得那么可爱。

良药苦口，毒药却往往是甜的。

世界上的事就这么奇怪——最可怕、最丑恶的东西，在某一刹那间看来，往往比什么都美丽，比什么都可爱。

所以杀人的剑光总是分外明亮，刚流出的血总是分外鲜艳。

所以有人说："美，只不过是一瞬间的感觉，只有真实才是永恒的。"

“真实”，绝不会有美。

杀人的利剑也和菜刀一样，同样是铁，问题只在你看得够不够深远，够不够透彻。

可是，也有人说：“我只要能把握住那一刹那间的美就已足够，永恒的事且留待于永恒，我根本不必理会。”

就在一瞬间以前，向松还是享名武林的“风雨双流星”，还是“金钱帮”第八分舵的舵主。

但现在，他已只不过是个死人，和别的死人没什么两样。

荆无命垂着头望着他的尸首，脸上的表情忽然变得很奇特，就像是第一次见到死人一样。

这是不是因为他直到现在才能体会到“死”的感觉？

这是不是因为一个人只有在意兴萧索时，才能体会到死的感觉？

林仙儿终于长长吐了口气。

这口气她已憋了很久，到现在才总算吐出来。

她瞟着荆无命，似笑非笑，如诉如慕，轻轻道：“想不到你会来救我。”

荆无命没有抬头，冷冷道：“你以为我是来救你的？”

林仙儿慢慢地点了点头，道：“也许我知道你的意思。”

荆无命霍然抬起头，盯着她，道：“你知道什么？”

林仙儿道：“你来救我，只因为上官金虹要杀我。”

荆无命盯着她。

林仙儿道：“你恨他，所以只要是他想做的事，你就要破坏。”

荆无命还是盯着她。

林仙儿叹了口气，道：“直到现在，我才总算知道了你这个人，才知道上官飞也是你杀的。”

荆无命的眼睛忽然移开，移向掌中的剑，缓缓道：“你知道得太多了。”

林仙儿忽又笑了，道：“我也知道你绝不会杀我，因为你若杀了我，岂非正如了上官金虹的心愿？”

她甜甜地笑着，接着又道：“你非但不会杀我，而且还会带我走的，是么？”

荆无命道：“带你走？”

林仙儿道：“因为你既不能让我死在上官金虹手上，又不愿让我泄露你的秘密，所以你只有带我走。”

她声音更温柔，道：“我也心甘情愿跟着你去，无论你要到哪里，我都跟着。”

荆无命沉默了很久，忽然抬头瞧了阿飞一眼。

他仿佛直到现在才发现有阿飞这么个人存在。

阿飞却已似忘了自己的存在。

林仙儿也瞟了阿飞一眼，忽然走过去，一口口水重重地唾在他脸上。

她并没有再说什么。

她已不必再说。

林仙儿终于跟着荆无命走了。

阿飞没有动。

口水干了。

阿飞没有动。

窗纸发白，天已亮了。

阿飞还是没有动。

他已躺了下来，就躺在血泊中，尸体旁。

他和死亡之间的距离，已只剩下了一条线……

××日，×时，出西城十里，长亭外林下。

上官金虹

冬天终于来了，连树上最后一片枯叶也已被西风吹落。

这封信的颜色就和枯叶一样，是黄的，却是种带着死味的黄——黄得没有生命，黄得可怕。

这封信上只写着这十几个字，简单，明白，也正如上官金虹杀人的方法一样，绝没有废话。

信是店伙送来的，他拿着信的手一直在发抖。

现在，孙小红拿着这封信，似也感觉到一阵阵杀气透人背脊，再传到她手上，她的手也在发冷。

“后天，就是后天。”

孙小红叹了口气，喃喃道：“我看过黄历，后天不是好日子，诸事不宜。”

李寻欢笑了，道：“杀人又何必选好日子？”

孙小红凝注着他，良久良久，突然大声道：“你能不能杀他？”

李寻欢的嘴闭上，笑容也渐渐消失。

孙小红忽然站起来，大步走了出去，李寻欢还猜不出她出去干什么，她已捧着笔墨纸砚走了进来。

磨好墨，铺起纸。

孙小红始终没有再瞧李寻欢一眼，忽然道：“你说，我写。”

李寻欢有些发怔，道：“说什么？”

孙小红道：“你还有什么未了的心愿？还有什么未做完的事？”

她的声音仿佛很平静，但提着笔的手却已有些发抖。

李寻欢又笑了，道：“你现在就要我说？我还没有死呀。”

孙小红道：“等你死了，就说不出了。”

她一直垂着头，瞧着手里的笔，但却还是无法避开李寻欢的目光。

她眼睛已有些湿了，咬着嘴唇道：“无论什么事你都可以说出来，譬如说——阿飞，你还有什么话要对他说的？还有什么事要为他做的？”

李寻欢目中忽然露出了痛苦之色，长长吸了口气，道：“没有。”

孙小红道：“没有？什么都没有？”

李寻欢黯然道：“我可以要他不去杀别人，却无法要他不去爱别人。”

孙小红道：“别人若要杀他呢？”

李寻欢笑了笑，笑得酸楚，道：“现在还有谁要杀他？”

孙小红道：“上官金虹……”

李寻欢道：“上官金虹既然肯放他走，就绝不会再杀他，否则他现在早就死了。”

孙小红道：“可是，以后呢？”

李寻欢遥注着窗外，缓缓道：“无论多长的梦，都总有醒的时候，等到他清醒的那天，什么事他自己都会明白的，现在我说了也没有用。”

孙小红用力咬着嘴唇，又沉默了很久，忽然道：“那么，她呢？”

这句话她似已用尽全身力气才说出来。

李寻欢自然知道她说的“她”是谁。

他目中的痛苦之色更深，忽然走过去，用力推开了窗户。

孙小红垂着头，道：“你……你若有什么话，有什么事……”

李寻欢突然打断了她的话，道：“没有，什么都没有。”

孙小红道：“可是你……”

李寻欢道：“她活着，自然会有人照顾她，她死了，也有人埋葬，什么事都用不着我来关心，我死了对她只有好处。”

他的声音仿佛也很平静，但却始终没有回头。

他为什么不敢回头？

孙小红望着他瘦削的背影，一滴泪珠，滴在纸上。

她悄悄地擦干了眼泪，道：“可是你总有些话要留下来的，你为什么不肯对我说？”

李寻欢道：“你为什么一定要我说。”

孙小红道：“你说了，我就记下来，你若死了，我就一件件替你去做，然后……”

李寻欢霍然转过身，盯着她，道：“然后怎么样？”

孙小红道：“然后我就死！”

她挺着胸，直视着李寻欢，不再逃避，也不再隐瞒。

李寻欢道：“你……你为什么要死？”

孙小红道：“我不能不死，因为你若死了，我活着一定比死更难受。”

她始终直视着李寻欢，连眼睛都没有眨。

她的神情忽然变得很平静，很镇定，无论谁都可看出她已下了决心，这种决心无论谁都没法子改变。

李寻欢的心又开始绞痛，忍不住又弯下腰剧烈地咳嗽起来。

等他咳完了，孙小红才叹息了一声，幽幽道：“你若要我活着，你自己就不能死……上官金虹也并不是一定要找你决斗，他对你始终有几分畏惧。”

她忽然冲过去，拉住李寻欢的手，道：“我们可以走，走得远远的，什么事都不管，我……我可以带你回家，那地方从没有人知道，上官金虹就算还是想来找你，也休想找得到。”

李寻欢没有说话，一个字都没有说。

他只是静静地瞧着她。

有风吹过，一阵烟雾飘过来，迷漫了他的眼睛。

孙老先生苍老的声音已响起，带着叹息道：“无论你怎么说，他都不会走的。”

孙小红咬着唇，跺着脚，道：“你怎么知道他不会走？”

孙老先生道：“他若是肯走的那种人，你也不会这么样对他了。”

孙小红怔了半晌，忽然扭转身，掩面轻泣。

李寻欢长叹道：“前辈你……”

孙老先生打断了他的话，道：“我知道你的意思，可是……我只能要她不去杀人，却无法要她不去爱人，是么？”

爱，这件事本就是谁都无法勉强的。

李寻欢又开始咳嗽，咳嗽得更剧烈。

“出西城十里，长亭外林下。”

亭，是八角亭，就在山脚下的树林外。

林已枯，八角亭栏杆上的红漆也已剥落。

西风肃杀，大地萧索。

李寻欢徘徊在林下，几乎将这里每一寸土地都踏过。

“后天，就是后天。”

夕阳已西，又是一天将过去。

后天，就在这里，就在这夕阳西下的时候，李寻欢和上官金虹之间所有的恩怨都将了结。

那也许就是武林中有史以来最惊心动魄的一战。

李寻欢长长叹了口气，抬起头——夕阳满天，艳丽如昔。

可是，在一个垂死的人眼中，这永恒的夕阳是否还会同样娇艳？

孙老先生和孙小红一直静静地坐在亭子里，没有去打扰他。

孙小红突然问道：“决斗的时候还未到，他先到这里来干什么？”

孙老先生道："高手间的决斗，不但要看武功之强弱，还要看天时、地利、人和，上官金虹选择这里作战场，当然有他的用意。"

孙小红道："什么用意？"

孙老先生道："他想必对这里的地形很熟悉，而且说不定还会先到这里来设下埋伏。"

孙小红道："所以李寻欢也一定要先到这里来瞧瞧，先熟悉这里地形，再看看上官金虹会在什么地方设埋伏。"

孙老先生道："不错，古来的名将，在大战之前，也必定都会到战场上去巡视一遍，无论哪一种战争，若有一方先占了地利，就占了优势。"

孙小红道："可是他为什么一直要在这里逛来逛去呢？"

孙老先生笑了笑，道："他这么逛来逛去当然也有目的。"

孙小红道："哦？"

孙老先生道："他要先将这里每一寸土地都走一遍，看看这里的土质是坚硬，还是柔软；是干燥，还是潮湿。"

孙小红道："那又有什么用？"

孙老先生道："因为土质的不同，可以影响轻功，你同样使出七分力，在软而潮湿的地上若是只能跃起两丈，在硬而干燥的地上就能跃起两丈五寸。"

孙小红道："那相差得也不多呀。"

孙老先生叹了口气，道："高手相争，是连一分一寸都差不得的！"

李寻欢忽然走了过来，站在亭外，面对着夕阳照耀下的枯林，呆呆地出起神来，也不知在想些什么。

孙小红忍不住悄悄问道："他站在这里发呆，又是为了什么呢？"

第七十七章

高明的手段

孙老先生沉吟着，道："后天他来的时候，上官金虹必定已先到了。"

孙小红道："怎见得？"

孙老先生道："因为先来的人，就有权先占据最佳地势，上官金虹当然不肯错过这机会。"

孙小红道："那么，李寻欢为什么不跟他争先？"

孙老先生叹道："也许他从不愿和别人争先，也许……他还有别的用意。"

他忽然笑了笑，接着道："小李探花并不是个普通人，他的用意，有时连我都猜不透。"

孙小红眨着眼道："以我看来，这里所有的地方都差不多……我实在看不出最佳地势在哪里。"

孙老先生道："就在现在他站着的地方。"

孙小红道："他站的这地方和别的地方又有什么不同？"

孙老先生道："上官金虹站在这里，李寻欢势必要在他对面。"

孙小红道："嗯。"

孙老先生道："决斗的时候，正是太阳下山的时候……"

孙小红抢着道："我明白了，夕阳往这边照过去，站在那边的人，难免被阳光刺着眼珠，只要他眼睛一刹那看不见，就给了对方杀他的机会。"

孙老先生叹道："正是如此。"

孙小红道："上官金虹既然一定会站在这地方，他站在这里干什么？"

孙老先生道："他站在这里，才能发现这地方有什么弱点，才能决定自己要站在什么地方。"

他接着又道："你看，夕阳照在枯林上，也有闪光，因为枯枝上已有秋霜，所以站在这里的人，眼睛也有被闪光刺着的时候。"

这时李寻欢已走到对面一株树下。

孙小红的目光不由自主跟着他瞧了过去，忽然觉得一阵光芒刺眼——那棵树上的积霜显然最多，折光的角度也最好，所以反光也就强烈。

孙老先生微笑道："现在你明白了么？"

孙小红还没有说话，李寻欢突然一掠上树，只见他身形飞掠，如秋雁回空，在每根枯枝上都点了点。

孙老先生叹道："世上只知小李飞刀，例不虚发，却不知他轻功之高，也很少有人能比得上。"

孙小红道："但他这又是在干什么呢？"

孙老先生道："他是在试探那边的枯枝是否坚牢，容不容易折断，这又有两种作用。"

孙小红道："哪两种？"

孙老先生道："第一，他怕上官金虹在枯枝上做手脚。"

孙小红皱眉道："什么样的手脚？"

孙老先生道："当他面对着上官金虹时，树上的枯枝若是突然断了，就会怎么样？"

孙小红道："枯枝断了，自然就会掉下来。"

孙老先生道："掉在哪里？"

孙小红道："当然是掉在地上。"

她眼睛忽然一亮，很快地接着又道："也许就掉在他面前，也许就掉在他头上，他就难免会分心，一分心上官金虹就又有了杀他的机会。"

孙老先生笑了笑，道："还有，到了万不得已时，他只有往树上退，以轻功来扳回劣势，那时树梢就成了他的战场。"

孙小红道："所以他必须将每一棵树的情况都先探测一遍，就正如他探测这里的土质一样。"

孙老先生叹了口气，道："你现在总算明白了。"

孙小红也叹了口气，道："我现在总算明白了，原来决斗之前还有这么多学问。"

孙老先生道："无论做什么，做到高深时，就是种学问，就连做衣服、炒菜，也是一样。"

他凝注着李寻欢，缓缓接着道："他们的决斗之期虽然在后天，其实远在他们第一次见面时就已开始，这段时间才是真正考验他们细心、耐力、智慧的时候，他们的胜负，在这段时间里就已决定，到了真正出手时，一刹那间就可解决了。"

孙小红叹道："但别人却只能看到那一瞬间的事，所以人们常说'武林高手一招争'，又有谁知道他们为了那一招曾经花了多少工夫？"

孙老先生目中忽然露出一种萧索之意，敲燃了火石，点着了烟斗，望着烟斗里闪动的火光，缓缓道："一个真正的高手活在世上，必定是寂寞的，因为别人只能看到他们辉煌的一面，却看不到他们所牺牲的代价，所以根本就没有人能了解他。"

孙小红垂着头弄着衣角，幽幽道："但他们是不是需要别人了解呢？"

李寻欢撩起了衣襟，脚尖轻轻点地，"唰"地，掠上了八角亭顶。

孙老先生长长喷出了口烟，叹道："别人都以为李寻欢是个脱略行迹、疏忽大意的人，又有谁能看到他小心仔细的一面？到了真正重要的关头，他真是一点地方都不肯放过。"

孙小红垂着头，叹息道："这也许是因为他放过的已太多了……"

她忽然抬起头，盯着孙老先生，道："这一战既然早已开始，以你老人家看，到现在为止他们是谁占了优势？"

孙老先生沉吟着，道："谁也没有占到优势。"

孙小红又开始用力去咬她自己的嘴唇。

她心乱的时候，就会咬自己的嘴唇，心愈乱，咬得愈重。

现在她几乎已将嘴唇咬破了。

孙老先生忽然问道："你看呢？"

孙小红道：“我看……上官金虹对自己好像比较有信心。”

孙老先生道：“不错，这只因近年来他无论做什么事都是无往不利，一帆风顺，可是，他儿子的死对他却是个很大的打击。”

孙小红道：“还有荆无命，荆无命一走，他的损失也很大。”

孙老先生道：“所以他急着要找李寻欢决斗，为的就是怕自己的信心消失。”

他长长叹息了一声，接着又道：“所以这一战不但关系他两人的生死胜负，也关系着整个武林的命运。”

孙小红眨着眼，道：“关系这么大？”

孙老先生道：“因为这一战上官金虹若是胜了，他对自己的信心必定更强，做事必定更没有顾忌，到了那时，世上只怕也真没有人能制得住他了。”

孙小红眼珠子转动着，道：“现在我忽然觉得这一战他是必胜不了的。”

孙老先生道：“哦？”

孙小红道：“小李飞刀，例不虚发，他的飞刀从未失手过。”

孙老先生叹了口气，道：“上官金虹也从未败过。”

孙小红已不咬嘴唇了，抿着嘴笑道：“你老人家莫忘了，他曾经败过一次的。”

孙老先生道：“哦？”

孙小红悠悠道：“那天，在洛阳城外的长亭里，他岂非就曾经败在你老人家手下？”

孙老先生忽然不说话了。

孙小红道：“我从来没有求过你老人家什么，现在，我只求你老人家一件事。”

孙老先生又喷出口烟，将自己的眼睛藏在烟雾里，道：“你说。”

孙小红道：“我只求你老人家千万莫要让李寻欢死，千万不能……”

她忽然扑过去，跪到她爷爷膝下，道：“这世上只有你老人家一个能制得住上官金虹，只有你老人家一个人能救他，你老人家总该知道，他若死了，我也没法子活下去的。”

烟已散了。

孙老先生的眼睛里却仿佛还留着一层雾。

像秋天的雾，凄凉，萧索……

但他嘴角却带着笑。

他目光遥视着远方，轻抚着孙小红的头发，柔声道："你是我孙女中最调皮的一个，你若死了，以后还有谁会来拔我的胡子，揪我的头发？"

孙小红跳了起来，雀跃道："你答应了？"

孙老先生慢慢地点了点头，含笑道："你说来说去，为的就是要等我说这句话？"

孙小红的脸红了，垂着头笑道："你老人家总该知道，女大不中留，女儿的心，总是向外的。"

孙老先生大笑道："但你的脸皮若还是这么厚，人家敢不敢要你，我可不知道。"

孙小红的嘴凑到他耳旁，悄悄道："我知道，他不要我也有法子要他要。"

孙老先生忽然抱住了她，就好像已回到十几年前，她还是个小孩子的时候，抱着她柔声道："你是我最喜欢的孙女，但却太调皮，胆子也太大，我一直担心你找不到婆家，现在你总算找到了一个你自己喜欢的，我也替你欢喜。"

孙小红吃吃笑道："我找到他，算我运气，他找到我，也算是他的运气，像我这样的人，这天下也许还没有几个。"

孙老先生又大笑，道："除了你之外，简直连一个都没有。"

孙小红伏在她爷爷膝上，心里真是说不出的愉快，说不出的得意。

因为她不但有个最值得骄傲的祖父，也有个最值得骄傲的意中人。

亲情、爱情，她已全都有了，一个女人还想要求什么别的呢？

她觉得自己简直已是世上最快乐的女人。

她觉得前途充满了光明。

但这时大地却已暗了下来，光明已被黑暗吞没。

她却完全没有感觉到。

"爱情令人盲目。"

这句话听来虽然很俗气，但却的确有它永恒不变的道理。

孙小红此刻若能张开眼睛，就会发现她爷爷目中的悲哀和痛苦是多么深邃——别人就算能看到，也永远猜不出他悲痛是为了什么原因。

夜临，风更冷。

万籁无声，只剩下枯枝伴着衰草在风中低泣。

李寻欢的人呢？

孙小红忍不住跑出去，大声道："你在上面干什么？为什么还不下来？"

没有回应。

李寻欢的人呢？

八角亭上难道真有什么阴恶的埋伏？李寻欢难道已遭了毒手？

八角亭上铺的是红色的瓦，还有个金色的顶。

金顶上却摆着个小小的铁匣子，用一根黄色的布带捆住。

铁匣子是很普通的一种，既没有雕纹装饰，也没有机关消息，你若打开这铁匣子，里面绝不会飞出一支弩箭来射穿你的咽喉。

"但这铁匣子怎么会到了八角亭的顶上呢？"

铁匣子里只有一束头发。

头发也是很普通的头发，黑的，很长，既不香，也不臭，就跟世上成千成万个普通人的头发一样。

但李寻欢却一直在呆呆地盯着这束头发看，孙小红叫了他几次，他都没有听见。

这头发究竟有什么特别的地方？

孙小红看不出来。

无论谁都看不出来。

李寻欢的脸色很沉重，眼睛也有点发红。

孙小红从未看过他这样子，就连他喝醉的时候，他眼睛还是亮的。

他怎会变成这副样子？

头发就放在亭子里的石桌上，李寻欢还是在盯着这束头发。

孙小红忍不住问道："这是谁的头发？"

没有人回答，没有人能回答。

任何人都可能有这样的头发。

孙小红道："这么长的头发，一定是女人的。"

她自己当然也知道这判断并不正确，因为男人的头发也很长。

因为"身体发肤，受之父母，不可损伤"。

谁剪短头发，谁就是不孝。

有人说故事，说到一个人女扮男装忽然被人发现是长头发，别人就立刻发觉她是女人了。

说这种故事的人脑筋一定不会很发达，因为这种事最多只能骗骗小孩子——奇怪的是，却偏偏还有人要说这种故事，不但说，甚至还从不变。

孙小红跺了跺脚，道："无论如何，这只不过是几根头发而已，有什么好奇怪的。"

孙老先生忽然道："有。"

孙小红怔了怔，道："有什么？"

孙老先生道："奇怪，而且很奇怪。"

孙小红道："哪点奇怪？"

孙老先生道："很多点怪。"

他接着又道："头发怎会在铁匣子里？铁匣子怎会在亭子顶上？是谁将它放上去的？有什么用意？"

孙小红怔住了。

孙老先生叹了口气，道："若是我猜得不错，这必定是上官金虹的杰作。"

孙小红失声道："上官金虹？他这样做是为了什么？"

孙老先生道："就为了要让李寻欢看到这束头发。"

孙小红道："可是……可是他……"

孙老先生道："他算准了李寻欢一定会先来探测战场，也算准了他一定会到亭子上去，所以就先将这匣子留在那里。"

孙小红道："可是这头发又有什么特别呢？就算看到了也不会怎么样呀，他这么样做岂非很滑稽。"

她嘴里这么说，心里也忽然感觉到有些不对了，很不对。

像上官金虹这种人，当然绝不会做滑稽的事。

孙老先生眼睛盯着李寻欢，道：“你知道这是谁的头发？”

李寻欢沉默了很久，终于长长叹息了一声，道：“我知道。”

孙老先生厉声道：“你能不能确定？”

他说话的声音如此严厉，李寻欢怔了怔，道：“我……”

孙老先生道：“你也不能确定。是不是？”

他不让李寻欢开口，接着又道：“上官金虹这么样做，就是要你认为这头发是林诗音的，要你认为她已落入他的掌握，要你的心不定，他才好杀你，你为何要上他的当？”

孙小红也抢着道：“不错，林姑娘若真的已落入他手里，他为何不索性当面来要挟你？”

李寻欢叹道：“因为他不能这么样做——别人能，他却不能。”

孙小红道：“他为什么不能？”

李寻欢淡淡道：“若有人知道上官金虹是用这种手段才胜了李寻欢的，岂非要被天下人耻笑。”

孙小红道：“但现在他什么也没有说，只不过让你看到了一束头发而已。”

李寻欢道：“这正是他的手段高明之处。”

孙小红道：“这头发也许并不是她的。”

李寻欢道：“也许不是，也许是……谁也不能确定。”

孙小红道：“那么你若完全不去理会，就当作根本没有看到，他的心计岂非就白费了。”

李寻欢道：“只可惜我已经看到了。”

孙小红道：“就因为他什么也没有说，所以你才怀疑；就因为他算准了你会怀疑，所以才这么样做。你也明知道他的用意，却偏偏还要落入他的圈套。”

他长长叹息了一声，苦笑道：“这种荒唐的事，为什么偏偏要让我遇到？”

第七十八章

兴云庄的秘密

李寻欢笑了笑，淡淡道："世事本就如此，有些事你纵然明知是上当，还是要去上这个当的。"

孙老先生忽然道："不错，若有人能令我心动，我也一样会上当。"

孙小红跺了跺脚，咬着嘴唇道："你们上当，我偏不上当……"

孙老先生叹道："其实你也已上当了，因为你也在怀疑这头发是否是林姑娘的，你的心也已乱了，现在你若和人决斗，对方的武功纵然不如你，你也必败无疑。"

孙小红道："可是……可是……"

可是怎么样，她自己也不知道。

上官金虹的目的就是要李寻欢心乱，无论李寻欢是相信也好，是怀疑也好，只要他去想这件事，上官金虹的目的就已达到。

李寻欢又怎能不想？

那本是他魂牵梦萦的人，他几时忘记过她？

他就算明知这并不是她的头发，还是忍不住要牵肠挂肚，心乱如麻，因为上官金虹已让他想起了她。

问题并不在头发是谁的，而在李寻欢是个怎么样的人？

这一计正针对李寻欢而发的，若是用在别人身上，也许就完全没有用了，因为别人根本就不会想得这么多，这么远。

这才是上官金虹最可怕的地方。

他永远知道对什么人该用什么样的手段，他的手段在别人看来也许有点不实际，甚至有点荒唐，但却永远最有效。

因为他很懂得兵法中最奥妙的四个字："攻心为上"。

李寻欢靠着栏杆坐了下来，就坐在地上，将四肢尽量放松。

他虽然没有说话，但孙老先生和孙小红却都知道他心里在想着什么：“到兴云庄去，看看林诗音还在不在？”

在长途跋涉之前，他必须先将体力恢复。

每次他作了重大的决定之后，都要使自己的身心尽量松弛。

这是他的习惯。

这无疑是个好习惯。

孙小红咬着嘴唇，咬得很用力。

“原来他还是忘不了她，还是将她看成比什么都重要，她在他心里的地位，无论谁都不能代替——就连我也不能。”

孙小红的眼圈已红了，终于忍不住道：“你一定要去？”

李寻欢没有回答。

有时不回答就是回答。

孙老先生叹道：“他当然要去，因为他只有去看一看，才能心安。”

孙小红道：“可是……她若已不在那里了呢？”

李寻欢目光遥视着亭外的夜色，缓缓道：“无论她在不在，我都要去看看，然后我才能下决定，决定应该怎么样做。”

孙小红道：“你若去了，才真正落入了上官金虹的圈套。”

李寻欢道：“哦？”

孙小红道：“他这么样做最大的目的就是要你到兴云庄去一趟，决战的时间就在后天，这里离兴云庄并不近，你就算能在两天之内赶回来，到了决战时体力也已不支，他在这两天内却一定会尽量休息。”

她叹了口气，缓缓接着道：“他以逸待劳，你在两天之内奔波数百里之后，再去迎战，这一战的胜负，也就不问可知了，何况，他在那里说不定还另有埋伏。”

李寻欢沉默了很久，缓缓道：“有些事你纵然明知不能做，也是非做不可的。”

孙小红嗄声道：“但你若去了，就等于是拿你自己的性命去冒险，她对你难道就真的这么重要？比你自己的性命还重要？”

李寻欢又沉默了很久，抬起头，凝注着她。

孙小红的眼睛已湿了，扭转头，避开了他的目光。

李寻欢一字字缓缓道："我只想你明白一件事……你若换了我，你也一定会这么样做，她若换了你，我也会这么样对你的。"

孙小红没有动，就好像根本没听到他说的话。

可是她眼泪却已流下了来。

女人若真的爱上了一个男人，就希望自己是他心目中唯一的女人，绝不容第三者再来加入。

但无论如何，李寻欢心里毕竟已有了她。

她痴痴地站在那里，心里也不知是甜？是酸？还是苦？

孙老先生忽然叹息了一声道："这是他非做不可的事，就让他去吧。"

孙小红慢慢地点了点头，忽然笑了，笑得虽辛酸，却总是笑。

她带着泪笑道："我忽然发现我自己实在是个呆子，他认得她在我之前，我还没有看到他的时候，他们之间已经有许多许多事发生了，我是后来才加入的，所以，应该生气的是她，不应该是我。"

孙老先生也笑了笑，柔声道："一个人若知道自己是呆子，就表示这人已渐渐聪明了。"

孙小红眨着眼，道："但也有件事是我非做不可的。"

孙老先生道："什么事？"

孙小红道："我要陪他去，非去不可。"

孙老先生沉吟着，道："你陪他去也好，只不过……"

他转头去瞧李寻欢，下面的话显然是要李寻欢接着说下去。

李寻欢笑了笑，道："她既然已说了非去不可，自然就是非去不可了。"

孙老先生也笑了，道："我活到六十岁时才学会不去跟女人争辩，你学得比我快。"

李寻欢已站了起来，道："既然要走，今天晚上就动身，你……"

孙小红抢着道："你不要以为女人都是婆婆妈妈的，有的女人比男人还干脆得多，也一样说走就走。"

孙老先生道："到了那里，莫忘了先去找你二叔，问问那边的动静。”

孙小红道：“我知道……”

她瞟了李寻欢一眼，接着道：“他若不愿我跟他一起进去，我就在二叔那里等他。”

李寻欢忽然道：“孙二侠已在兴云庄外守候了十三年，他究竟为的是什么？”

这件事他一直觉得很奇怪。

十三年前，正是他将要离家出走的时候，那时孙驼子就已守候在那里，他实在猜不透孙驼子的用意。

孙驼子不但和李家素无来往，和龙啸云也全无关系，至于林诗音，她本是孤女，很小时候就已来投靠李寻欢的父亲。

她本是个很内向的人，这一生几乎从未到别的地方去过，自然更不会和江湖中人有任何来往了。

若说孙驼子是受了别人的托付，那人是谁呢?

他要孙驼子守护的是什么?

假如世上只有一个人知道这件事的真相，自然就是孙老先生。

孙老先生并不是个深沉的人，李寻欢希望他能说出这秘密。

但他却失望了。

孙老先生又开始抽烟，用烟嘴塞住了自己的嘴。

孙小红瞟了她爷爷一眼，忽然道：“有件事，我一直觉得很奇怪。”

李寻欢瞧着她，等她说下去。

孙小红道：“龙小云在上官金虹面前砍断了自己的手，这件事你知不知道？”

李寻欢点了点头，叹道：“他本是个很特别的孩子，做的事也特别。”

孙小红道：“他能做出这种事，我倒并不大觉得奇怪。”

李寻欢道：“哦？”

孙小红道：“他明知当时上官金虹已动了杀机，所以就先发制人，让上官金虹无话可说，这么样一来，非但性命能够保全，而且还令人觉得他很有胆色很有孝心，因此更看重他。”

她叹了口气，接着道："他这么做，的确很聪明，也够狠了，但他本就是个又聪明、又狠毒的孩子，所以我并不觉得奇怪。"

李寻欢道："那么，你奇怪的是什么？"

孙小红道："他武功已被你废了，体力本该比普通人还衰弱，是不是？"

李寻欢叹道："这件事，我一直不知道做得对不对。"

孙小红道："人的骨头很硬，纵然是很有腕力的人，也难一刀就将自己的手砍断。除非他用的是削铁如泥的宝剑。"

李寻欢道："不是宝剑？"

孙小红道："绝不是。"

李寻欢道："但龙小云随手一挥，就将自己的手削了下来。"

孙小红道："他好像根本就没有用什么力。"

李寻欢沉吟着，道："你的确比我细心，听你一说，我也觉得有些奇怪了。"

孙小红道："还有，普通人的手若被砍断，一定不能再支持，立刻就要晕过去。"

李寻欢道："不错，纵然是壮汉，也万万支持不住，除非他有深厚的武功底子。"

孙小红道："但龙小云却只不过是个武功已被废，体力很衰弱的孩子，他为什么偏偏能支持得住？"

李寻欢不说话了，目光闪动着，仿佛已猜出了什么。

孙小红道："他非但能支持得住，而且还能侃侃而谈，还能将自己的断手捡起来，一个没有武功的人，怎么能办得到？"

李寻欢道："你的意思难道是说……他武功已恢复？他平时那种弱不禁风的样子，都是故意装出来的？"

孙小红道："我不知道。"

李寻欢道："我废他武功的时候，用的手法很重，按理说他武功绝无恢复的可能，除非……"

他盯着孙小红，缓缓道："除非那传说并不假，兴云庄里的确藏着那本稀世的武功秘籍，无意中被龙小云得到。"

孙小红道："我不知道。"

李寻欢喃喃道："孙二侠在那里守护了十几年，难道为的也是这本武功秘籍么？"

孙小红道："我不知道。"

孙老先生忽然笑了，道："你既然想告诉他，为什么不痛痛快快地说出来呢？"

孙小红垂着头，用眼角偷偷瞟着他，道："我怕挨骂。"

孙老先生大笑，道："你若想女人替你保守秘密，只有一个法子，那就是永远莫要跟她提起这件事，一个字都不能提。"

孙小红嘟起嘴，道："我又没有说出去……"

孙老先生笑道："你用的法子更高明，你自己不说，却要我替你说。"

孙小红抿嘴道："就算我说了，我也只跟他说，他……他又不是别人。"

"他又不是别人？"

这句话李寻欢听在耳里，心里也不知是什么滋味。

他知道自己又已欠下了一笔债，这辈子只怕也休想还得了。

一个女人若不再将你当作"别人"，那就表示她已跟定了你，你就算像马一样长了四条腿，也休想再能跑得了。

孙老先生的笑声突然顿住，一字字道："兴云庄里的确藏着本武功秘籍，那并不是谣言。"

李寻欢动容道："是谁的武功秘籍？我怎会一点也不知道？"

孙老先生将烟斗重新燃着，望着袅娜四散的烟雾，缓缓道："你可听说过王怜花这个人么？"

李寻欢道："这名字天下皆知，我当然不会没听说过。"

孙老先生道："王怜花本是沈浪沈大侠的死敌，后来却变成沈大侠的好朋友，因为他这人本在正邪之间，虽然邪，却并不太恶毒，做事虽任性，但有时却也很讲义气，很有骨气，所以，他虽然害过沈大侠很多次，沈大侠还是原谅了他。"

李寻欢道："听说王怜花已与沈大侠伉俪结伴归隐，远游海外，那也是很多年以前的事了。"

孙老先生道："不错，他后来的确被沈大侠所感化。"

他长叹了一声，接着道："要杀一个人很容易，要感化一个人却困难得多。沈大侠的确是人杰，你若早生几年，一定也是他的好朋友。"

李寻欢目中也不禁露出了向往之色，却不知千百年后，他侠名流传之广，受人崇敬之深，绝不在他所向往的沈浪之下。

孙老先生道："沈大侠虽是人杰，但王怜花却也不凡，否则又怎会成为沈大侠的死敌？"

两个聪明才智相差很远的人，也许可以结成朋友，却绝不会成为敌人，所以只有上官金虹才有资格做李寻欢的仇敌，别的人简直不配。

李寻欢道："听说这人乃是武林中独一无二的才子，文武双全，惊才绝艳，所学之杂，涉猎之广，武林中还没有第二个人能比得上。"

孙老先生道："不错，此人不但善卜星相，琴棋书画都来得，而且医道也很精，易容术也很精，十个人都学不全，他一个人就学全了。"

他叹了口气，道："就因为他见猎心喜，什么都要学一点，所以武功才不能登峰造极，否则以他的聪明才智，又怎会屡次败在沈大侠手下。"

李寻欢突然想起了阿飞。

阿飞的聪明才智是不是比王怜花更高，因为他只学一样事，只练一剑，他这一剑本可练到空前绝后，无人能抵挡的地步。

"只可惜聪明人偏偏时常要做傻事。"

李寻欢叹了口气，不愿再想下去。

孙老先生道："王怜花改邪归正后，已知道他以前所学不但太杂，也太邪，本想将那本《怜花宝鉴》付之一炬。"

李寻欢道："什么？《怜花宝鉴》？"

孙老先生道："《怜花宝鉴》就是他将自己一生所学全记载在上面的一本书。"

李寻欢道："他为什么想烧了它？"

第七十九章

恐怖的决斗

孙老先生谈到王怜花想将自己所著《怜花宝鉴》烧了的事，李寻欢不由问道："他为什么想烧了它？"

孙老先生道："因为那上面不但有他的武功心法，也记载着他的下毒术、易容术、苗人放蛊、波斯传来的摄心术……"

他叹息着接道："这么样一本书若是落在不肖之徒的手里，后果岂非不堪设想？"

李寻欢也叹道："那的确是后患无穷。"

孙老先生道："但这是他一生心血所聚，他也不舍得将之毁于一旦，所以，他远赴海外之前，就将这本书交给了一个他认为最可靠的人。"

听到这话，李寻欢对这件事的来龙去脉都已了解，也已猜到藏在兴云庄里的那本武功秘籍，就是《怜花宝鉴》。

但还有几件事他想不通，试探着问道："他将这本秘籍交给谁了？"

孙老先生道："交给了你！"

李寻欢怔了怔，道："我？"

孙老先生笑了笑，道："普天之下，除了小李探花外，还有谁是最可靠的人呢？"

他接着又道："他将这本《怜花宝鉴》交托给你，不但要你替他保存，还想要你替他找个天资高、心术好的弟子，作为他的衣钵传人。"

李寻欢苦笑道："但这件事我却连一点都不知道。"

孙老先生道："因为你那时恰巧出去了。"

李寻欢沉思道："十三年前……不错，那时我到关外去了一趟，回来时又遇伏受了重伤，若不是龙啸云仗义相救，我……”

说到这里，他咽喉头似已被塞住，再也说不下去。

这本是他这一生中最难忘怀的一件事。

就因为这件事，他的一生才会放变——由幸福变为不幸！

孙老先生道：“王怜花虽未见着你，却见到了林姑娘，那时他远游在即，沈大侠已在海口等着他，他自然不能停留，所以就将那《怜花宝鉴》交给了林姑娘。”

男女之间的事，世上只怕很少人能比王怜花了解得更多了，他自然已看出林诗音和李寻欢之间的情感非比寻常。

但林诗音为何从未将这件事向李寻欢提起？

李寻欢迟疑着道：“这件事不知前辈是从哪里听到的？是不是很可靠？”

孙老先生道：“绝对可靠。”

孙小红忍不住插嘴道：“这件事就是我二叔说的，王老前辈到兴云庄……不，到李园去见林姑娘的时候，我二叔就在外面等着。”

她叹息了一声，幽幽道：“自从那天之后，一直到现在，我二叔就从未离开过那地方一步！”

李寻欢苦笑道：“难道他就是受了王怜花的托付，在那里监视着我？”

孙老先生道：“王怜花既然肯将那么重要的东西交给你，就绝不会对你不放心，只不过，他对你的武功还不大信任，生怕有人听到消息，会去夺书，所以才会要老二留在那里，到了必要时，也好助你一臂之力。”

孙小红道：“我二叔当年游侠江湖间，曾经被王老前辈救过一命，他这人最是恩怨分明，王老前辈要他做的事，他的确可说是万死不辞。”

孙老先生道：“但后来却在无意中听到林姑娘并没有将那《怜花宝鉴》转交给你，所以你出关之后，他更不放心，更不肯离开一步了。”

李寻欢叹道：“受人之托，忠人之事，孙二侠的确不愧为王老前辈的好朋友，只不过……”

他盯着孙老先生，一字字道：“孙二侠又怎会知道林姑娘未曾将

《怜花宝鉴》转交给我？这件事连我自己都不知道。”

孙老先生长长吸了口烟，缓缓道：“连你都不知道，我又怎么会知道？”

李寻欢说不出话来了。

他从来也未想到林诗音对他也有隐瞒着的事。

孙老先生又道：“王怜花不但有杀人的本事，也有救人的手段，中年后医道更精，的确可说已有生死人、肉白骨的功力。”

孙小红道：“龙小云是林姑娘的亲生儿子，一个做母亲的是不惜做任何事的，所以，我想……”

她没有再说下去。

她的意思李寻欢却已听懂——无论谁都应该听得懂的。

林诗音一定已将那本《怜花宝鉴》传给了她的儿子，她一定将这本神奇的书保存了很多年，而且保存得很秘密。

问题是，她为什么始终没有将这件事告诉他呢？

李寻欢第一次看到林诗音的时候，他也还是个孩子。

那天正在下雪。

庭园中的梅花开得正好，梅树下的雪也仿佛分外洁白。

那天李寻欢正在梅树下堆雪人，他找了两块最黑最亮的煤，正准备为这雪人嵌上一双明亮的眼睛。

这是他最愉快的时候。

他并不十分喜欢堆雪人，他堆雪人，只不过是为了要享受这一刹那间的愉快——每当他将“眼睛”嵌上去的时候，这臃肿而愚蠢的雪人就像是忽然变得有了生命。每当这刹那间，他总会感觉到说不出的满足和愉快。

他一向喜欢建设，憎恶破坏。

他热爱着生命。

他总是一个人偷偷地跑来堆雪人，因为他不愿任何人来分享他这种秘密的欢愉，那时他还不知道欢愉是绝不会因为分给别人而减少的。

后来他才懂得，欢乐就像是个聚宝盆，你分给别人的愈多，自己所得的也愈多。

痛苦也一样。

你若想要别人来分担你的痛苦，反而会痛苦得更深。

雪人的脸是圆的。

他正考虑着该在什么地方嵌上这双眼睛，他多病的母亲忽然破例走入了庭园，身旁还带着个披着红氅的女孩子。

猩红的风氅，比梅花还鲜艳。

但这女孩子的脸却是苍白的，比雪更白。

红和白永远是他最喜爱的颜色，因为“白”象征纯洁，“红”象征热情。

他第一眼看到她，就对她生出了一种说不出的同情和怜惜，几乎忍不住要去拉住她的手，免得她被寒风吹倒。

他母亲告诉他：“这是你姨妈的女儿，你姨妈到很远很远的地方去了，所以她从今天开始，就要住在我们家里。”

“你总是埋怨自己没有妹妹，现在我替你找了个妹妹来了，你一定要对她好些，绝不能让她生气。”

可是他几乎没有听到他母亲在说些什么。

因为这小女孩已走了过来，走到他身边，看着他的雪人。

“他为什么没有眼睛？”她忽然问。

“你喜不喜欢替他装上对眼睛？”

她喜欢，她点头。

他将手里那双黑亮的“眼睛”送了过去。

他第一次让别人分享了他的欢愉。

自从这一次后，他无论有什么，都要和她一起分享，甚至连别人给他一块小小的金橘饼，他也会藏起来，等到见着她时，分给她一半。

只要看到她的眼睛里露出一丝光亮，他就会觉得前所未有的愉快，永远没有任何能代替的愉快。

他甚至不惜和她分享自己的生命。

“她也一样。”他知道，他确信。

甚至当他们分离的时候，在他心底深处，他还是认为只有他才能分享她的痛苦，她的欢乐，她的秘密，她的一切。

他确信如此，直到现在……

陋巷。

昨夜初雪。

积雪已融，地上泥泞没足。墙角边当然也有些比较干燥的路，但李寻欢却情愿走在泥泞中，他喜欢一脚踏入泥泞中时那种软软的、暖暖的感觉。

这往往能令他心情松弛。

以前，他最憎恶泥泞，他情愿多绕个大圈子也不愿走过一小段泥泞的路。

但现在，他才发觉泥泞也有泥泞的可爱之处——它默默地忍受着你的践踏，还是以它的潮湿和柔软来保护你的脚。

世上有些人岂非也正和泥泞一样？他们一直在忍受着别人的侮辱和轻蔑，但他们却从无怨言，从不反击……

这世上若没有泥泞，种子又怎会发芽？树木又怎会生根？

他们不怨，不恨，就因为他们很了解自己的价值和贵重。

李寻欢长长叹了口气，抬起头。

墙是新近粉刷过的，孙驼子那小店的招牌却更残旧了。

从这里看，看不到墙里的人。

现在还是白天，当然也看不到墙里的灯。

“到了晚上，小楼上那盏孤灯是否还在？”

李寻欢忍不住想起了他不愿想的事，这两年来，他总是坐在进门的那张桌子旁等着那盏孤灯亮起。

孙驼子总是在一旁默默地陪着。他从不开口，从不问。

孙小红忽也长长叹了口气，幽幽道：“现在还没有到吃晚饭的时候，客人还不会上门，不知道二叔现在在干什么？是不是又在抹桌子？”

孙驼子并没有在抹桌子。

他永远再也不能抹桌子了。

桌子上有只手。

手里还抓着块抹布，抓得很紧。

小店的门本是关着的，敲门，没有响应，呼唤，也没有响应。

孙小红比李寻欢更急，撞开门，就瞧见了这只手。

一只已被齐腕砍了下来的手。

孙小红一惊，冲过去，怔在桌子旁。

那正是李寻欢两年来每天都在上面喝酒的桌子。

李寻欢的脸色也已发青，他认得这只手，他比孙小红更熟悉，两年来，这只手已不知为他倒过多少次酒。

他狂醉的时候，扶他回房去的就是这只手。

他生病的时候，伺候他汤药的也正是这只手。

现在，这只手却已变成了块干瘪了的死肉，血已凝结，筋已收缩，手指紧紧地抓着这块抹布，就像是在抓着自己的生命。

他是不是正在抹桌子的时候被人砍断这只手的？

桌子擦得很光，很干净。

他在抹这张桌子的时候，心里是不是在想着李寻欢？

李寻欢忽然觉得胸中一阵绞痛。

孙小红目中的眼泪开始向外流，一字字道："你知道这只手是谁的？"

李寻欢沉重地点了点头。

孙小红嗄声道："他的人呢？……他的人呢？……"

她忽然冲了出去。

没有人，小店里一个人都没有。

孙小红再奔回来，李寻欢还是站在桌子前，眼睛眨也不眨地盯着这只手。

死黑的手，四根手指都已嵌入抹布里，只有一根食指向前伸出，僵硬得就像是一节蜡，笔直指着前面的窗户。

窗户是开着的。

李寻欢抬起头，盯着这扇窗户。

孙小红的目光也随着他瞧了过去，两人忽然同时掠出了窗子。

窗外冷风刺骨，冷得连沟渠里的臭水都已结了冰。

一条更小的巷子，比沟渠也宽不了多少，也许这根本不是条巷子，只不过是一条沟渠。

沿着沟走，走到尽头，就是一道很窄的门，也不知是谁家的后门，除此之外，就没有别的路。

这本是条死巷。

后门是虚掩着的，在推门的地方赫然有个暗赤色的掌印。

用血染成的掌印。

孙小红冲过去，突又顿住，慢慢地转回身，面对着李寻欢。

她嘴唇已被咬得出血，盯着李寻欢道："上官金虹也早已算准了你要到这里来。"

李寻欢闭着嘴。

孙小红道："他知道你绝不会先到兴云庄去，因为你不愿再见到龙啸云，所以你心里无论多么急，也一定会先到二叔店里来瞧瞧。"

李寻欢闭着嘴。

孙小红道："这一切，正都是为你设下的圈套。"

李寻欢的嘴闭得更紧。

孙小红道："所以你绝不能走进这扇门。"

李寻欢忽然道："你呢？"

孙小红咬着嘴唇，道："我没关系，上官金虹并不急着要杀我。"

李寻欢缓缓道："所以你可以进去。"

孙小红道："我非进去不可。"

李寻欢长长叹了口气，道："看来你还不如上官金虹那么了解我。"

孙小红道："哦？"

李寻欢淡淡道："他苦心设下这圈套，就因为他知道我也是非进去不可的，就算有人已将我的两条腿砍断，我爬也要爬进去！"

孙小红盯着他，热泪又忍不住要夺眶而出。

她忽然扑过来，紧紧地抱住了李寻欢，热泪沾湿了他憔悴的脸。

她摩擦着他的脸，仿佛要以自己的眼泪来洗去他脸上的憔悴——世上若只有一样事能洗去人们的憔悴，那就是情人的泪。

李寻欢僵硬的四肢渐渐柔软，终于也忍不住伸出手，抱住了她。

他们抱得很紧。

因为这是他们第一次拥抱——说不定也是最后一次！

仿佛连阳光都不愿照耀沟渠，巷子里暗得就像是黄昏。

门后面更暗。

推开门，就有一股令人作呕的臭气扑鼻而来。

是血腥气！

然后，他们就听到一种奇异的声音，仿佛是野兽临死前的喘息，又仿佛是魔鬼在地狱中呐喊。

声音赫然正是从地下发出来的。

地下正有十几个人，闭着嘴咬着牙，宛如野兽般在作殊死的搏斗。

没有人开口，甚至连刀砍在身上也不肯开口。

本来一共有二十七个人，现在已有九个倒了下去，剩下的十八个分成两边，占优势的一边人数远比另一边多出很多。

他们有十三个人，都穿着暗黄色的衣服，用的大多数是江湖中极少见的外门兵刃，有个人手里用的竟是个铁打算盘。

另一边本有九个人，现在已只剩下五个，其中还有个是瞎子。

还有条精赤着上身的大汉，他没有兵刃。

他的人就是铁打的！

寒光一闪，一柄鱼鳞刀砍在他左肩上，就像是砍在木头里，锐利的刀锋竟被他的肉夹住，嵌在他骨头里！

黄衣人用力抽刀，不起，大汉的铁掌已击上了他胸膛，他仿佛已听到自己骨头碎裂的声音。

“砰”的一声，他整个人都被打得飞了出去。

但大汉的左臂也已无法抬起，忽然沉声道：“你们退，我挡住他们……快退！”

没有人退，也没有人答话。

本已倒在地上的一个人突然跃起，嘶声大呼道：“不能退，我们死也要把他带出去！”

这是个地下室，终年都燃着灯。

灯嵌在墙上，阴恻恻的灯光下，只见她竟是个女人，又高又大又胖的女人，一条刀疤自戴着黑眼罩的眼睛直划到嘴角。

她的右眼已瞎了，只剩下一只左眼，瞪着那大汉。

这只眼睛里什么都没有，只有仇恨，仇恨……至死不解的仇恨。

“女屠户”翁大娘！

这大汉又是谁？难道是一别多年无消息的铁传甲？

不错，的确是他！

除了铁传甲外，谁有这么硬的骨头。

翁大娘挣扎着，还想爬起来，盯着铁传甲，嗄声道：“这人是我们的，除了我们外，谁也不能动他一根手指，谁也不能……”

“唰”地，寒光又一闪，她再次倒下。

这次她永远都无法再站起来了。

可是她剩下的那只眼睛还是瞪得很大，还是瞪着铁传甲。

她死得既无痛苦，也无恐惧。

因为她心里剩下的只有仇恨，除了仇恨外，她什么都感觉不到。

铁传甲咬着牙，他身上又被刺了一剑，跺脚道：“你们真的不走？……你们若全都死了，又怎能将我带走？”

瞎子忽然阴恻恻一笑，道：“我们全都死了，也要将你的鬼魂带走！”

他武功虽然比有眼睛的人还可怕，但毕竟是个瞎子，交手时全凭着耳朵“听风辨位”。

无论谁在动嘴的时候，耳朵都不会像平时那么灵的，他两句话还没有说完，前胸已被一柄虎头钩划破了道血口。

钩再扬起，钩锋上已挂着条血淋淋的肉。

血，肉！

铁传甲几乎忍不住要呕吐。

他也杀过人，但却绝不是凶手，他的骨头虽硬，心却是软的。

现在，他几乎连手都软了，已无法再杀人。

他忽然大声道：“我若是死在你们手上呢？”

瞎子冷冷道：“这里的事本就和我们无关，我们本就是为了你来的。”

另一人厉声道：“中原八义若不能亲手取你的命，死不瞑目！”

这人满脸麻子，用的是一长一短两把刀，正是北派“阴阳刀”的唯一传人公孙雨。

铁传甲忽然笑了，此时此刻，谁也不知道他为何而笑？

他笑得实在有些令人毛骨悚然，大笑道：“原来你们只不过想亲手杀了我，这容易……”

他反手一拳，击退了面前的黄衣人，身体突然向公孙雨冲了过去——对准公孙雨的刀锋冲了过去。

公孙雨一惊，短刀已刺入了铁传甲的胸膛！

铁传甲胸膛还在往前挺，牛一般喘息着，道：“现在……我的债总可还清了吧！你们还不走？”

公孙雨的脸在扭曲，忽然狂吼一声，拔出了刀。

鲜血雨点般溅在他胸膛上。

他吼声突然中断，扑地倒下，背脊上插着柄三尺花枪。

枪头的红缨还在不停地颤抖。

铁传甲也已倒下，还在重复着那句话。

“我的债总算还清了……你们为何还不走？”

他瞧着另一柄花枪已向他刺了下来，既不招架，也不闪避。

第八十章

义气的朋友

公孙雨突又狂吼一声，扑在他身上，嗄声道：“我们一定错了，他绝不是……”

声音又中断。

公孙雨背上又多了柄花枪——枪！花枪！

枪拔起，在凄恻的灯光下看来，地室中就像是迷漫着一层雾。

粉红色的雾。

血雾！

二十七人中，已有十六人倒下。

杀戮却仍未停止，强弱已更悬殊。

一个卖草药的郎中身上已负了六处伤，嘶声道：“姓铁的既已死了，我们退吧！”

他们这边已只剩下三个人还在负隅苦战，实在已支持不住。

一人手挥利斧，一着“立劈华山”砍下，咬着牙道：“二哥，退不退？”

瞎子厉声道：“退？中原八义要死也死在一处，谁敢再说退字，我先宰了他！”

黄衣人狂笑，道：“好，有义气，大爷们今天就成全了你……”

他的声音也突然中断，一双眼珠子立刻就死鱼般凸了出来。

死一般的静寂中，只听他喉咙里不停地咯咯发响。

他这口气还没有断，却已吐不出来，用尽力气也吐不出来，只因他咽喉上不知何时已多了一柄刀。一柄七寸长的小刀。

小李飞刀！

所有的动作突然全部停止，每个人的眼睛都在盯着这柄刀。

谁也没有看到这柄刀是从什么地方来的，但却全都知道是什么人来了。

地室的入口就在角落里。

李寻欢就在那里站着。

但却没有人敢抬头去瞧，每个人都生怕自己一抬头，那柄追魂夺命的刀就会无影无踪地飞过来，割断自己的喉管，刺入自己的咽喉。

他们都是“金钱帮”最忠实、最得力的部属，绝没有一个是胆小怕死的人，但现在他们已太累，太疲倦，看到了太多死亡，太多血腥。

这已使他们丧失了大部分勇气，何况，“小李飞刀”在江湖人心目中已不仅是一柄刀，而是一种恶魔的化身。

现在，“小李飞刀”这四个字更几乎变得和“死亡”同样意义。

也许直到现在他们才懂得死亡的真正意义。

他们同伴的尸体，就倒在他们脚下。

就在一瞬间以前，他还是个活生生的人。

然后小李飞刀忽然来了，事先完全没有丝毫预兆，这活生生的人忽然就变成了一具尸体。

他的生命忽然就变得毫无意义，绝不会有人关心。

世上也绝没有任何事能比这种突来的变化更令人恐惧。他们恐惧的也许并不是死，而是这种恐惧的本身。

那瞎子突然道：“小李探花？”

他虽然什么也瞧不见，也没有听见任何声音，但却也已感觉到李寻欢的存在，他似已嗅到了一种慑人的杀气。

李寻欢道：“是的！”

瞎子长长地叹息了一声，慢慢地坐了下来。

金风白和那樵夫也跟着坐了下去，就坐在公孙雨和铁传甲的血泊中，可是，看他们的神情，却像是已坐在另一个世界里。

那世界里既没有仇恨，也没有痛苦。

李寻欢慢慢地走了过来，慢慢地走到那些黄衣人面前。

他的一双手是空着的，没有刀。

刀仿佛是在他的眼睛里。

他盯着他们，一字字道："你们带来的人呢？"

黄衣人的眼睛全都在瞧着自己的脚尖。

李寻欢叹了口气，缓缓道："我并不想逼你们，希望你们也莫要逼我。"

站在他对面的一个黄衣人脸上不停地在冒汗，全身不停地发抖，突然嗄声道："你要找孙驼子？"

李寻欢道："是。"

这黄衣人流着汗的脸上忽然露出了一种奇特的狞笑，大声道："好，我带你去找他，你跟我来吧！"

他用的是虎头钩，这句话刚说完，他的手已抬起，钩的护手已刺入了他自己的咽喉。

他已无法再忍受这种恐惧，死，反而变成了最快的解脱。

李寻欢看着他倒下去，手渐渐握紧。

"孙驼子已死了！"

这黄衣人的死，就是答复！

但林诗音呢？

李寻欢目中忽也露出了恐惧之色，目光慢慢地从血泊中的尸体上扫过，瞳孔慢慢地收缩。

然后，他就听到了铁传甲的声音。

他又像牛一般喘息着，血和汗混合着从他脸上流过，流过他的眼帘，他连眼睛都张不开，喘息着道："易明堂……易二哥……"

瞎子石板般的脸也已扭曲，咬着牙，道："我在这里。"

铁传甲道："我……我的债还清了么？"

易明堂道："你的债已还清了。"

铁传甲道："但我还是有件事要说。"

易明堂道："你说。"

铁传甲道："我虽然对不起翁大哥，但却绝没有出卖他，我只不过……"

易明堂打断了他的话，道："你用不着说，我已明白。"

他的确已明白。

一个出卖朋友的人，是绝不会在这样生死关头为了朋友牺牲自己的。

这不但易明堂已明白，金风白和那樵夫也很明白。

只可惜他们明白得已太迟了。

易明堂那已瞎了几十年的眼睛里，竟慢慢地流出了两滴眼泪。

李寻欢在看着，看得很清楚。

他第一次知道瞎子原来也会流泪。

他自己又何尝不是早已热泪盈眶。

热泪就滴在铁传甲已逐渐发冷的脸上，他俯下身，用衣角轻轻擦拭铁传甲脸上的血和汗。

铁传甲的眼睛睁开，这才瞧见了他，失声道："少爷是你，你……你果然来了！"

他又惊又喜，挣扎着要爬起，又跌下。

李寻欢跪了下去，跪在他身旁，道："我来了，所以有什么话你都可以等着慢慢说。"

铁传甲用力摇了摇头，凄然笑道："我已死而无憾，用不着再说什么。"

李寻欢忍着泪，道："但有些话你还是要说的，你既然没有出卖翁大哥，为什么不说明？为什么要逃？"

铁传甲道："我逃，并不是为了我自己。"

李寻欢道："你为了谁？"

铁传甲又摇了摇头，眼帘慢慢地阖了起来。

他四肢虽已因痛苦而痉挛，但脸色却很安宁，嘴角甚至还带着一丝恬静的微笑。

他死得很平静。

一个人要能死得平静，可真是不容易。

李寻欢动也不动地跪着，似已完全麻木。

他当然知道铁传甲是为了谁而死的。

他必定比李寻欢先回到兴云庄，查出了上官金虹的阴谋，就抢先赶到这里，只要知道李寻欢有危险，无论什么地方他都会赶着去。

但他又怎会知道上官金虹这阴谋呢？

他和翁天杰翁老大之间，究竟有什么秘密，为何至死还不肯说明？

李寻欢黯然道：“你究竟在隐瞒着什么秘密？你至少总该对我说出才是，你纵然死而无憾，可是我，我怎么能心安呢？”

金风白忽然大声道：“他隐瞒着的事，也许我知道！”

李寻欢愕然，道：“你……你知道？”

金风白的脸本是黝黑的，现在却苍白得可怕。

他用力咬着牙，一字字道：“翁老大对朋友的义气，天下皆知，你也应该知道。”

李寻欢道：“我听说过。”

金风白道：“只要有朋友找他，他几乎是有求必应，所以他的开销一向很大，但他却不像你，他并没有一个做户部尚书的父亲。”

李寻欢苦笑。

金风白道：“所以他一直都在闹穷，一个人若是又闹穷，又好朋友，又要面子，就只有在暗中想别的法子来弥补亏空。”

那樵夫耸然道：“你是说……翁老大在暗中做没本钱的生意？”

金风白悚然叹道：“不错，这件事也是我在无意中发现的，可是我一直不忍说，因为翁老大那样做，的确是情不得已。”

他忽又大声道：“但翁老大下手的对象，却必定是罪有应得的，他做的虽然是没有本钱的买卖，可没有愧对自己的良心。”

易明堂的脸色已发青，沉声道：“铁传甲和此事又有什么关系？”

金风白道：“翁老大作的案子多了，自然有人来查案，查案的恰巧是铁传甲的好朋友，他们虽已怀疑翁老大，却还是不敢认定。”

樵夫道：“所以铁传甲就故意去和翁老大结交，等查明了才好动手。”

金风白叹道：“想来必定是如此。”

他接着道：“铁传甲一直不肯将这件事说明，为的就是翁老大的确对他不错，他也认为翁老大是个好朋友，若是说出这件事，岂非对翁老大死后的英名有损，所以他宁可自己受冤屈——他一直在逃，的确不是为了自己！”

易明堂厉声道：“但你为什么也不说呢？”

金风白惨然道：“我……我怎么能说？翁老大对我一向义重如山，

连铁传甲都不忍说，我又怎么忍心说出来？”

易明堂冷笑道：“好，你的确不愧是翁老大的好兄弟，好，好极了。”

他一面冷笑，身子一面发抖。

金风白道：“我也知道我这么做对不起铁传甲，可是我没法子，实在没法子……”

他声音愈说愈低，忽然取起了一柄刀，就是方才杀死铁传甲的那柄刀，反手一刀，向自己胸膛刺下，几乎也就和铁传甲那一刀同样的地方。

他虽也疼得四肢痉挛，嘴角却也露出了和铁传甲同样的微笑，一字字挣扎着道：“我的确欠了他的，可是，现在我的债也已还清了！”

他死得也很平静。

“唉，一个人要死得平静，实在太不容易了。”

易明堂忽然仰面狂笑，道：“好，你有勇气将这件事说出来，有勇气将这债还清，也不愧是我的好兄弟，我们中原八义总算没有做丢人现眼的事！”

他的笑声听来就像是枭之夜啼。

那樵夫忽然跪了下去，向铁传甲叩了个头，又向易明堂拜了拜道：“二哥，我要先走一步了。”

易明堂笑声已停顿，突又变得说不出的冷漠平静，淡淡道：“好，你先走，我就赶来。”

樵夫道：“我等你。”

利斧扬起，鲜血飞溅，他死得更快，更平静。

李寻欢若非亲眼见到，简直无法相信世上竟有这种视死如归的人。

易明堂脸上，却连一点表情都没有，淡淡道：“我还没有走，只因我还有话要对你说。”

李寻欢只能点头。

他喉头已哽咽，已说不出话来。

易明堂道：“你总该知道，我们一直都守候在这里，因为我们知道铁传甲总有一天要回来的，所以我们知道很多你不知道的事。”

他慢慢地接着道："上官金虹这阴谋，我们几乎从一开始就知道——龙啸云也知道，我一直在奇怪，你怎么会和这种人交朋友？"

李寻欢更无话可说。

易明堂道："铁传甲知道这件事，就是龙啸云说出来的，他故意要铁传甲到这里来送死，但却未想到我们也会跟着来，因为我们绝不能让铁传甲死在别人手上。"

他接着又道："至于那位龙……林诗音林姑娘，她并没有死，也没有被上官金虹劫走，你现在到兴云庄去，一定还可以见着她。"

李寻欢只觉胸中又是一阵热血上涌，也不知是感激，还是欢喜？

易明堂道："现在我兄弟的恩怨都已了清，只望你能将我们合葬在一处，日后若有人问起中原八义，也希望你能告诉他们，这八个人活着时虽然常常做错事，但死的时候总算已将债还清了。"

黄衣人不知何时却悄悄溜走了，李寻欢纵然瞧见，也没有阻拦。

他也没有阻拦易明堂。

因为他知道易明堂的确已没法子再活下去。

一个人只要死得心安，死又何妨？

死，在他们说来，简直就不算是一回事。

但李寻欢现在瞧着满地的尸体，却觉得忍不住要发抖。

他发抖，并不是为了别的，只为了他了解"仇恨"的可怕。

可是，无论多深的仇恨，现在总算已了结。

易明堂说得不错，这些人活着时虽然常常做错事，但死的时候却是堂堂正正，问心无愧的。

世上又有几个人能像他们这么样的死法。

李寻欢四肢冷得发抖，胸中的热血却像是一团火。

他又跪了下来，跪在他们的血泊中。

这是男子汉的血。

他宁愿跪在这里，和这些男子汉的尸体作伴，也不愿到外面去瞧那些活人的丑恶嘴脸。

"大丈夫生而何欢，死而何惧！"一个人若能堂堂正正，问心无愧而死，死又算得了什么。

只不过这么样死，可真不容易！

孙小红一直没有进来。

她不是不敢进来，而是不忍进来，看到了这些男子汉的死，她才忽然发觉真正的男人的确是和女人不同的。

她第一次觉得能做女人实在是自己的运气。

夜。

小店里只有一盏灯，两个人。

灯光很暗，他们的心情却比灯光更暗，更消沉。

灯，就在李寻欢面前，酒，也在李寻欢面前，但他却似乎已连举杯的力气都没有了，只是坐在那里，痴痴地望着酒杯发怔。

灯芯挑起，又燃尽。

也不知过了多久，李寻欢忽然长长叹了口气，道："走吧。"

孙小红道："我……我也去？"

李寻欢道："我们一起来的，当然一起回去。"

孙小红道："回去？你不到兴云庄去了？"

李寻欢摇了摇头。

孙小红很诧异，道："但你这次来，岂非为了要到兴云庄去瞧瞧？"

李寻欢："现在已不必。"

孙小红道："为什么？"

李寻欢望着闪动的灯光，缓缓道："易明堂既然说她还在，就已足够。"

孙小红道："听了他的一句话，你就已放心？"

李寻欢道："像他那种人，无论说什么我都相信。"

孙小红眨着眼，道："可是……你难道不想去看看她？"

李寻欢沉默了，很久才缓缓道："相见争如不见，她既然无事，我又何必去看？"

孙小红道："你既已来了，又何必不去看？"

李寻欢又沉默了很久，忽然笑了笑，道："乘兴而返，既然已来了，看不看也就没什么分别了。"

孙小红叹了口气，苦笑道：“你真是个怪人，做的事总是教人不明白的。”

李寻欢淡淡道：“你慢慢就会明白的。”

孙小红呆了半晌，又道：“可是，你至少也该等埋葬了他们的尸体再走。”

李寻欢缓缓道：“他们可以等一等，上官金虹却不能等。”

他笑了笑，笑得很凄凉，接着又道：“死人总比活人有耐性，你说是么？”

第八十一章

可怕的错误

孙小红嘟起了嘴，冷冷道："原来你也并不十分够义气，至少对死人就没有对活人够义气。"

李寻欢忽然问道："昨天我们是什么时候出发的？"

孙小红沉吟着，道："晚上，就和现在差不多的时候。"

李寻欢道："今天我们是什么时候赶到这里的？"

孙小红道："戌时前后，天还没有黑。"

李寻欢道："我们是怎么来的？"

孙小红道："我们先坐车走了段路，然后就用轻功，到了今天早上，再换快马。"

李寻欢道："所以现在我们就算用同样的法子赶回去，最快也得要到戌时前后才到得了，对不对？"

孙小红道："对。"

李寻欢道："但现在我们已有很久未休息，体力绝对已不如昨天晚上好，纵然还能施展轻功，也绝不会比昨天晚上快。"

孙小红嫣然道："昨天晚上我就已赶不上你，难怪爷爷说你的轻功并不比你的刀慢多少。"

李寻欢道："所以，我们就算现在动身，也未必能及时赶去赴上官金虹的约会。"

孙小红忽然不说话了。

李寻欢忽然抬起头，凝注着她，沉声道："所以你本该催我快走才对，你总该知道我从不愿失约。"

孙小红垂着头，咬着嘴唇，仿佛在故意逃避着李寻欢的目光。

过了很久，她才轻轻叹息了一声，道："我只求你一件事。"

李寻欢道："什么事？"

孙小红道："这次我们坐车赶回去，不换马，也不用轻功赶路。"

李寻欢道："你要我在车上休息？"

孙小红道："不错，否则你就无法及时赶到，你一到那里只怕就得躺下，你总不能睡在地上和上官金虹决斗吧。"

李寻欢沉吟着，终于笑了笑，道："好，我就听你的，我们坐车。"

孙小红立刻就高兴了起来，展颜笑道："我们还可以把酒带到车上去，你若睡不着，我就陪你喝酒。"

李寻欢道："酒一喝多了，自然就会睡着的。"

孙小红笑道："一点也不错，只要你能在车上好好睡一觉，我保证上官金虹绝不是你的对手。"

李寻欢笑道："你对我倒很有信心。"

孙小红眨着眼道："当然，我对你若没有信心，又怎会……"

她的脸忽然红了，忽然一溜烟蹿了出去，吃吃笑道："我去雇车，你准备酒，若是时间充裕，你也不妨去瞧瞧她，我绝不会吃醋的。"

她的辫子飞扬，转眼间就跑得瞧不见了。

李寻欢目送着她，又痴了半晌，才缓缓地站起来，走出门。

猛抬头，高墙内露出小楼一角。

小楼的孤灯又亮了。

小楼上的人呢？

她是不是又在为她的爱子缝补着衣服？

慈母手中的线，长得好像永远都缝不完似的。

但却还是比不上寂寞，世上最长的就是寂寞。

一年又一年，一日又一日，缝不完的线，缝不完的寂寞——

她已将自己的生命埋葬，这小楼就是她的坟墓。

一个人，一个女人，若是已没有青春，没有爱情，没有欢乐，她还要生命做什么？

"诗音，诗音……你实在太苦，你实在已受尽了折磨。"

李寻欢又弯下腰，不停地咳嗽，又咳出了血。

他心里又何尝不想去看看她？

他的人虽然站在这里，心却早已飞上了小楼。

他的心虽然已飞上了小楼，但他的人却还是不得不留在这里。

他不敢去看她，也不能去看她，纵然是最后一次，也不能——相见争如不见，见了又能如何？

她已不属于他，她有她自己的丈夫、儿子，有她自己的天地。

他已完全被摒绝在这天地之外。

她本是他的，现在却连看她一眼也不能了。

李寻欢用手背擦了嘴角的血渍，将嘴里的血又咽下。

连血都仿佛是苦的，苦得发涩。

“诗音，诗音，无论如何，只要你能平平安安，我就能心满意足，天上地下，我们总有相见的时候。”

但林诗音真的能平安么？

风凄切，人比黄花瘦。

李寻欢孤零零地木立在西风里，是不是希望风能将他吹去？

不知道什么时候，孙小红已回来了，痴痴地瞧着他，道：“你……你没有去看她？”

李寻欢摇了摇头，道：“你没有去叫车？”

孙小红叹了口气，道：“车就停在巷口，你若真的不想去看她，我们就走。”

李寻欢道：“走！”

车在路上颠沛，酒在杯中摇晃。

是陈年的老酒。

车却比酒更老，马也许比车还老。

李寻欢摇着头笑道：“这匹马只怕就是关公骑的赤兔马，车子也早已成了古董，你居然能找得来，可真不容易。”

孙小红忍不住笑了，立刻又板起脸，道：“我做的事你总是觉得不满意，是不是？”

李寻欢道：“满意，满意，满意极了。”

他闭上眼睛，缓缓道：“一坐上这辆车，就让我想起了很久很久以前的事。”

孙小红道：“哦？让你想起了什么？”

李寻欢道："让我想起小时候玩的那匹木马，现在我简直就好像在马车上的摇篮里。"

他话还没有说完，忽然觉得有样东西进了他的嘴。

孙小红吃吃笑道："那么你吃完了这枣子，就赶快睡吧。"

李寻欢苦笑道："若能一睡不醒，倒也不错，只可惜……"

孙小红打断了他的话，道："我叫这辆车，就为的是要让你好好睡一觉，只要你能真的睡着，明天早上我们再换车好不好？"

李寻欢举杯一饮而尽，道："既然这么样，我就多喝几杯，也好睡得沉些。"

孙小红立刻为他倒酒，嫣然道："不错，就算是孩子，也得先喂饱奶才睡得着。"

杯中的酒在摇晃，她的辫子也在摇晃。

她的眼波温柔，就如车窗外的星光。

星光如梦。

李寻欢似已醉了。

在这么样的晚上，面对着这么样的人，谁能不醉？

既已醉了，怎能不睡？

李寻欢斜倚着，将两条腿跷在对面的车座上，喃喃道："古来圣贤皆寂寞，唯有饮者留其名……但饮者又何尝不寂寞？……"

声音渐低，渐寂。

他终于睡着。

孙小红脉脉地凝注着他，良久良久，才轻轻伸出手，轻抚他的头发，柔声道："你睡吧，好好睡吧，等你睡醒时，所有的忧愁和烦恼也许都成了过去，到了那时，我就不会让你喝得太多了。"

她的眸子漆黑而亮，充满了幸福的憧憬。

她还年轻。

年轻人对世上的事总是乐观的，总认为每件事都能如人的意。

却不知世上"不如意事常八九"，事实永远和人愿差着很大的一段距离，现在她若知道他们想的和事实相差得多么远，她只怕早已泪落满衣。

赶车的也在悠悠闲闲地喝着酒。

他并不急。

因为雇他车的姑娘曾经吩咐过他。

“慢慢地走，我们并不急着赶路。”

赶车的会心微笑，他若和自己的心上人坐车，也不会急着赶路的。

他很羡慕李寻欢，觉得李寻欢实在很有福气。

但他若知道李寻欢和孙小红会遇着什么样的事，他的酒只怕也喝不下去。

现在已经是“明天”。

李寻欢醒的时候，红日已照满车窗。

他不至于睡得这么沉的，也许是因为太累，也许是因为这酒。

李寻欢拿起酒杯嗅了嗅，又慢慢地放了下去。

马车还在一摇一晃地走着，走得很慢，赶车的有一搭没一搭地哼着小调，仿佛正在打瞌睡。

孙小红也已睡着，就枕在李寻欢的膝上。

她长长的头发散落，柔如泥水。

李寻欢探出头，地上看不到马车的影子。

日正当中。

走了段路，路旁有个石碑，刻着前面的村名。

现在已快到正午，距离上官金虹的约会已不到三个时辰。

但他们却只不过走了一半路。

李寻欢忽然觉得自己的手在发冷、发抖。

他有时忧虑，有时悲哀，有时烦恼，有时痛苦，他甚至也有过欢喜的时候，但却很少动怒。

现在他纵未动怒，也已差不多了。

孙小红突然醒了过来，感觉到他的人在发抖，抬起头，就看到了他脸上的怒容，她从未见过他脸色如此可怕。

她垂下头，眼圈儿已红了，嗫嚅着道：“你在生我的气？”

李寻欢的嘴闭着，闭得很紧。

孙小红凄然道：“我知道你一定会怪我，但我还是要这么样做，你打我、骂我都没关系，只要你明白我这么样做是为了什么。”

李寻欢忽然长长叹了口气，整个人已软了下来，心也软了下来。

孙小红这么样做，的确是为了他。

她做错了么？只要她是真心对他，无论做什么都不能算错。

李寻欢黯然道：“我明白你，我不怪你，可是，你为什么不明白我？”

孙小红道：“你……你真的认为我不明白你？”

李寻欢道：“你若明白我，就该知道你这次就算能拖住我，让我不能去赴上官金虹的约，但以后呢？我迟早还是难免要和他见面的，也许就在明天。”

孙小红道：“等到明天，一切事就变得不同了。”

李寻欢道：“明天会有什么不同？”

孙小红悠悠道：“明天上官金虹说不定已死了，他也许连今天晚上都活不过。”

她说话的方式很奇特，仿佛充满了自信。

李寻欢想不通她为何会如此有信心，所以他要想。

孙小红又道：“今天你就算失约，却也没有人能怪你，因为这本是上官金虹逼着你这么做的，否则你又怎会要赶到兴云庄？若不走这一趟，你又怎会失约？”

李寻欢还在想，脸色却已渐渐变了。

孙小红的神情却已愉快了起来，坐在李寻欢身旁，道：“等到上官金虹一死，更不会有人说你……”

李寻欢忽然打断了她的话，道：“是不是你爷爷要你这么样做的？”

孙小红眨着眼，嫣然道：“也可以说是，也可以说不是。”

李寻欢道：“难道他今天晚上要替我去和上官金虹决斗？”

孙小红笑了，道：“不错，你该知道，上官金虹一见了我爷爷，简直就好像老鼠见了猫，这世上也许就只有我爷爷一个人能制得住他。”

她轻轻拉起李寻欢的手，还想再说些话。

她没有说，因为她忽然发觉他的手冷得像冰。

一个人的心若没有冷，手绝不会这么冷，一个人心里若是没有恐惧，手也绝不会这么冷。

他恐惧的是什么？

看到李寻欢的神情，孙小红更连问都不敢问了。

李寻欢却问道："是你爷爷自己要去的？还是你求他去的？"

孙小红道："这……这难道有什么分别？"

李寻欢道："有，不但有分别，而且分别还很大。"

孙小红道："是我求他老人家去的，因为我觉得像上官金虹那样的人，人人都得而诛之，并不一定要你去动手。"

李寻欢慢慢地点着头，仿佛已承认她的话很对。

但在他脸上的却完全是另外一种表情。

他不但恐惧，而且忧虑。

孙小红忍不住问道："你在担心？"

李寻欢用不着回答这句话，他的表情已替他回答。

孙小红道："我不懂你在担心什么？……为我爷爷？"

李寻欢忽然沉重地叹了口气，道："是为了你。"

孙小红道："你在为我担心？担心什么？"

李寻欢缓缓道："每个人都会做错事，有些事你虽然做错了，以后还可以想法子挽回，但还有些事你若一旦做错，就永远也无法补救。"

他凝视着孙小红，接着又道："一个人一生中只要铸下一件永远无法补救的大错，无论他的出发点是为了什么，他终生都得为这件事负疚，就算别人已原谅了他，但他自己却无法原谅自己，那种感觉才真正可怕。"

他当然很了解这种感觉。

为了他这一生中唯一做错的一件事，他付出的代价之大，实在大得可怕。

孙小红瞧着他，心里忽也感觉到一种莫名的恐惧，颤声道："你在担心我会做错事？"

李寻欢沉默了很久，忽又问道："这些年来，你一直跟你爷爷在一起？"

孙小红道："嗯。"

李寻欢道："你有没有看到过他使用武功？"

孙小红沉吟着，道："好像没有……"

第八十二章

无心铸大错

孙小红很快地接着又道："但那只不过是因为他根本没有机会使用武功，也没有必要。"

李寻欢道："没有必要？"

孙小红道："因为他根本没有对手。"

李寻欢道："上官金虹呢？"

孙小红道："他也……"

她声音忽然停顿，像是忽然想起了什么。

李寻欢道："上官金虹的所作所为，你爷爷是否已觉得不能忍受？"

孙小红道："他……他的确对上官金虹很愤怒。"

李寻欢道："但他却没有向上官金虹下手。"

孙小红垂下头，道："他没有……"

李寻欢道："他为什么一直在忍受？为什么要等你去求他时才肯出手？"

孙小红忽又抬起头，目中的恐惧之意更重，道："你……你难道认为他老人家……"

她忽然觉得嘴里发干，连话都说不出了。

李寻欢缓缓道："一个人的武功若是到了巅峰，心里就会产生一种恐惧，生怕别人会赶上他，生怕自己会退步，到了这种时候，他往往会想法子逃避，什么事都不敢去做。"

他黯然叹息，接着道："愈不去做，就渐渐会变得真的不能做了，有些人就会忽然归隐，有些人甚至会变得自暴自弃，甚至一死了之……自古以来，这样的例子已有很多，除非他真的能超然物外，做到'太上忘情'的地步，对世上所有的一切事都不再关心。"

孙小红只觉自己的身子在渐渐僵硬，冷汗已湿透了衣服。

因为她知道她爷爷并不能“忘情”。

他还在关心很多事，很多人。

李寻欢又长长叹息了一声，道：“但愿我的想法不对，只不过……”

孙小红忽然扑过去，紧紧抱住了他。

她的身子抖得像是弓弦下的棉花。

她在怕，怕得很。

李寻欢轻抚着她的头发，也不知是同情，是怜惜，还是悲哀?

一个完全没有情感的人，就绝不会做出这种事。

这种人几乎从来也不会做错任何事。

但老天为什么总是要多情的人铸下永无挽回的大错呢?

一个人若是多情，难道他就已错了么?

孙小红抽搐着，流着泪道：“求求你，带我赶回去，只要能及时赶到那里，无论要我做什么我都愿意。”

窗外有马嘶，是个马市。

李寻欢虽非伯乐，却能相马——有很多人都知道，李寻欢对马和女人都是专家，要做这样的专家并不容易。

因为马和女人都是很难了解的。

他选了两匹最快的马。

最美丽的女人并不一定就是最可爱的，最快的马也不一定最强壮——美女往往缺少温柔，快马往往缺少持久力。

快马倒下。

人狂奔。

暮色渐临，渐深。

人仍在狂奔，他们既不管路人的惊讶，也不顾自己的体力。

他们已不顾一切。

夜色渐临，渐深。

路上已无人行。

又是个无星无月的晚上，也看不到灯光。

路旁一片暗林，林外一幢亭影。

那岂非就是上官金虹约战的地方？

黑沉沉的夜色中，仿佛看到长亭中一点火光。

火光忽明忽灭，亮的时候，就能隐约看到一个人影。

孙小红忽然长长松了口气，整个人都软了下去。

她一直能支持到现在，也许是奇迹，也许是因为她的恐惧。

恐惧往往能激发人的潜力。

但现在，她终于已看到了，她最希望看到的，她一口气忽然衰竭。

她倒了下去。

李寻欢也不禁长长松了口气。

他已看出这点火光明灭之间，仿佛有种奇异的节奏，有时明亮的时候长，有时熄灭的时候长。

忽然间，这点火光亮得好像一盏灯。

那天，在另一座城外，另一座长亭里，李寻欢也看到过这种同样的火光。

那天，是孙老先生在长亭里抽着旱烟。

除了孙老先生外，李寻欢从未看到过另一个人抽旱烟时，能抽出这么亮的火光来。

李寻欢只觉目中似乎忽然有热泪盈眶。

孙小红已伏在地上，低低地哭泣了起来。

这是欢喜的泪，也是感激的泪。

老天毕竟没有要她铸下大错。

李寻欢扶起了她，再往前去，走向长亭。

长亭中仿佛迷漫着一重烟雾，人，就坐在烟雾中。

这烟的香气，也正是孙小红所熟悉的。

她心里只觉一阵热血上涌，挣脱李寻欢扶着她的手，飞奔了过去。

她一心只想冲到她爷爷的怀抱中，向他说出心里的感激。

她忍不住放声大呼：“爷爷，我们回来了……我们回来了！”

长亭中的火光忽然熄灭。

然后，就响起了一个人平静的声音，一字字道：“很好，我正在等着你们！”

声音冷漠、平静、坚定，既没有节奏，也完全没有感情。

孙小红突然怔住，胸中的热血立刻冰冷，冷得几乎要将她整个人都冻僵。

这声音就像是一根棒子，一下子就将她从天堂打下地狱。

突然间，四盏灯笼亮起。

四盏金黄色的灯笼，用细竹竿高高地挑着。

金黄色的灯光下，坐着一个人，冷得像黄金，硬得像黄金，连他的心都像是用黄金铸成的。

他正在抽着旱烟。

他抽的是孙老先生的旱烟。

上官金虹！

坐在长亭里抽烟的人，赫然竟是上官金虹！

风凄切，雨飘零。

谁也不知道这雨是从什么时候开始下的。

孙小红木立在雨中，已完全僵硬，完全麻木。

她想呐喊，可是她没力气，她想冲进去，可是她不能动。

她的胃在痉挛，收缩，想呕吐。

可是她却连眼泪都已流不出来。

李寻欢本就走得比她慢，现在还是在慢慢地走着，脚步并没有停。

但他的呼吸却似已将停顿。

他慢慢地走到长亭外，面对着上官金虹。

上官金虹甚至没有瞧他一眼，只是凝注着手里的旱烟，淡淡道："你来晚了。"

李寻欢沉默了很久，才缓缓道："我来晚了。"

他只觉自己的嘴里很干燥、很苦，舌头就好像在舐着一枚已生了锈的铜板，也说不出是什么滋味。

难道这就是恐惧的滋味？

上官金虹道："来晚了总比不来的好。"

李寻欢道："你本该知道我迟早总要来的。"

上官金虹道："只可惜该来的人来迟，不该来的人反而先来了。"

这句话说完，两人忽然全都闭上了嘴，就这样面对面地站着，动也不动。

他们显然要等到有把握的时候才动。

这一动就不可收拾。

风雨中，暗林里，还有两个人，两双眼睛。

两双眼睛都在眨也不眨地凝视着李寻欢和上官金虹，其中一双眼睛温柔如水，明亮如星。

你走遍天下，也很难再找到一双如此美丽动人的眼睛。

另一双眼睛却是死灰的，几乎已和这阴森的夜色融为一体，就算是在地狱中，只怕也很难找到如此可怕的眼睛。

黑暗中就算有鬼魅隐藏，此刻也应该早已溜走。

这双眼睛连鬼魅见了都将为之战栗。

林仙儿和荆无命竟先来到这里，而且仿佛已来了很久。

林仙儿倚在荆无命的身旁，紧紧抓着荆无命的膀子。

荆无命不响，也不动。

林仙儿忽然道："你若要杀他，现在就是最好的机会，再好也没有了。"

荆无命冷冷道："现在已有人杀他，已用不着我出手。"

林仙儿道："我不是要你去杀李寻欢。"

荆无命道："杀谁？"

林仙儿道："上官金虹，杀上官金虹！"

她兴奋得全身都在发抖，指甲都已嵌入荆无命的肉里。

荆无命不动，似也不疼。

但他目中却已露出了一种奇特的光芒，就像是地狱中的火。

林仙儿道："他现在正全心全意要对付李寻欢，绝没有余力再对付别人，何况，他还不知道你右手的秘密，你一定可以杀了他！"

荆无命还是不动。

林仙儿道："金钱帮的秘密，只有你知道得最多，你杀了他，你就是金钱帮的帮主。"

她低低喘息着。

她的喘息声并不十分好听，就像是条动了情的母狗。

她喘息着又道："你就算不想当金钱帮的帮主，但也该让他看看你的厉害，让他下了地狱后还要后悔，以前为什么那样对待你。"

荆无命眼睛中若是藏着地狱的火种，现在火就已燃烧。

林仙儿道："去，快去，错过这机会，后悔的就是你，而不是他了。"

荆无命终于点了点头，道："好，我去！"

林仙儿吐出口气，嫣然道："快去吧，我就在这里等着你，只要你成功，我以后就永远是你的人了。"

荆无命道："你用不着等我。"

林仙儿怔了怔道："为什么？"

荆无命道："因为你也要跟我一起去！"

林仙儿忽然觉得事情有点不对了。

她美丽的眼睛里刚露出惊惧之色，荆无命已拧住了她的手。

林仙儿并不时常流泪，她认为一个女人若只有用眼泪才能打动男人的心，那女人不是很愚蠢，就是很丑陋。

她有许许多多更好的法子。

但现在，她却疼得立刻就流出了眼泪。

她几乎能听得到自己骨头折断的声音，颤声道："我做错了什么？你要这样对我？"

荆无命缓缓道："你这一生中，也许只做错了一件事。"

林仙儿道："什么事？"

荆无命道："你不该认为每个人都和阿飞一样爱你！"

李寻欢背对着树林。

他并没有看到从林中走出来的林仙儿和荆无命，他只看到上官金虹脸上突然起了一种很奇异的变化。

上官金虹的注意力竟突然分散了。

他从未给过别人这样的机会，以后也绝不会再给。

但李寻欢却并没有把握住这机会，他的飞刀竟未出手。

因为他也已感觉到背后有种可怕的杀气。

他的飞刀并不单只是用手掷出去的，而是用他的全副精神，全部精力，他的飞刀若出手，就再无余力来防御身后的攻击。

他的脚步一滑，滑出了七尺，立刻就看到了荆无命。

荆无命已来到他身后。

然后，他才看到林仙儿，他从未想到她也会变得如此狼狈。

雨更大了。

每个人身上都已湿透。

高挑着的灯笼虽已移到长亭檐下，却还是照不远。

荆无命就站在灯光照不到的地方，他整个人就像是个影子，仿佛根本就不存在。

但李寻欢的眼睛却已从上官金虹身上移开，盯着他。

上官金虹的眼睛也已从李寻欢的身上移开，也在盯着他。

因为他们都已感觉到这一战胜负的关键已不在他们本身，而在荆无命的手上。

荆无命突然笑了，大笑。

他这一生从未如此大笑过，他笑得弯下了腰。

上官金虹忽然长长叹了口气，道："你笑吧，因为你的确应该笑。"

荆无命道："你不想笑？"

上官金虹道："我笑不出。"

荆无命道："为什么？"

上官金虹道："你知道是为了什么。"

荆无命道："不错，我知道，我的确知道。"

他突然停住笑声，慢慢地站直，缓缓接着道："因为现在只有我才能决定你们的死活，但你们却不敢向我出手。"

他说得不错，的确没有人敢向他出手。

上官金虹若向他出手，就算能杀了他，自己的背部便掌握在李寻欢手里。他当然不会给李寻欢这机会。

李寻欢的情况也一样。

荆无命缓缓道："也许我可以帮你杀了李寻欢，也可以帮他杀了你。"

上官金虹道："我相信你可以。"

荆无命道："你相信？在你眼中，我岂非已是个残废？"

上官金虹又叹了口气道："每个人都有看错的时候。"

荆无命道："你怎么知道你看错了？也许我的确是个残废。"

上官金虹道："你的右手比左手更有力。"

荆无命道："你看得出？"

上官金虹道："林仙儿并不是个弱不禁风的女人，无论谁想要用一只手制住她，都不容易。"

荆无命慢慢地点了点头，道："你果然看出来了，只可惜太迟了些。"

上官金虹也慢慢地点了点头，道："我不但看错，也做错了。"

荆无命道："你也知道不该那样对我？"

上官金虹一字字道："我的确不该那样对你，我本该杀了你的！"

荆无命道："你为什么没有杀？"

上官金虹道："我不忍。"

荆无命脸上突也起了种奇异的变化，嗄声道："你也有不忍的时候？"

上官金虹淡淡道："我也是人。"

荆无命道："所以你认为我也不忍杀你？"

上官金虹瞟了林仙儿一眼，道："她一定也想要你来杀我。"

荆无命道："不错。"

上官金虹道："你若真要杀我，就不会将她带来了。"

林仙儿忽也大笑了起来。

她的人本已倒在泥泞中，此刻忽然笑了，实在令人吃惊。

她大笑着道："他的确不敢杀你，因为你若死了，他也活不下去，我现在才明白，他这人本就是为你而活着的，他到这里来，就为了要在你面前证明他自己是多么重要，可是在别人眼中，他根本连一文都不值。"

上官金虹道："但他要杀你却很容易。"

林仙儿道："你以为他敢杀我？……你要杀我，他却救了我，你可知道是为了什么？"

上官金虹道："因为他要亲手在我面前杀你。"

林仙儿道："你错了，他并不是要自己亲手杀我，而是要看你亲手杀我……"

她大笑着道："我和你在一起的时候，他嫉妒得发疯，那时我本以为他是为了我，现在我才知道他是为了你，只要是你喜欢的人，他都恨，甚至连你的儿子也不例外……你可知道你儿子是谁杀死的？"

上官金虹面上全无表情，淡淡道："他若是为了我而杀人，无论杀谁都没关系。"

林仙儿瞧着他，脸上的笑渐渐消失，终于长长叹了口气，道："我一向总认为我很能了解男人，可是我却实在不了解你们，实在想不通你们两个人究竟是什么样的关系。"

她冷笑着接道："我只知道无论那是种什么样活见鬼的关系，都一定令人恶心得要命，所以你们就算想告诉我，我也不想听。"

上官金虹道："你知道的不多，说的却太多了。"

林仙儿道："但我无论说什么，也没法子要你杀他的，是不是？"

上官金虹道："你没法子！"

林仙儿转过脸，转向荆无命，道："我当然也没法子要你杀他，是不是？"

荆无命道："是。"

林仙儿又叹了口气，道："看来我只有让你们两个人来杀我了，问题是谁动手呢？是他，还是你？"

荆无命不再说话。

他的手一抬，就将林仙儿摔了出去，摔在上官金虹脚下。

林仙儿这次既不再挣扎，也不再动，就这样蜷曲在地上。

但她毕竟是女人。

你可以令她不动，不反抗，却不能要她不说话。

第八十三章

无言的慰藉

你若是多加注意，就会发觉一个女人死的时候，身上最后僵硬的一个地方就是她的舌头。这只因女人舌头上的肌肉永远都比其他任何地方灵敏得多。

林仙儿道：“不错，当然是你，他把我带到这里来，为的就是要看你亲手杀我，只有用这法子他心里才会觉得舒服些。”

上官金虹道：“你呢？死在我手上，你是不是也觉得舒服些？”

林仙儿道：“那就要看你用什么法子来杀我了，我倒不希望死得很快，因为只有慢慢地死，才能真正领略到死的滋味。”

她忽又笑了笑，道：“一个人一生中只有一次这么样的机会，纵然要我多忍受些痛苦，也是值得的。”

上官金虹淡淡道：“而且死得若慢些，你也可以多说几句话，因为说话不但能减轻你的痛苦，也能减轻你的恐惧。”

林仙儿道：“你当然也不会很快就杀了我的，是不是？你本就喜欢看着人慢慢地死，何况，我对你总算不错，至少我辛辛苦苦存的一点私房钱，已全都被你想法子弄走了，你叫人去杀我的时候，就已经把我刮得干干净净。”

上官金虹道：“不错，你现在的确已一文不值，所以我根本已懒得杀你。”

他忽然一脚将林仙儿踢了出去，踢到李寻欢面前。

这次她连话都说不出了，湿透了的衣服，紧贴在她身上。

她的胴体依然是美丽的。

这本是武林中的第一美人，不但美，而且聪明。

她本可以活得很好。

但现在，她却连死也不能好好地死。

她本是云端上的仙子，但现在却变得就像是条泥浆中的野狗。

这是为了什么？

是不是因为她从不知道对自己应该珍惜的东西多加珍惜？

雨更大了。

李寻欢瞧着倒在泥泞中的林仙儿，心里忽然很悲哀很同情。

他并不是同情她，而是同情阿飞。

她本是自作自受，但阿飞呢？

阿飞并没有错。

他虽然爱错了人，但爱的本身并没有错。也许这才是最值得悲哀的。

上官金虹却在瞧着李寻欢，缓缓道："我不杀她，只因我觉得你比我更有理由杀她，我让给你。"

李寻欢沉默了很久，忽然长长叹了口气，道："看来你又低估了我。"

上官金虹也沉默了很久，才慢慢地点了点头，道："不错，我又低估了你，你也不会杀她的。"

他慢慢地接着道："杀人，要杀气，你的杀气要全部留着来对付我，怎么会浪费在她这种人身上呢？"

李寻欢道："人不对固然不能杀，地方不对也不能动手。"

上官金虹道："这地方不对？"

李寻欢道："本来是对的，现在却不对了。"

上官金虹道："有什么不对？"

李寻欢道："这地方现在太挤。"

上官金虹又笑了，道："是他令你不安？"

李寻欢道："是。"

他并不想隐瞒，荆无命纵然不出手，对他也是种威胁。

何况荆无命随时可能出手的。世上绝没有任何人能抵挡他和上官金虹的联手一击。

上官金虹的脸又沉了下去，道："我明白你的意思，只不过他既然已回来，就没有人再能要他离开，是不是？"

这最后一句话自然是问荆无命的。

荆无命道："是。"

他还是站得很远，但无论谁都能感觉到他和上官金虹已又结成了一体，结成了一股无坚不摧的力量，没有人能摧毁，也没有人能抵御。

李寻欢叹了口气，忽然想起了阿飞。阿飞若是在这里……

上官金虹似已看透了他的心意，悠然道："阿飞若在这里，你们也许还有机会，只可惜……他却很令人失望。"

李寻欢道："我并没有对他失望，有些人无论倒下去多少次，还是能站得起来的。"

上官金虹道："你认为他是这种人？"

李寻欢道："他当然是。"

上官金虹淡淡道："就算你没有看错，但等他站起来的时候，你必已倒了下去，我可以保证这次你一倒下去，就永远无法站起！"

李寻欢道："现在……"

上官金虹道："现在你绝对没有机会，一分机会都没有。"

李寻欢忽然笑了笑，道："所以你至少应该让我选个地方，一个人若非死不可，他至少有权选择在哪里死！"

上官金虹道："你又错了，杀人的才有权，被杀的人什么都没有，只不过……"

他逼视李寻欢，缓缓道："对你，我也许会破例一次，你不但是个很好的朋友，也是个很好的对手。"

李寻欢道："多谢。"

上官金虹道："你想死在哪里？"

李寻欢缓缓道："一个人若是活得太辛苦，就忍不住会想要死得舒服些。"

上官金虹道："无论怎么样死，都不会太舒服的。"

李寻欢道："我只不过想找个没有雨的地方，换套干净的衣服，我不喜欢湿淋淋的死，不喜欢倒在湿淋淋的地方。"

他又笑了笑，接着道："老实说，除了洗澡的时候，我都宁愿自己的身上是干着的。"

上官金虹突然叹了口气，道："我常听人说你不怕死，但却一直不相信，因为我根本不信世上真有不怕死的人，直到现在——现在我才有点相信了。”

李寻欢道：“哦。”

上官金虹道：“一个人若在临死前还能说这种话，可见他对生死的确已看得很淡，所以我才更觉得奇怪。”

李寻欢道：“奇怪？”

上官金虹道：“千古艰难唯一死，除死之外无大事，一个人若连死都不在乎，又怎么会在乎他死的时候身子是湿是干呢？”

他盯着李寻欢，缓缓接着道：“所以我想，你这么样做，一定另有目的。”

李寻欢道：“你认为是什么目的？”

上官金虹道：“有些人也许会认为你这只不过是故意在拖时间，因为一个人就算已明知必死无疑却还是要尽量想法子拖一拖，希望能有奇迹出现，至少能多活一刻也是好的。”

李寻欢道：“你也这么想？”

上官金虹道：“我当然不会这么想，我一直没有低估你。”

他接着道：“你当然知道绝不会有奇迹出现，这世上根本已没有任何一个人能救得了你，何况，你根本就不怕死。”

李寻欢道：“那么，你怎么想？”

上官金虹道：“我想，你这么样做，只不过是在找机会让她们逃走而已，因为你知道我在杀你之前，绝不会杀别的人，这正如一个人若知道有山珍海味可吃，就绝不会先用馒头大饼来填饱肚子，免得坏了胃口。”

李寻欢淡淡笑道：“这比喻并不好。”

上官金虹道：“不好，但却不假。”

李寻欢笑得已有些勉强，道：“就算不假，但你难道会将她们的死活放在心上？”

上官金虹道：“我不必。”

他的确不必。

她们活着，对他已全无威胁。

他若要她们死，随时随地都方便得很。

李寻欢几乎不忍再去瞧孙小红一眼。

但无论如何，她现在总算还有生命，还能呼吸。

这已足够。

除此之外，他还能为她做什么呢？

上官金虹道：“我已说过，我为你破例一次，因为你和别的人全无关系。”

他一字字接着道：“你活得很干净，我至少总不能让你死得太龌龊——至少总不能让你像野狗般死在泥巴里。”

死，是怎么样死，死在哪里？

这都不重要。

重要的是要死得安心，死得干净。

孙小红呢？

李寻欢一直不忍去看她，也不能去看她。

他的注意力绝不能分散。

他甚至没有听到孙小红的声音。

但现在他就要走了，她当然也知道他这一走，以后也许就永远没有见面的时候，这一走也许不是生离，而是死别。

她怎么能就这样看着他走？

他生怕她会赶过来，要跟他一起走，要陪着他一起死。

她若这样做，他只有狠下心，将她打晕，或者点住她的穴道，然后再告诉她，要她好好地活下去。

那种场面一定很悲伤，很感人。

但李寻欢却不希望她这样做，现在，他心里的负担已够重，她若这么样做了，他的情感说不定就会崩溃。

他的性格虽坚强，情感却很脆弱。

孙小红并没有这么样做，她甚至没有过来和李寻欢话别。

这是为了什么？

李寻欢终于忍不住回过头，瞧了她一眼。

她并没有晕过去，也没有走。

她也正在瞧着李寻欢。

她神情虽悲伤，但目光却那么温柔，那么坚定，她的嘴虽没有说话，但她的眼睛却在告诉李寻欢："既然这是你非做不可的事，你就只管放心去做吧，我绝不会拉住你，也不会打扰你，无论你做什么，我都知道你一定会做得很好，做得很对。"

虽然只瞧了一眼，李寻欢的心情就已不再那么沉重了。

因为他已明白她是个坚强的女人，绝不会要他操心，用不着他说，她也会好好地活下去。

她对他只有安慰，只有鼓励。

他心里真是说不出的感激，因为只有他自己才知道她这么做对他的帮助有多么大。

他忽然觉得自己能遇着这样的一个女人实在是运气。

李寻欢终于走了，走的时候，步履已远比来的时候坚定。

孙小红静静地瞧着他走，过了很久，才将目光转到林仙儿身上。

林仙儿正挣扎着从泥泞中站起来。

她尽力想做出骄傲高贵的样子，但她自己也知道无论怎么做都是没有用的，因为她自己也觉得自己很狼狈。

孙小红仍在瞧着她，没有一点表情。

没有表情就是种轻蔑的表情。

林仙儿突然冷笑道："我知道你看不起我，可是你知不知道我更看不起你？"

孙小红道："不知道。"

林仙儿道："你害了你爷爷，也害了李寻欢，但你却只不过像个木头人似的站在这里。"

孙小红道："你认为我应该怎么样？"

林仙儿道："你自己应该知道……你难道不知道自己做错了事？"

孙小红道："我知道。"

林仙儿道："那么你就应该忏悔，应该难受。"

孙小红道："你怎么知道我不难受？一个人若是真觉得忏悔，觉得难受，并不要用嘴来说的，要用行动来表示。"

林仙儿道："你表示了什么？做了什么？"

孙小红道："现在我能做什么？"

林仙儿道："你明知李寻欢这一去必死无疑，至少应该拉住他……"

孙小红道："我能拉得住他么？"

她叹了口气，道："我若去拉他，只有使他的心更乱，死得更快。"

林仙儿道："可是你……你甚至连一滴眼泪都没有流下来。"

孙小红沉默了半晌，缓缓道："我的确想流泪，想大哭一场，但却不是现在。"

林仙儿冷笑道："你要等到什么时候？"

孙小红道："明天……"

林仙儿道："但明天还有明天的。"

孙小红道："就因为永远有明天，所以永远有希望。"

她慢慢地接着道："我虽然做错了，但那已过去了，我纵然要流泪，也不妨等到明天，因为今天我还有别的事要做！"

只有懦夫和呆子才会永远为"昨天"的事而流泪。

真正有勇气承认自己错误的人，也就会同样有勇气面对现实，绝不会将自己埋葬在眼泪里。

眼泪并不能洗清耻辱，更不能弥补错误，你若是真的忏悔，就得拿出勇气来，从今天从头做起。

林仙儿怔住了。

她说这些话，为的就是要打击孙小红。因为她知道孙小红看不起她，她也想要孙小红自己看不起自己。

但她却失败了。

孙小红远比她想象中坚强，远比她想象中有勇气。

第八十四章

伟大的爱心

过了半晌，林仙儿才咬着牙，道：“今天有很多事要做？你做了什么？”

孙小红缓缓道：“一个女人要帮助她的男人，并不是要去陪他死，为他拼命。而是要鼓励他，安慰他，让他能安心去做他的事，让他能觉得自己是重要的，并没有被人忽视。”

林仙儿冷笑道：“这已够了么？”

孙小红叹息了一声，道：“除此之外，我还能为他做什么呢？”

她不必再做什么。

这已足够。

无论哪个男人遇到她这样的女人，都应该十分感激。

孙小红忽然又道：“我知道你是在想法子打击我，但我并不怪你，因为我忽然觉得你很可怜。”

林仙儿冷笑道：“可怜？我有什么好可怜的？”

孙小红道：“你以为自己很年轻、很美、很聪明，以为世上的男人都会拜倒在你脚下，所以别人真心地对你好，你反而看不起他，认为他是呆子，可是你总有一天会发现，世上对你真心的原来并没有你想象中那么多，真情并不是用青春和美貌就可以买得到的。”

她幽幽地接着道：“到了那时，你就会发现你原来什么都没有得到，什么都是空的——一个女人要是到了这种时候才是最可怜的时候。”

林仙儿道：“你……你认为我现在已到了这种时候？”

她声音颤抖，因为她全身都在发抖，也不知是气愤，是冷，还是恐惧。

孙小红没有说话，只是冷冷地瞧着她脸上的乌青，满身的泥污，这已经比说任何话都要令她难受。

林仙儿突然笑了，大笑道："不错，我的确看不起他，我一直把他当作呆子，可是我现在要去找他，他还是一样会爬着来求我的。"

孙小红道："你为何不去试试？"

林仙儿道："我不必试就知道，没有我，他根本活不下去。"

她嘴里虽在说不必，但人已转身奔了出去。

她走得那么快，已用出了所有的力量，因为她知道这已是她最后一个机会，这机会若再错过，她才真的活不下去。

孙小红痴痴地怔了半晌，才缓缓转过头。

大地一片黑暗，雾一般的雨丝中，又出现了一条人影……

这人也不知是在什么时候来的，仿佛也已在这里等候了很久。

孙小红第一眼就看到了她的眼睛。

这双眼睛并不明亮，也许是因为泪流得太多，所以目光看来有些呆滞，但其中蕴含的那种悲哀幽怨之意，连铁石人看了也要动心。

然后，孙小红就看到了她的脸。

她的脸也不是完美无瑕的。

她的脸色太苍白，就像是已有很久很久未曾见到阳光。

也不知为了什么，孙小红从第一眼看到她，就认为她是自己这一生中所见到的最美丽的女人。

她的头发已凌乱，衣衫已湿透，看来当然也应该很狼狈，奇怪的是无论如何也不会觉得她狼狈。

她看来还是那么清丽，那么高贵。

无论在任何情况下，她都能令人感觉到她那种独特的气质，独特的魅力。

孙小红以前并没有见过这个人，但只瞧了一眼，已猜出她是谁了。

林诗音！

只有她这样的女人，才能令李寻欢那样的男人颠倒终生。

孙小红心里在叹息。

"为什么别人都要说林仙儿是江湖中的第一美人，第一美人应该是她才对，莫说她年纪轻的时候，就是现在，她还是比林仙儿强得多。”

她这么想，也许因为现在是雨夜，也许因为她是女人。

女人看女人的眼光，总和男人不同的。

林诗音也在看着她，正慢慢地走了过来，柔声道：“你……你就是孙姑娘？”

孙小红点了点头，忽然道：“我也知道你，我常常听他说起你。”

林诗音笑了笑，笑得很凄凉。

她当然知道孙小红说的“他”是谁。

孙小红道：“你也早就来了。”

林诗音垂下头，道：“我听说他要在这里决斗，本来想赶来跟他说几句话的，可是，我已有很多年没有出过门，已经连路都不认识了。”

她忽又黯然一笑，接着道：“但这也没什么关系，我要对他说的话，跟你说也一样。”

她说话的声音很轻、很惨，仿佛每说一句话，都要先考虑很久。

她无论说什么都是清清的、淡淡的，要是别人听了一定会认为她是个很冷漠、很无情的女人。

但孙小红却很了解，她能够说出这种冷漠清淡的话来，那只因她已痛苦得太多，所受的折磨也太多了。

孙小红心里只觉得说不出的同情和怜惜，忍不住道：“我知道他也想见你，你既然来了，为什么不肯跟他见面呢？”

林诗音道：“我……我不能。”

她本来是想和李寻欢见面的，但她来的时候，已有别人在旁边，所以她才不敢现身，因为她怕别人看破她和李寻欢之间的情感。

因为她知道自己要是和李寻欢见了面，自己就再也不能控制自己。

这些话她纵然没有说出来，孙小红也很了解。

孙小红叹道：“以前我总不明白，为什么有些人总要听别人的摆布，让别人改变自己的命运？现在我才明白，你听别人的话，并不是因为你怕他，而是因为你爱他，你知道他无论做什么都是为了你好。”

林诗音本来一直在控制着自己，但现在，她却再也控制不住了。

她眼泪已涌泉般流了出来。

因为孙小红的这些话，每个字都说到她心里去，每个字都像是一根针，刺得她心疼。

她曾经问过自己："现在我什么都没有得到，什么都是空的，正如林仙儿一样，但这情况是谁造成的呢？难道是我的错么？"

她曾经埋怨过李寻欢，恨过李寻欢。

这种悲惨的结局，岂非正是李寻欢所造成的？

但现在她知道错的并不是李寻欢，而是她自己。

"那时我为什么要听他的话？为什么不明明白白地告诉他，我是爱他的，除了他之外，我谁也不嫁。"

孙小红柔声道："我虽然不太清楚你们之间的事，可是我知道……"

林诗音忽然打断了她的话，道："现在我也已知道，我看到你，才知道我错了。"

孙小红愕然道："为什么？"

林诗音道："因为……我要是也和你一样有勇气，和你一样坚强，今天就不会有这样的结局。"

孙小红道："可是你……"

林诗音道："我现在才知道我本就不配做他的妻子，只有你才配得上他。"

孙小红垂下头，道："我……"

林诗音根本不让她说话，又道："因为只有你才能安慰他，鼓励他，无论他做什么，你对他的信心都不会改变，而我……"

她黯然叹息，眼泪又流下。

孙小红垂着头，过了很久，忽然笑了笑，道："但你以后还是有机会见着他的，以前的事都已过去，以后你们还是可以……"

林诗音又打断了她的话，道："你认为他还有机会？还有希望？"

孙小红道："他当然有！"

她又笑了笑，道："别人看他那样子，一定会认为他对自己已全无信心，一个人若连自己都对自己失却了信心，那还有什么希望？"

林诗音黯然道："正是如此。"

孙小红道："但我却知道，他做出那样子来，只不过是因为故意要上官金虹轻视他，上官金虹若有了轻敌之心，就难免有疏忽。”

她眼睛里闪着光，缓缓道：“只要上官金虹一有疏忽，他就能杀了他！”

林诗音叹了口气，道：“他对自己有信心，也许就因为知道你对他有信心，你对他的帮助有多么大，也许连你自己都不知道。”

孙小红垂下头，抿嘴一笑，道：“我知道。”

她不但对李寻欢有信心，对自己也有信心。

林诗音瞧着她，心里忽然觉得有种说不出的滋味，也不知是羡慕，是酸楚，是为自己难受，还是在为李寻欢高兴。

李寻欢半生潦倒，心力交瘁，也实在只有孙小红这样的女人才能安慰他，否则他这次纵能战胜，以后还是要倒下去。

纵然没有别人能击倒他，他自己也会将自己击倒的。

林诗音长长叹息，道：“他能遇到你，也许正是上天对他的补偿，这本是他应得的，可是……”

她忽然问道：“荆无命呢？他就算能击败上官金虹，却无论如何也不能抵挡他们两个人。”

孙小红沉吟着，道：“荆无命也许不会出手，因为上官金虹既然自觉有必胜的把握，就根本不用他出手，那么，等他想出手时，就已太迟了。”

她说得不错，这正是李寻欢唯一的机会。

他们要击倒李寻欢，也只有一次机会——小李飞刀绝不会给任何人第二次机会。

问题是，谁能把握住这一次机会？

林诗音道：“你的意思是说，荆无命若不出手，他才有机会？”

孙小红道：“不错。”

林诗音道：“你怎么能确定荆无命不出手呢？”

孙小红道：“我不能。”

她很快地接着又道：“但我却能确定，在一个时辰之内，他们谁都不会出手。”

林诗音道：“就算你说得不错，在一个时辰内，也不会有奇迹出现的。”

孙小红道："会有。"

林诗音道："什么奇迹？"

孙小红道："阿飞。"

林诗音虽然没有说什么，但表情却很失望。

无论谁都已对阿飞失望。

孙小红道："大家都认为阿飞已不行了，那只因他身上背了副枷锁。"

林诗音道："枷锁？"

孙小红道："嗯，枷锁，他的枷锁也许只有一个人能解开。"

林诗音道："谁？"

孙小红道："解铃还需系铃人。"

林诗音道："你是说……林仙儿？"

孙小红道："不错，等他真正发现林仙儿并不值得他爱的时候，他的枷锁就解开了。"

林诗音沉默了半晌，道："你说的也许不错，可是，他已堕落很久，又怎能在短短一个时辰中振作起来？"

孙小红道："为了别的原因，他当然不能，但为了李寻欢，他也许能的。"

她缓缓接着道："一个人为了他自己所爱的人，往往就能做出许多他平日做不到的事。"

林诗音长长叹了口气，道："但愿如此……"

孙小红道："所以我现在要去找阿飞，将这种情形告诉他。"

林诗音道："等一等，我……我还有些话要告诉你。"

孙小红道："我在听着。"

林诗音道："我已有很久没有到外面来走动，但外面这些人的事我都知道得很清楚，你不觉得奇怪么？"

孙小红笑了笑，道："我不奇怪，因为我知道你有个很聪明的儿子。"

林诗音又垂下了头，道："无论如何，他总是我的儿子，我什么都没有，只有他，所以……我希望你转告他，要他原谅……"

孙小红叹道："他从没有恨过任何人，你总该知道的。"

林诗音沉吟着，仿佛有些话不知道怎么才能说出口。

孙小红道："你是不是要我告诉他那《怜花宝鉴》的事？"

林诗音有些惊讶，道："这件事你也知道？"

孙小红笑了笑，道："这件事本就是我告诉他的，我二叔……"

林诗音恍然道："不错，王老前辈来的时候，孙二先生也在。"

孙小红道："这么说，那本《怜花宝鉴》的确是在你手上了？"

林诗音道："是的，但我却一直没有将这件事告诉他。"

孙小红道："为什么？"

林诗音道："因为那时我觉得武功非但对他没有任何帮助，反而害了他，他的武功愈高，麻烦也愈多，所以……"

孙小红道："所以你才将他瞒住，因为你只要他做一个平平凡凡的人，平平凡凡地过一生。"

林诗音凄然道："这正是最大的原因，别人也许不会相信……"

孙小红道："我相信。"

她叹了口气，幽幽道："我若是你，做法只怕也会和你一样。"

只有女人才了解女人的想法。

只有女人才知道一个少女为了她所爱的男人，是无论什么都做得出的，在别人眼中看来，她所做的事也许很可笑，但在她们自己看来，世上所有的原因都没有这一点重要。

林诗音道："但现在我却很后悔，觉得不应该瞒着他的。"

孙小红道："你瞒着他，也是为他好，有什么不应该的？"

林诗音道："因为……他若练了《怜花宝鉴》上的武功，今天上官金虹和荆无命纵然联手对付他，也没关系了。"

孙小红道："所以你觉得很内疚，希望他能原谅你。"

林诗音点了点头，黯然道："我也知道他无论如何都不会怪我，可是我……我若不将这件事说出来，心里就更难受。"

孙小红道："但你却错了。"

林诗音道："我错了？"

孙小红道："他若练了《怜花宝鉴》上的武功，也许更不是上官金虹的对手。"

林诗音道："为什么？"

孙小红道："你可知道阿飞的剑为什么可怕？"

林诗音道："因为他快，比任何人都快。"

孙小红道："他怎么能比别人快？"

林诗音道："因为他……"

孙小红道："他快，只因为他比别人专心，小李飞刀也一样，他们若是练了别的武功，反而会分心，也许就不能这么快了。"

林诗音垂着头，想了很久，缓缓道："无论如何，我还是希望能将我的意思告诉他。"

孙小红咬着嘴唇，道："你们以后还有见面的机会，你为什么不自己告诉他？"

第八十五章

忽然想通了

林诗音又沉默了很久，才抬起头。

她脸上的神色忽然变得很平静，道：“以后我们也许没有见面的机会了。”

孙小红皱眉道：“为什么？”

林诗音道：“因为……因为我就要到一个很远很远的地方去。”

孙小红道：“你……你一定要去？”

林诗音道：“一定！”

孙小红道：“为什么？”

林诗音道：“因为我已下了决心。”

孙小红说不出话了。

林诗音忽又笑了笑，凄然道：“我这一生最大的弱点，就是我做事从来没有决心，这也许是我第一次下决心，我不希望有人再想来要我改变。”

孙小红道：“可是……可是我们才第一次见面，现在说话的时候也不多了，你总该让我再见你一次，我也有很多话要对你说。”

林诗音想了想，道：“好，明天我就在这里等你，明天早上。”

林诗音也走了。

现在，天地间仿佛就只剩下孙小红一个人。

她一直没有流泪，但现在，她眼泪却突然泉水般流了出来。

她也下了决心。

只要李寻欢不死，她一定要将他带到这里来。

自从她第一次看到李寻欢，她就决心要将自己这一生交给他。

这决心她从未改变。

但现在，她却觉得自己太自私，她决心要牺牲自己！

因为她忽然觉得林诗音比她更需要李寻欢！

“他们都已受了太多苦，都比我更有权利享受人生，我无论用什么法子，都要将他们拢合在一起。”

她本就属于他的，无论什么人都不该拆散他们。

“龙啸云也不能，他根本不配！”

“至于我……”

她决心不想自己，咬着嘴唇，擦干了眼泪。“就算要流泪，也得留到明天，今天我还有许多事要做……”

她抬起头。

不错，现在的确很黑暗，因为夜已更深。

但黑夜既来了，光明还会远么？

有些人认为世上只有两种人，一种好人，一种坏人。

男人如此，女人也一样。

林仙儿当然是属于坏人那一类，但林诗音和孙小红呢？

她们当然都是好人，但她们也不一样。

无论是什么事，林诗音总是忍受、忍受……

她认为女人最大的美德就是“忍受”。

孙小红却不同，她要反抗！

只要她认为是错的，她就反抗！

她坚定、明朗、有勇气、有信心，她敢爱，也敢恨，你在她身上，永远看不到黑暗的一面！

就因为世上还有她这种女人，所以人类才能不断进步，继续生存。

“永恒的女性，引导人类上升。”

这句话也正是为她这种女人说的。

“只要我去找他，无论什么时候，他还是会爬着来求我的。”

“没有我，他根本活不下去。”

林仙儿真的这么有把握？

她的确有把握，因为她知道阿飞爱她爱得要命。

但阿飞现在在什么地方呢?

“他一定还在那屋子里，因为那是‘我们的家’，那里还有我留下的东西，留下的味道。”

“他一定还在等着我回去。”

想到这里，林仙儿心里忽然觉得舒服多了。

“这两天他一定什么事都不想做，一定还是在整天喝酒，那地方一定被他弄得乱七八糟，甚至连那些尸体都还没有搬走。”

想到这里，林仙儿又不禁皱了皱眉。

“但是没关系，只要我一见他，无论什么事，他都会抢着去做了，根本不用我动手。”

林仙儿满足地叹了口气，一个人已到了她这种时候，想到还有个地方可以回去，还有人在苦苦地等着她，这种感觉实在令人愉快。

“以前我对他也许的确太狠了些，将他逼得太紧，以后我也要改变方针了。”

“男人就像是孩子，你要他听话，多少也得给他点甜头吃吃。”

想到这里，她忽然觉得心里有点发热。

“无论如何，他毕竟不是个很令人讨厌的人，甚至比我所遇见的那些男人全都强得多。”

她忽然发觉自己还是有点爱他的。

她这一生中，假如还有个人能真的令她动一点感情，那人就是阿飞了，想得愈多，她就愈觉得阿飞的好处比别人多。

“我真该好好地对他才是，像他这样的男人，世上并不多，以后我也许再也找不到了。”

愈想她愈觉得不能放弃他。

也许她一直都在爱着他，只不过因为他爱得太深了，所以才令她觉得无所谓。

他爱她爱得若没有那么深，她说不定反而会更爱他。

这就是人性的弱点，人性的矛盾。

所以聪明的男人就算爱极了一个女人，也只是藏在心里，绝不会将他的爱全部在她面前表现出来。

“阿飞，你放心，以后我绝不会再令你伤心了，我一定天天陪着你，以前的事全已过去，现在我们再从头做起。”

“只要你还像以前那么样对我，我什么事都可以依着你。”

但阿飞是不是还会像以前那么样对她呢？

林仙儿忽然觉得并不十分有把握，对自己的信心已动摇。

她以前从未有过这种感觉，那只因她以前从未觉得阿飞对她有如此重要，无论阿飞对她是好是坏，她都全不放在心上。

一个人只有在很想“得到”的时候，才会怕“失去”。

这种患得患失的感觉，也正是人类许多种弱点之一。

可悲的是，你想“得到”的愈急切，“失去”的可能就愈大。

林仙儿抬起头，已看到小路旁的屋子。

屋子里居然有灯。

她忽然停下来，将贴身小衣的衣襟撕下了一块，就着雨水洗了洗脸，又用手指做梳子，梳了梳头发。

她不愿让阿飞看到她这种狼狈的样子。

因为她绝不能再失去他。

屋子里的灯还在亮着。

灯在桌上。

灯的旁边，还有一大锅粥。

屋子里并不像林仙儿想象中那么脏，尸体已搬走，血渍已清扫，居然打扫得十分干净。

阿飞正坐在桌旁，一口一口地喝着粥。

他吃东西的时候一直很慢，因为他知道食物并不易得，所以要慢慢地享受，要将每一口食物都完全吸收，完全消化。

但现在，他看来却并不像是在享受。

他脸上甚至带着种厌倦的神色，显然是在勉强自己吃。

他为什么要勉强自己吃？是不是因为他不想倒下？

夜已深。

一个人面对着孤灯，慢慢地喝着粥。

没有看到过这种景象的人，绝不会想到这景象是多么寂寞、多么凄凉。

然后，门轻轻被推开了。

林仙儿忽然出现在门口，瞧着他。

在看到阿飞的这一瞬间，她心里忽然觉得有一阵热血上涌，就好像流浪已久的游子骤然见到亲人一样。

就连她自己都不知道她自己怎会有这种感觉。

她的血本是冷的。

阿飞却似乎根本没有发觉有人进来，还是低着头，一口一口地喝着粥，就好像世上只有这碗里的粥才是真实的。

但他脸上的肌肉却似在逐渐僵硬。

林仙儿忍不住轻唤了一声："小飞……"

这呼唤的声音还是那么温柔，那么甜蜜。

阿飞终于慢慢地抬起头，面对着她。

他的眼睛还是很亮，是不是因为有泪呢？

林仙儿的眼睛似也有些湿了，柔声道："小飞，我回来了……"

阿飞没有动，也没有说话。

他似已僵硬得不能有任何动作了。

林仙儿已慢慢地向他走了过来，轻轻道："我知道你会等我的，因为我到现在才知道这世上只有你一个人是真的对我好。"

这一次她没有用手段。

这一次她说的是真话，因为她已决定要以真心对他。

"我现在才知道别的人都只不过是利用我……我利用他们，他们利用我！这本没有什么吃亏的，只有你，无论我怎么样对你，你对我总是真心真意。"

她没有注意阿飞脸上表情的变化。

因为她距离阿飞已愈来愈近了，已近得看不清许多她应该看到的事。

"我决心以后绝不再骗你，绝不会再让你伤心了，无论你要怎么样，我都可以依着你，都可以答应你……"

"嘣"的一声，阿飞手里的筷子突然断了。

林仙儿拉起他的手，放在自己胸膛上。

她的声音甜得像蜜。

“以前我若有对不起你的地方，以后我一定会加倍补偿你，我会要你觉得无论你对我多好，都是值得的。”

她的胸膛温暖而柔软。

无论任何人的手若放在她胸膛上，绝对再也舍不得移开。

阿飞的手忽然自她胸膛上移开了。

林仙儿眼睛里忽然露出一丝恐惧之意，道：“你……你难道……难道不要我了？”

阿飞静静地瞧着她，就好像第一次看到她这个人似的。

林仙儿道：“我对你说的全都是真话，以前我虽然也和别的男人有……有过，但我对他们全都是假的……”

她声音忽然停顿，因为她忽然看到了阿飞脸上的表情。

阿飞的表情就像是想呕吐。

林仙儿不由自主后退了两步，道：“你……你难道不愿听真话？你难道喜欢我骗你？”

阿飞盯着她，良久良久，忽然道：“我只奇怪一件事。”

林仙儿道：“你奇怪什么？”

阿飞慢慢地站了起来，一字字道：“我只奇怪，我以前怎么会爱上你这种女人的！”

林仙儿忽然觉得全身都凉了。

阿飞没有再说别的。

他用不着再说别的，这一句话就已足够。

这一句话就已足够将林仙儿推入万劫不复的深渊。

阿飞慢慢地走了出去。

一个人若已受过无数次打击和侮辱，绝不会不变的。

一个人可以忍受谎言，却绝不能忍受那种最不能忍受的侮辱——女人如此，男人也一样。

做妻子的如此，做丈夫的也一样。

林仙儿只觉自己的心在往下沉，往下沉……

阿飞已拉开了门。

林仙儿忽然转身扑过去，扑倒在他脚下，拉住他的衣服，嘶声道："你怎么能就这样离开我……我现在已只有你……"

阿飞没有回头。

他只是慢慢地将衣服脱了下来。

他精赤着上身走了出去，走入雨中。

雨很冷。

可是雨很干净。

他终于甩脱了林仙儿，甩脱了他心灵上的枷锁，就好像甩脱了那件早已陈旧破烂的衣服。

林仙儿却还在紧紧抓着那件衣服，因为她知道除了这件衣服外，就再也抓不住别的。

"到头来你总会发现你原来什么也没有得到，什么都是空的……"

林仙儿泪已流下。

到这时她才发现她原来的确是一直爱着阿飞的。

她折磨他，也许就因为她爱他，也知道他爱她。

"女人为什么总喜欢折磨最爱她的男人呢？"

到现在，她才知道阿飞对她是多么重要。

因为她已失去了他。

"女人为什么总是对得到的东西加以轻蔑，为什么总要等到失去时才知道珍惜？"

也许不只女人如此，男人也是一样的。

林仙儿突然狂笑起来，狂笑着将阿飞的衣服一片片撕碎。

"我怕什么，我这么漂亮，又这么年轻——只要我喜欢，要多少男人就有多少男人，我每天换十个都没有关系。"

她在笑，可是这笑却比哭更悲惨。

因为她也知道男人虽容易得到，但"真情"却绝不是青春和美貌可以买得到的……

林仙儿的下场呢？

没有人知道。

她好像忽然就从这世上消失了。

两三年以后，有人在长安城最豪华的妓院中，发现一个很特别的妓女，因为她要的不是钱，而是男人。

据说她每天至少要换十个男人。

开始时，当然有很多男人对她有兴趣，但后来就渐渐少了。

那并不仅是因为她老得太快，而是因为大家渐渐发现她简直不是个人，是条母狼，仿佛要将男人连皮带肉都吞下去。

她不但喜欢摧残男人，对自己摧残得更厉害。

据说她很像“江湖中的第一美人”林仙儿。

可是她自己不承认。

又过了几年，长安城里最卑贱的娼寮中，也出现了个很特别的女人，而且很有名。

她有名并不是因为她美，而是因为丑，丑得可笑。

最可笑的是，每当她喝得烂醉的时候，就自称是“江湖中的第一美人”。

她说的话自然没有人相信。

雨很冷。

冷雨洒在阿飞胸膛上，他觉得舒服得很，因为这雨令他觉得自己并不是麻木的，两年来，这或许是他第一次有这种感觉。

而且他觉得很轻松，就像是刚卸下了一个沉重的包袱。

远处有人在呼唤：“阿飞……”

呼声很轻，若在几天前，他也许根本听不见。

但现在，他的眼睛已不再瞎，耳朵也不再聋了。

他停下，问：“谁？”

一个人奔过来，两条长长的辫子，一双大大的眼睛。

是个很美丽的女孩子，只不过显得有些焦急，也有些憔悴。

孙小红终于也找到了他。

她奔过来，几乎冲到阿飞身上，喘息着道：“你也许不记得我了……”

阿飞打断了她的话，道：“我记得你，两年前我看到过你一次，你很会说话，前两天我又见过你一次，你没有说话。”

孙小红笑了，道："想不到你的记性这么好。"

她的心境忽然开朗，因为她发现阿飞又已站了起来，而且站得很直。

"有些人无论被人击倒多少次，都还是能站得起来的。"

她觉得李寻欢的确是阿飞的知己。

阿飞虽然知道她找来一定有事，但却没有问。

他知道她自己会说出来的。

孙小红却没有说，她还不知道该怎么说。

阿飞终于道："无论什么话你都可以说，因为你是李寻欢的朋友。"

孙小红眨着眼，道："你见过她了？"

阿飞道："嗯。"

孙小红道："她呢？"

阿飞道："她是她，我是我，你为何要问我？"

以前每当有人在他面前提起林仙儿时，他都会觉得一阵说不出的激动，就连她的名字对他来说都仿佛有种奇异的魔力。

但现在他却很平静。

孙小红凝视着他，忽然长长松了口气，嫣然道："你果然已将你的枷锁甩脱了。"

阿飞道："枷锁？"

孙小红道："每个人都有他自己的蒸笼，也有他自己的枷锁，只有很少人才能将自己的枷锁甩脱。"

阿飞道："我不懂。"

孙小红笑道："你不必懂，你只要能做到就好了。"

阿飞沉默了很久，忽然道："我懂了。"

孙小红道："你真的懂？……那么我问你，你是怎么样将那副枷锁甩脱的？"

阿飞想了很久，忽然笑了笑，道："我只不过忽然想通了。"

"忽然想通了"，这五个字说来简单，要做到可真不容易。

我佛如来在菩提树下得道，就因为他忽然想通了。

达摩祖师面壁十八年，才总算"忽然想通了"。

无论什么事，你只要能"忽然想通了"，你就不会有烦恼，但达到这地步之前，你一定已不知道有过多少烦恼。

孙小红也想了很久，才叹了口气，道：“一个人若能想通了，付出的代价一定不少……”

阿飞似乎已不愿再提起这些事，忽然问道：“是他要你来找我的？”

孙小红道：“不是。”

阿飞道：“他呢？”

孙小红突然不说话了，笑容也已不见。

阿飞悚然动容，道：“他怎么样了？”

孙小红嗫嚅着黯然道：“老实说，我既不知道他现在在哪里，也不知道他现在是死是活。”

阿飞变色，道：“你这是什么意思？”

孙小红道：“我也许可以找得到他，只不过他的死活……”

阿飞道：“他的死活怎么样？”

孙小红凝视着他，一字字缓缓道：“他是死是活，全都得看你了！”

第八十六章

错的是谁呢

外面虽下着雨，屋子里却还是很干燥，因为这么大的屋子，只有一个窗户，窗户很小，离地很高。

窗户永远都是关着的，阳光永远照不进来，雨也洒不进来。

墙上漆着白色的漆，漆得很厚，谁也看不出这墙是土石所筑，还是铜铁所铸；但谁都能看得出这墙很厚，厚得足以隔绝一切。

屋子里除了两张床和一张很大的桌子外，就再也没有别的——没有椅，没有凳，甚至连一只杯子都没有。

这屋子简直比一个苦行僧所住的地方还要简陋。

江湖中声名最响，势力最大，财力也最雄厚的“金钱帮”帮主，竟会住在这么样的地方。

李寻欢也不禁怔住。

上官金虹就站在他身旁，瞧着他，悠然道：“这地方你满意了么？”

李寻欢沉默了很久，终于笑了，道：“这地方至少很干燥。”

上官金虹道：“的确很干燥，我可以保证连一滴水都没有。”

他淡淡接着道：“这地方一向没有茶，没有水，没有酒，也从来没有人在这里流过一滴眼泪。”

李寻欢道：“血呢？有没有在这里流过血？”

上官金虹冷冷道：“也没有——就算有人想死在这里，还没有走到这里之前，血就已流干了。”

他冷冷接着道：“我若不想要他进来，无论他是死是活，都休想走进这屋子。”

李寻欢又笑了笑，道：“老实说，活着住在这里虽然不舒服，但死在这里倒不错。”

上官金虹道：“哦？”

李寻欢道：“因为这地方本来就像是坟墓。”

上官金虹道：“既然你喜欢，我不妨就将你埋在这里。”他目中又露出一丝残酷的笑意，指了指脚下的一块地，接着道：“就埋在这里，那么以后我每天站在这里的时候，就会想到小李探花就在我的脚下，我做事就会更清醒。”

李寻欢皱了皱眉，道：“清醒？”

上官金虹道：“因为我若不能保持清醒，也一样会被人踩在脚下的，一想到你的榜样，我当然就能警惕自己。”

李寻欢淡淡道：“但一个人清醒的时候若是太多了，岂非也痛苦得很。”

上官金虹道：“我不会痛苦，从来没有过。”

李寻欢道：“那只因你也从来没有快乐过……有时我很想问问你，你究竟是为了什么而活着的？”

上官金虹眼角在跳动，过了半晌，才缓缓道：“有些人也许真不知道自己是为了什么而活着的，但还有些却更可怜，他们甚至不知道自己是为了什么而死的。”

李寻欢道：“哦？”

上官金虹盯着他，道：“也许你就不知道自己是为了什么而死的。”

李寻欢道：“也许我根本不想知道。”

上官金虹道：“你不想？”

李寻欢道：“因为我已知道死也并不是什么大不了的事。”

他不等上官金虹说话，接着又道：“在你眼中，看来我现在已经是个死人了，是不是？”

上官金虹道：“你倒很有自知之明。”

李寻欢道：“既然我已死定了，就不必再为任何事操心，也不再烦恼，你呢？”

他忽然坐了下去，就坐在地上，长长伸了个懒腰，带着笑道：“现在我想坐，就坐下来，想闭起眼睛，就闭起眼睛，你能不能？”

上官金虹的拳握紧。

李寻欢道："你当然不能，因为你还要担心很多事，还要提防我。"

他坐得更舒服了些，悠然道："所以，至少现在我总比你舒服多了。"

上官金虹忽然也笑了笑，道："我既然已答应过不让你湿淋淋地死，本想等你衣服一干透就出手的，可是现在我主意又变了。"

李寻欢道："哦？"

上官金虹道："现在我不但要给你套干净的衣服，还要给你一壶酒，因为你说的话实在很有趣，能听到死人说如此有趣的话，实在不容易。"

龙小云蜷曲在被窝里，似已睡着，但地上却有几个湿淋淋的脚印还未干透。

燃着灯，灯芯已将燃尽，黯淡的灯光使这半旧的客栈看来更阴森森的，仿佛全无生气。

林诗音悄悄推开门，悄悄走了进来。

慈母的脚步永远那么轻，她们宁可自己彻夜不眠，也不忍惊醒孩子的梦。

龙小云也许已不再是孩子了，也许比大多数人都深沉世故，但当他睡着了的时候，他看来却还是个孩子。

他的脸还是这么小，这么苍白，这么瘦弱，无论他做过什么事，他毕竟还是个孤独而无助的孩子，对人生还是充满了迷惘。

林诗音悄悄地走到床前，凝视着他，心里只觉得一阵酸楚。

这是她唯一的骨肉，是她的血中之血、肉中之肉，是她在这世上唯一的安慰、唯一的寄托。

她本来宁死也不愿离开他的。

可是现在……

林诗音猛然回身，将灯芯挑起。

"无论如何，我都要再看他几眼，多看他几眼，以后……"

以后的事她不敢再想，不忍再想。

她眼泪已夺眶而出。

龙小云眼睛虽然闭得很紧，但眼角似也有泪痕留下。

他身子突然发抖，是太冷，还是在做噩梦？

林诗音俯下身，想为他将被拉紧些。

她忽然发觉被子是湿的，龙小云的衣服也是湿的，湿透。

林诗音怔住，怔了很久，才长长叹了口气，轻轻道："原来你也出去过。"

龙小云还是闭着眼，闭着嘴，闭得更紧。

林诗音道："你是不是一直都在后面跟着我？"

龙小云终于点了点头。

林诗音道："我刚才说的话，你也全都听见了。"

龙小云忽然从被窝里拿出个用油纸包着的小包，高高举起，道："拿去。"

林诗音皱了皱眉，道："这是什么？"

龙小云还是闭着眼，道："你不知道这是什么？你岂非正是为了要拿这东西才回来的么？"

林诗音目中露出了痛苦之色，道："我……我是回来看你的。"

龙小云道："若不是为了这东西，你还会回来看我？"

他忽然张开眼睛，盯着他的母亲。

他目中也充满了痛苦之色，道："你本就打算离开我，若不是为了这样东西，你只怕早就走了。"

林诗音黯然道："我的确准备到一个很远很远的地方去，可是我……"

龙小云打断了她的话，道："用不着你说，我也知道你要到哪里去。"

林诗音道："你知道？"

龙小云道："你要去救李寻欢，是不是？"

林诗音又怔住了。

龙小云嗄声道："你准备用这本《怜花宝鉴》去救李寻欢，是不是？"

他将手里的油纸包抛到林诗音面前，嘶声道："那么你为什么还不拿去？为什么还不去？”

林诗音身子摇了摇，似已支持不住。

龙小云道：“有了这本《怜花宝鉴》，上官金虹一定会见你的，因为他也是练武的，见了这种东西也会心动。”

他咬着牙，接着又道：“你想利用这机会跟他拼命，但你当然也知道要他死并不容易，所以你这么做，只不过是想将他先抱住，能将他多抱住一刻，李寻欢就能多活一刻，阿飞也许就能及时赶去救他！”

林诗音黯然无语。

龙小云的确是个极聪明的孩子，每句话都说到她心里去了。

她已没有什么话可说。

龙小云道：“李寻欢的确对你很好，你为了他就算连自己的儿子、自己的性命都不要了，也没有人能说你不对。”

他抖得更厉害，接着又道：“可是你有没有替别人想过，有没有替我想过，我毕竟是你的儿子……我……我……”

林诗音的心就像是被针在刺着，忍不住握紧了她儿子的手，道：“我当然也替你想过，我……”

龙小云用力甩脱了她的手，道：“你替我想过，我知道，你要我明天早上到那里去等他们，你既已为他死了，他们见到我，自然一定会好好地照顾我。”

他嗄声接着道：“可是你又怎知一定能救得了他呢？他若看到你死了，心里岂非更乱、更难受，就算阿飞能赶去，他也未必能活得了。”

林诗音的身子也已开始发抖。

龙小云道：“何况，就算他能活下去，就算他肯照顾我，我也不会跟着他的，我根本连看都不愿看他一眼。”

林诗音凄然道：“为什么？”

龙小云咬着牙，道：“因为我恨他！”

林诗音道：“但是你已经……”

龙小云又打断了她的话，道：“我恨他，并不是因为他废了我的武功。”

林诗音道：“那么你是为了什么？”

龙小云嘶声道：“我恨他为什么不是我的父亲，我也恨我自己，为什么不是他的儿子，我若是他的儿子，你岂非就不会离开我了，一切事岂非全都会好得多？”

他突然伏在枕上，放声痛哭了起来。

林诗音心已碎了，整个人已崩溃。

她只觉再也支持不住，终于倒了下去，倒在身后的椅子上。

“这孩子若是他的儿子，他若是我的丈夫……”

这念头她连想都不敢去想，但在她心底深处，她又何尝没有偷偷地想过？

不幸的父母，生出来的孩子更不幸，更痛苦。

但错的只是父母，孩子并没错，为什么也要跟着受惩罚，跟着受苦？

林诗音挣扎着爬起，扑在她儿子身上，泪如雨下，嗄声道：“孩子，我对不起你，对不起你……像我们这样的父母，做我们的孩子实在不容易……”

窗外忽然传入一声凄凉而沉重的叹息。

一人哽咽着道：“你并没有对不起他，是我对不起你。”

龙啸云。

以前见过他的人，绝对想不到他也会变得如此狼狈，如此憔悴。

他就站在门口，竟似没有勇气走进这屋子。

龙小云抬起头，嘴唇动了动，仿佛想唤他一声：“爹。”

但他却没有发出声音来。

龙啸云长长叹了口气，道：“我知道，你不愿做我的儿子。”

林诗音猝然回首。

龙啸云目光转向她，黯然道：“我也知道你不愿做我的妻子，我这人活着本就是多余的。”

林诗音道：“你……”

龙啸云不让她说话，又道：“可是我却一心要做你们的好父亲、你们的好丈夫，只不过……看来我并没有做好，我什么事全都做错了。”

林诗音瞧着他。

他本是个最讲究衣着、最着意修饰的人，他本来也是个相貌堂堂的男子汉，永远都生气勃勃。

但现在呢？

林诗音心里忽也涌起一种怜惜之意，黯然道：“我也对不起你，我也没有做你的好妻子。”

龙啸云笑了笑，笑得很凄凉，道：“这不能怪你，只怪我，我若没有遇见你，没有遇见李寻欢，你们全都不会变成这样子，全都会很幸福。”

可是他自己的命运岂非也是因此而改变的?

他若没有遇到李寻欢，岂非也不会变成这样子?

林诗音泪又流下，道：“无论你做过什么事，你至少也是为了要保护你的家，保护你的妻子，所以……你也没有错，我绝不能怪你。”

龙啸云凄然笑道：“也许我们都没有错，那么错的是谁呢？”

林诗音目光茫然遥视着窗外的风雨，喃喃道：“错的是谁呢？……错的是谁呢……”

他无法回答。

没有人能回答。

世界上本就有许多事是人们无法解释、无法回答的。

龙啸云缓缓道：“我本不想再来见你们的，这次你出来，我就知道你已下了决心要离开我，所以我既没有劝你留下，也不想求你回去，因为……”

他长叹，流泪道：“我自己也知道我所做的那些事，不但令你伤心，也令你失望，但我还是忍不住要偷偷地跟你们一起出来，只要能远远地看你们一眼，我就满足。”

林诗音失声痛哭，道：“求求你不要再说了，求求你……”

龙啸云慢慢地点了点头，道：“我的确不该再说了，因为现在无论说什么都已太迟。”

林诗音流泪道：“你知道，我欠他的太多，我不能眼看着他死。”

龙啸云道：“我也欠他的，欠得更多，所以，有些事你应该让我去做。”

他似已下了决心，忽然大步走了过去。

林诗音嗄声道：“你想做什么？你难道……”

龙啸云忽然出手，点了她的穴道，咬着牙道：“你不能死，也不应该死，该死的是我，我活着，大家都痛苦，我死了，你们反而能好好地活下去。”

他一把抓起了那本用油纸包着的《怜花宝鉴》，人已冲了出去。

只听他话声自风中远远传来，道：“孩子，好好照顾你的母亲，至于我这父亲……你承不承认都没关系。”

龙小云瞪大了眼睛，望着门外的风雨。

他已不再流泪。

但他那种眼神，却比流泪更令人心碎。

也不知过了多久，他忽然放声大呼，道：“我承认，只有你才是我的父亲，我也只愿意做你的儿子，除了你，什么人我都不要，无论什么人……”

这是儿子对父亲的忏悔，也是父子间独有的感情，世上绝没有任何事能代替。

只可惜做父亲的已听不到了。

只要是人，都有觉悟的时候。

纵然他觉悟只不过是因为已被逼得走投无路，也还是同样值得尊敬。

血浓于水。

只有血才能洗清一切羞辱、一切仇恨。

生命的归宿是血。

但新的生命，也正是在血中诞生的。

第八十七章

血洗一身孽

这是座很广阔的庄院。

这座庄院看来和别的豪富人家的庄院也并没有什么两样。

但你只要走得近些，一走上大门前的石阶，你就会立刻觉得有种阴森森的杀气，令人不寒而栗。

龙啸云已走上了石阶。

院子里静悄悄的，仿佛连一个人都没有，但他一踏上石阶，忽然间就有十几个人幽灵般出现了。

是十八个黄衣人，龙啸云根本无法分辨他们的面目。

但这并不重要，因为他根本不必分辨这些人的面目——所有金钱帮的属下，几乎都是完全一样的。

他们都没有嘴，因为他们根本不说话，纵然说话，也都是上官金虹的声音。

他们没有眼睛，因为他们根本不用看——他们能看得到，也全都是上官金虹要他们看的。

他们只有一个很小的耳朵，因为他们只听得见上官金虹一个人的声音。

他们都没有灵魂，但每个人的四肢都很灵敏，在一刹那间已将龙啸云围住。

龙啸云长长吸了口气，道："看来金钱帮的总舵果然在这里。"

有人道："你是谁？来干什么？"

龙啸云道："找人。"

有人道："找谁？"

龙啸云道："你们的帮主上官金虹是不是已回来了？"

“上官金虹”这名字就似有种神奇的魔力，他们的态度立刻改变了些。

“帮主已回来了，请问足下……”

龙啸云道：“我要见他，有样东西想送给他。”

“请稍候，帮主现在不见客。”

龙啸云又吐出口气，道：“他是不是还和李寻欢在里面？”

“是。”

龙啸云道：“那么我现在就要见他。”

“请问尊姓大名。”

龙啸云厉声道：“姓龙。我有样极重要的东西现在非交给他不可，你们若是耽误了大事，这责任谁能担当得起？”

“姓龙……前两天要和帮主结拜的，莫非就是你？”

龙啸云道：“是。”

“是”字刚出口，寒光已飞起。

一把刀，两柄剑，同时闪电般向他刺了过来。

龙啸云怒道：“你们这是干什么？”

他的喝声虽响亮，却没有人再听，也没有人再回答。

龙啸云狂吼，挥拳。

他的武功并不弱，他的拳法刚猛迅急，一拳击出，虎虎生威。

但他只有一双拳。

对方的兵刃却有二十二件，其中有钩、双剑、双鞭、双笔。

笔最短，也最险，使的赫然正是昔日“生死判”嫡传的打穴心法，这人在兵器谱中的排名，绝不会在“风雨双流星”向松之下。

剑是松纹剑，剑法隐然有古意，出手萧疏，意在剑先。

当代使剑的高手，绝不会有十人以上能胜得过他。

最狠的还是刀。

九环刀，环声一震一销魂，七刀劈下，刀风已笼罩龙啸云。

判官笔就打上了龙啸云的穴道。

没有呼声，没有呻吟。

因为他的喉管已被刺穿，声带已被砍断。

只有血。

血，箭一般自他喉管流出来。

他的人倒下。

血刚好洒落在他自己身上。

死不瞑目。

龙啸云的眼睛还是在瞪着他们，眼珠子似已凸出。

他本是为了求死而来，可是他们为什么不让他见上官金虹一面？

因为“看到龙啸云就杀！”这是上官金虹的命令。

因为无论什么人，都不能让他走进这院子一步。

这也是上官金虹的命令。

上官金虹永远令出如山。

用油纸包着的《怜花宝鉴》，自怀中掉了出来，也已被血染红。

没有人看它一眼。

像龙啸云这种人身上带着的东西，又怎会被人重视？

于是这本神奇的《怜花宝鉴》也和世上其他许多本武功秘籍一样，从此绝传。

这是人类的幸运？还是不幸？

油纸包又被塞入龙啸云怀中，尸体被抬走。

金钱帮属下对于处理死人的尸体也是专家，他们处理尸体有一套很简单，也很特别的方法。

人，的确很奇怪。

他们往往会为一些莫名其妙的原因去寻找、去抢夺某样东西，甚至不惜拼命，但等到这样东西真的出现时，他们却又往往会不认得，往往会看不见。

这是人类的愚昧，还是聪明？

阿飞没有剑。

但是这不重要，因为他忽然又有了勇气和信心。

路旁有片竹林，站在这里，已可看到金钱帮的家院。

阿飞砍下段竹子，从中间剖开，剖成三片，削尖，削平，撕下条衣襟，缠住没有削尖的一端，就算作剑柄。

他的动作很迅速，很确实，绝没有浪费一分力气。
他的手很稳。
孙小红一直在旁边静静地瞧着，仿佛觉得很新奇，很有趣。
但她还是不免有些怀疑，拿起柄竹剑，掂了掂，轻得就像是柳叶。
她忍不住问道：“用这样的剑也能对付上官金虹？”

第八十八章

重 生

阿飞沉默了半晌，缓缓道：“无论用什么样的剑也不能对付上官金虹。”

孙小红想了想，道：“那么……要用什么才能对付他？”

阿飞没有回答这句话。

他知道要用什么去对付上官金虹，可是他说不出。

世上本就有很多事都是说不出的。

孙小红轻轻叹了口气，道：“除了上官金虹外，你也许还要对付很多人。”

阿飞道：“我只问你，上官金虹是不是已回到这里。”

孙小红道：“我想绝不会错。”

阿飞道：“为什么？”

孙小红道：“他在这地方无论做什么，都绝不会有人看到。”

阿飞道：“能杀李寻欢，并不丢人，他为什么不愿被人看到？”

孙小红又叹息了一声，道：“一个人在做他最喜欢做的事时，往往都不愿被人看到。”

阿飞道：“我不懂。”

孙小红道：“你最喜欢吃什么？”

阿飞道：“什么都喜欢。”

孙小红道：“我最喜欢吃核桃，每次吃核桃的时候，我都觉得是种享受，尤其是冬天的晚上，一个人躲在被窝里偷偷地吃。”

她笑了笑，道：“但若有很多人在旁边眼睁睁地瞧着我吃，那就不是享受了。”

阿飞沉吟，道：“你认为上官金虹将杀他当作种享受？”

孙小红叹道："所以我才能确定上官金虹绝不会很快地杀了他。"

阿飞道："为什么？"

孙小红道："假如我只有一个核桃，我一定会留着慢慢地吃，吃得愈慢，我享受的时候愈长，吃完的时候，我总会觉得有点难受。"

其实那种感觉并不是难受，而是空虚。

只不过"空虚"这两个字她也说不出。

她接着又道："在上官金虹眼中，这世上唯一的敌人就是李寻欢，杀了李寻欢，他一定也会有我吃完核桃那种感觉，而且一定比我更难受得多。"

阿飞慢慢地将剑插入腰带，突然笑了笑，道："我杀了他绝不会觉得难受。"

这句话没有说完，他已大步走了出去。

他走得并不很快，因为他先要准备——对付上官金虹那样的人，当然一定要先作准备。

走路的时候他往往会觉得四肢渐渐协调，紧张渐渐松弛，这正是种最好的准备。

他终于走上石阶，走进门。

突然间，人已出现——十八个黄衣人。

这正是金钱帮总舵所在地的守卫，当然也就是金钱帮的精锐。

阿飞长长吸了口气，道："我虽不愿杀人，也不愿有人挡我的路。"

一人冷笑，道："我认得你，挡了你的路能怎样？"

阿飞道："就得死！"

那人大笑，道："你连条狗都杀不死。"

阿飞道："我不杀狗，你不是狗！"

没有剑光，竹剑没有光。

但竹剑也能杀人——在阿飞的手中就能杀人。

那人还没有笑完，咽喉已被刺穿。

现在竹剑有了光。

血光！

判官笔、双钩、九环刀，五件兵刃带着风声击向阿飞！

两柄锐利的刀去削他手里的剑。

孙小红在担心，她知道阿飞与人交手的经验并不多，纵然和人交手，也大都是一对一，很少被人夹击围攻。

他的剑对付一个人固然已够快，但若对付这么多人呢？

孙小红想冲过去，助他一臂之力。

她还没有冲过去，就已看到三个人倒下。

她明明看到刀锋已削及阿飞手里的竹剑，但也不知为了什么，竹剑偏偏没有被削断。

她明明看到判官笔已点着了阿飞的穴道，但也不知为了什么，倒下去的偏偏不是阿飞！

这原因只有使判官笔的人自己知道。

他认穴一向极准，出手一向极重，他自己也觉得自己明明已打着了阿飞的穴道。

但就在他笔尖触及阿飞衣衫的那一刹那，他全身的力气突然消失。

竹剑已刺穿他的咽喉。

阿飞并不比他快很多，只快一分。

一分就已足够了。

孙小红终于还是冲了过去，身子就像是只穿花的蝴蝶。

江湖中的女子高手，特长往往是轻功和暗器一类，较小巧而不吃力的武功，很少听说有女子的内力深、掌力强的。

孙小红也不例外。

她暗器出手极快，身法更快，脚步的变化更奇诡繁复，简直令人无法捉摸。

但她最大的目的并不是杀人，而是保护阿飞。

她始终认为阿飞的剑对付一个人固然有余，对付这么多人则不足。

阿飞运剑的方法奇特，完全和任何一家门派的剑法都不同。

他的剑法没有“削”，没有“截”，只有“刺”！

刺，本来只有向前刺。

但阿飞无论往哪个方向都能刺，无论往哪个部位都能刺！

他能往臂下刺，往胯下刺，从耳旁刺。

他能向前刺，向后刺，向左右刺。

忽然间，一人着地滚来，刀花翻飞。

地趟刀！

这种刀法极难练，所以练成了就极有威力。

但阿飞的身后也似长着眼睛，身子突然一缩，避开了迎面刺来的枪，剑已自胯下反手向后刺出，刺入了那地趟刀名家的咽喉。

这时另一人已自使枪的身后抢出，掌中一双兵刃以“推山式”向阿飞推出，不但招式奇特，兵刃也奇特。

他用的是一双凤翅流金铛。

这种兵器江湖中更少人用，铛上满是倒刺，此刻用的虽是“推”字诀，但却同时兼带“撕、挂”两诀的妙用。

无论谁只要被它沾着一点，皮肉立刻就要被撕得四分五裂，——这一着“推窗望月”下面的招式，正是“野马分鬃”。

阿飞本该向后退跃。

他若向后退，就难免失却先机，别的兵刃立刻就可能致他的死命。

但他当然更不能向前迎，若向前迎，流金铛立刻就要致他的死命。

这道理无论谁都能想得通。

谁知阿飞却像是偏偏想不通，他身子偏偏向前迎了上去。

孙小红眼角瞥见，几乎已将失声惊呼。

就在这刹那间，阿飞的剑已自裤下挑起，自双铛之间向上刺出。

“哧”的一声，剑刺入了对方的咽喉。

流金铛虽已推上阿飞的胸膛，但使铛的人只觉喉头一阵奇特的刺激，全身突然收缩，无论如何也无法将铛翅再推出半分。

他双眼渐渐凸出，全身的肌肉都渐渐失却控制，突然觉得裤子一片冰凉，大小便一起涌出，双腿渐渐向下弯曲。

他脸上充满了惊讶和恐惧。

他实在不能相信世上竟有这么快的剑，这么准的剑。

可是他非相信不可。

突然间，四下一片死寂，没有人再出手。

每个人都在眼睁睁地瞧着这流金铛名家可怕的死法，每个人都已嗅到从他身上突然发出的恶臭。

有的人胃里已在翻腾，忍不住要呕吐。

令他们呕吐的并不是这恶臭，而是恐惧，他们仿佛直到现在才突然发现“死”竟是如此可怕，如此丑恶。

他们并不怕死，但这种死法却实在令人无法忍受。

阿飞没有再出手，从人群中静静地穿过。

剩下的还有九个人，眼睁睁地瞧着，一个人突然弯腰呕吐，一个人突然放声痛哭，另一个人突然倒在地上，抽起筋来。

还有个人突然转身飞奔而出，奔向厕所。

孙小红又何尝不想痛哭呕吐？她心里不但恐惧，也很悲哀，她想不到人的生命有时竟会变得如此卑贱。

阿飞在前面走，手里提着剑。

剑犹在滴血。

就是这柄剑，不但夺去了人的生命，也剥夺了人的尊严。

剑竟是如此无情！

他的人呢？

甬道的尽头有扇门。

门关得很紧，而且从里面上了闩。

这就是上官帮主的寝室，上官帮主就在里面，那李寻欢也在里面。

上官金虹还没有出来，李寻欢显然还没有死。

孙小红心里一阵欢跃，大步冲了过去，冲到门前。

她整个人突然僵住！

门是铁铸的，至少有一尺厚，世上绝没有任何人能撞开。

上官金虹自然更不会自己在里面将门打开。

孙小红突然觉得一阵晕眩，就像是一脚踩空，落入了万丈深渊！

她再也站不起，人倒在门上，泪如雨下。

她整个的计划都已成空，所有的心血全都白费。

这计划若是从头就失败，也许反倒好些，最痛苦的是，明明眼看着它已到了成功的边缘，才突然失败。

这种打击才最令人不能忍受。

阿飞怔在那里，突然间，他就像已变成了一只疯狂的野兽，用尽全力向铁门上撞了过去。

他的人被撞得弹了出去，跌倒，再冲出，全力刺出一剑。

剑折断。

世上也没有任何一柄剑能洞穿这铁门，何况是柄竹剑？

第八十九章

胜 败

阿飞的腿弯下，整个人都似在抽搐，他又有了那种“无可奈何”的感觉，这种感觉每次都要令他发疯。

但发疯也没有用。

李寻欢就在这扇门里，慢慢地受着死的折磨。

他们却只能在外面等着。

等什么呢，等上官金虹自己开门走出来？

他若出来的时候，李寻欢就不会再活着。

等什么呢？难道不过是在等死而已？

上官金虹自然也绝不会让他们活着，他出来的时候，也就是他们死的时候。

孙小红突然走过来，用力拉起阿飞，道：“你快走吧。”

阿飞道：“你……你叫我走？”

孙小红道：“你非走不可，我……”

阿飞道：“你怎么样？”

孙小红用力咬着嘴唇，过了很久，才垂头道：“我跟你不同。”

阿飞道：“不同？”

孙小红道：“我早就说过，他死了，我也不能独活，可是你……”

阿飞道：“我并不想陪他死。”

孙小红道：“那么你就该走。”

阿飞道：“我也不想走。”

孙小红道：“为什么？”

阿飞道：“你应该知道我是为了什么。”

孙小红道：“我知道你一定要为他报仇，但那也用不着急在一时，你可以等……”

阿飞道：“我不能等。”

孙小红道：“不能等就……就……”

阿飞道：“就怎么样？”

孙小红的嘴唇已咬出血，道：“就死！”

阿飞凝视着竹剑上的血迹。

血已干枯。

孙小红道：“我也知道你一定还想试试，但那也没有用的。”

阿飞道：“你留在这里陪他死又有什么用？”

孙小红说不出话来了。

阿飞缓缓道：“你留下来，只因有件事你纵然明知做了没有用，还是非做不可。”

孙小红长长叹息了一声，黯然道：“你说话的口气愈来愈像他了。”

阿飞沉默了很久，无言地点了点头。

他承认，不能不承认。

只要是人，只要和李寻欢接触较深，就无法不被他那种伟大的人格感动。

若不是遇见李寻欢，阿飞只怕早已对人类失去了信心。

“绝不要信任任何人，也绝不要受任何人的好处，否则你必将痛苦一生。”

阿飞的母亲这一生显然充满了痛苦和不幸，阿飞几乎从未看到她笑过，她死得很早，只因她对人生已毫无希望。

“我对不起你，我本该等你长大后再死的，可是我已不能等，我实在太累了……我什么都没有留给你，除了那几句话，那是我自己亲身得到的教训，你绝不可忘记。”

阿飞从来也没有忘记。

他从荒野中走入红尘，并不是为了要活得好些，而是为了要向人类报复，为他的母亲报复。

但他第一个人就遇见了李寻欢。

李寻欢使他觉得人生并不如他想象中那么痛苦，人类也并不像他想得那么丑恶，他在李寻欢身上发现了很多很多美德。

他本来根本不相信世上有这些美德存在。

他这一生受李寻欢的影响实在太多，甚至比他的母亲还多。

因为李寻欢教给他的是“爱”，不是恨。

爱永远比恨容易令人接受。

可是现在，他却不能不恨！

他恨得想毁灭，毁灭别人，毁灭自己，毁灭一切。

他觉得这太不公平，像李寻欢这样的人，本不该这么样死的。

孙小红忽又叹了口气，凄然道：“上官金虹若知道我们就在这里等着，一定开心得很。”

阿飞咬着牙，道：“就让他开心吧，这世上本就只有好人才痛苦，开心的本就是恶人！”

突听一人道：“你错了！”

铁门虽沉重，但开门却不会发出任何声音。

不知何时门已开了。

从门里慢慢走出来的人，赫然竟是李寻欢。

他看来显得很疲倦，但却还是活着的。

活着，这才是最重要的事！

阿飞和孙小红猝然回首，怔住，眼泪慢慢地流了下来。

这是欢喜的眼泪，喜极时也和悲哀时一样，除了流泪外，什么话都说不出，什么事都不能做，甚至连动都无法动。

李寻欢也已有热泪盈眶，嘴角却带着笑，缓缓道：“你错了，这世上的好人是永远不会寂寞的，恶人痛苦的时候也永远要比开心的时候多得多。”

孙小红突然扑过去，扑在他怀里，不停地啜泣起来。

她实在忍不住要喜极而泣。

又过了很久，阿飞才长长吐出口气，却还是忍不住要问：“上官金虹呢？”

李寻欢轻抚着孙小红的柔发，道：“想必也很痛苦，因为他毕竟还是做错了一件事！”

阿飞道：“他做错了什么？”

李寻欢道："他的确有很多机会能杀我，他甚至可以令我根本无法还手，可是他却故意将机会错过了。"

像上官金虹那样的人，怎会将机会错过？

孙小红也忍不住问道："为什么？"

李寻欢笑了笑，道："因为他心里始终想赌一赌。"

孙小红道："赌？赌什么？"

李寻欢道："赌他自己是不是能躲得过我的出手一刀。"

孙小红眸子里发出了光，道："他当然不信'小李飞刀，例不虚发'这句话的。"

李寻欢道："他不信——任何人他都不信，这世上根本没有一件能让他相信的事。"

孙小红道："结果呢？"

李寻欢淡淡道："他输了。"

他输了！

这只不过是简简单单的三个字。

决定胜负也只不过是一刹那间的事。

但这一刹那却是何等紧张、何等刺激的一刹那！

这一刹那对江湖的影响又是何等深邃！

那一闪的刀光又是何等惊心！何等壮丽！

孙小红只恨自己没有亲眼看到这一刹那间发生的事。

甚至不必亲眼看到，只要去想一想，她呼吸都不禁为之停顿。

流星也很美，很壮丽。

流星划破黑暗时所发出的光芒，也总是令人兴奋、感动。

但就连流星的光芒也无法和那一闪的刀芒比拟。

流星的光芒短暴。

这一闪刀光所留下的光芒，却足以照耀永恒。

门已开了。

没有人能永远将整个世界都隔离在门外。

你若想和世人隔绝，必先被世人摒弃。

阿飞走进了这扇门。

第一眼，他就看到了那柄刀，那柄神奇的刀。

小李飞刀！

刀并没有直插入上官金虹的咽喉，但却足以致命。

刀锋是从喉结下擦着锁骨斜斜向上刺入的，这一刀出手的部位显然很低。

这一代枭雄死的时候，也和其他那些他所鄙视的人没什么两样，也同样会惊慌，同样会恐惧。

生命原是平等的，尤其是在死的面前，人人都平等，但有些人却偏偏要等到最后结局时才懂得这道理。

上官金虹脸上也充满了惊惧、怀疑、不信。

他也像别人一样，不信这一刀会如此快。

甚至连阿飞都很难相信，他甚至想不通这一刀是如何出手的。

他恨不得李寻欢能将当时的情况说得详细些，但他也知李寻欢不会说。

那一瞬间的光芒，那一刀的速度，根本就没有人能说得出。

“他输了。”

上官金虹的手紧握，仿佛还想抓住什么，他是不是还不认输？

只可惜现在他什么都再也抓不住了。

阿飞心里忽然觉得很闷，忽然对这人觉得很同情，这连他自己都不知道是为了什么。

也许他同情的不是上官金虹，而是他自己。

因为他是人，上官金虹也是人，人都有相同的悲哀和痛苦。

他虽然没有输，可是他又抓住了什么？得到了什么？

过了很久，阿飞才转过头。

他这才看到荆无命。

荆无命却似乎根本没有发现别人进来，他虽然就站在阿飞身旁的那张大桌子后面，却仿佛是站在另一个世界里。

他眼睛虽是在瞧着上官金虹，其实却是在瞧着他自己。

上官金虹的生命就是他的生命，他就是上官金虹的影子。

生命若已消失，哪里还有影子？

无论在什么时候，只要荆无命在那里，每个人都会感觉到一种无形的威胁、无形的杀气。

但现在，这种感觉已不存在了。

阿飞走进这屋子里的时候，甚至根本没有感觉到有他这个人存在。

他虽然活着，却已只不过剩下一个空空的躯壳而已，正如一柄无锋的剑，就算还能存在，也已失去了意义。

阿飞又不禁在暗中叹息，他很了解荆无命此时的心情。

也不知过了多久，荆无命忽然走过来，用一只手托起了上官金虹的尸首。

他还是没有看别人一眼，慢慢地向外走，眼看已将走出门。

阿飞忽然道："你不想复仇？"

荆无命没有回头，连脚步都没有停。

阿飞冷笑道："你不敢？"

荆无命脚步骤然停下。

阿飞道："你腰上既然还有剑，为何不敢抽出来？难道你的剑只是摆摆样子的么？"

荆无命霍然回身。

尸体已落下，剑已出手。

剑光一闪，刺向阿飞的咽喉。

他出手还是很快，甚至还是和以前同样快，但也不知为了什么，这一剑距离阿飞咽喉还有半尺时，阿飞手里的竹剑已先到了他咽喉。

阿飞削了三柄剑，这是第二柄。

他凝注着荆无命，缓缓道："你还是很快，但不能杀人了，你可知道这是为了什么？"

荆无命的剑垂下。

阿飞道："这只因你比别人更想死，当然就杀不了别人。"

荆无命本已全无生命的眼睛里，忽然露出一丝沉痛凄凉之色，又过了很久，才黯然道："是。"

阿飞道："我却能杀你。"

荆无命道："是。"

阿飞道："但我不杀你。"

荆无命道："你不杀我？"

阿飞道："我不杀你，只因你是荆无命！"

荆无命的脸忽然扭曲。

他已忆起这几句话正和那天他第一次遇到阿飞时完全一样，只不过那天他说的话，现在却变成阿飞在说了。

他仔细咀嚼着这几句话，眼睛里似有火焰燃起，就像是一堆死灰复燃。

阿飞凝视着他，忽又道："你可以走了。"

荆无命道："走？"

阿飞道："你给了我一次机会，我也给你一次……最后一次。"

阿飞瞧着荆无命走了出去，心里也不知是什么滋味。

"以牙还牙，以血还血！"

荆无命以前所给他的，现在他已同样还给了荆无命。

一个人的心若已死，只有两种力量才能令他再生。

一种是爱，一种是恨。

阿飞自己就是靠了爱的力量而重生的，现在，他却要以恨的力量来激发荆无命生命的潜力。

他想要荆无命活下去。

假如这也算报复，那么这种报复只怕就是世上最伟大的报复了。假如世人的报复都和他一样，人类的历史必定更辉煌，人类的生命必将永存。

无论如何，报复总是愉快的。

但阿飞现在真觉得很愉快么？

他只觉很疲倦，很疲倦……他手里的剑已掉了下去。

孙小红一直静静地瞧着，直到现在，才忍不住轻轻叹了口气。

"要杀一个人很容易，但若要他好好地活着，就难得多了。"

这是李寻欢说的话。

无论对什么人，对什么事，他的出发点都是爱，不是恨，因为他知道恨所造成的只有毁灭，爱却可令人永生。

他的心胸永远是那么宽阔，人格永远是那么伟大。

现在，孙小红发现阿飞也几乎变得和他完全一样了。

她忍不住瞟了他一眼。

李寻欢仿佛也很疲倦，疲倦得连话都不想说。

孙小红凝视着他，良久良久，忽然笑了笑，道："世上武功最高的两个人已被你们击败了，天下势力最大的一个帮会也已在你们手中瓦解，你们本该觉得很开心、很得意才对，但你们看起来却连一点高兴的样子都没有，简直就好像败的是你们自己一样。"

第九十章

蛇 足

李寻欢沉默了很久，才叹了口气，缓缓道："一个人胜利后，总会觉得很疲倦，很寂寞的。"

孙小红道："为什么？"

李寻欢道："因为他已经完全胜利，完全成功了，已没有什么事好再让他去奋斗的，一个失败了的人精神反而会振作些。"

孙小红咬着嘴唇，悠悠道："这么样说来，成功的滋味岂非也不好受？"

李寻欢又沉默很久，忽然笑了笑，道："虽然也不太好受，但至少总比失败好得多。"

胜利和成功并不能令人真的满足，也不能令人真的快乐。

真正的快乐是在你正向上奋斗的时候。

你只要经历过这种快乐，你就没有白活。

长亭，自古以来就是人们饯别之地，离别总令人黯然神伤，这使得"长亭"这两个字的本身就仿佛带着凄凉萧索之意。

雨已住，荒草凄凄。

长亭外，小道边，正有一双少年男女在殷殷话别。

英挺的少男，多情的少女，他们显然是相爱的，他们本该厮守在一起，享受青春的欢愉，为什么要轻言离别呢？

少男的身上负着剑，但无论多锋利的剑也斩不断多情儿女的离愁别绪，他眼睛红红的，仿佛也曾流过泪。

"送到这里就够了，你回去吧。"

少女垂着头，道："你什么时候回来呢？"

少男道："不知道，也许一两年，也许……"

少女的泪又流下，道："你为什么要我等这么久？为什么一定要走？"

少男的腰挺得更直，道："我早就说过，我要找到那些人，将他们击败！"

他凝注着远方，眼睛里发着光，接着道："那些在兵器谱上列名的人，上官金虹、李寻欢、郭嵩阳、吕凤先……我要让他们知道，我比他们更强，然后……"

少女道："然后怎么样？我们现在已经很快乐了，你将他们击败后，我们难道会更快乐？"

少男道："也许不会，可是我一定要去做。"

少女道："为什么？"

少男道："因为我不能就像这样默默无闻地过一辈子，我一定要成名，要像上官金虹和李寻欢那么样有名，而且我一定能做到！"

他紧握着拳，显得那么坚决，那么兴奋。

少女望着他，目中带着叙不尽的柔情蜜意，终于轻轻叹息了一声，柔声道："我知道你一定能做到的，无论你要去多久，我都等你。"

他们心里充满了离别的痛苦，也充满了对未来幸福的憧憬。

他们当然不会注意到别人。

林下却有人一直在注意他们。

直到那少年昂首阔步，踏上征途，孙小红才叹了口气，悠悠道："这少年若知道上官金虹的结局，只怕就不会离开他的情人了……"

一个人成名后又怎么样呢？

孙小红凝视着李寻欢，目中似也有泪，悄悄接着道："他想和你一样有名，可是你……你是不是就比他快乐？我想……你若是他，一定就不会像他这么样做的。"

李寻欢的目光还停留在那少年的身影消失处，过了很久，才沉声道："我若是他，也会这么样去做。"

孙小红愕然道："你？……"

李寻欢道："人活着，就要有理想、有目的，就要不顾一切去奋斗，至于奋斗的结果是不是成功，是不是快乐，他们并没有放在心上。"

他嘴角带着微笑，眼中发着光，缓缓道："有些人也许会认为这种人傻，但世上若没有这种人，这世界早就不知变成什么样子了。"

孙小红目中忽也充满了和那少女同样的柔情蜜意，她也和那少女一样，正为她的男人骄傲。

阿飞站得更远些，现在才慢慢地走了过来。

但孙小红还是紧紧拉着李寻欢的手，没有松开，她并不害羞，因为她觉得她的感情并没有羞于见人的地方。

她简直恨不得将她的感情当着全世界的人表露出来。

阿飞突然道："我想她一定不会来了。"

他们本是在这里等林诗音的。

林诗音和龙啸云发生了什么事，他们并不知道，正如上官金虹的遭遇，那少年也不知一样。

有些事不知道反而比知道好。

听到"她"想到林诗音，孙小红的手才不知不觉移开。

但她立刻又握紧，握得更紧，道："她跟我约好，一定会来。"

阿飞道："她不会来！"

孙小红道："为什么？"

阿飞道："因为她自己也该知道，她已不必来。"

这句话本是孙小红问他的，但他在回答的时候，眼睛却在凝视着李寻欢。

李寻欢也没有放开孙小红的手。

以前他每次听别人说起林诗音，心里总会觉得有种无法形容的歉疚和痛苦，那也正像是一把锁，将他整个人都锁住。

他总认为自己必将永远负担着这痛苦。

但现在，他的痛苦却似已不如昔日强烈，是什么力量将他的锁解开的呢？

他和林诗音的情感是慢慢累积的，所以才会那么深。

孙小红和他的情感虽较短暂，但却经过了最大的患难折磨，经过了出生入死的危险。

这种情感是不是更强烈?

这时林诗音已离开他们很远了。

阿飞说得不错——她没有来，因为她也觉得不必来。

龙小云曾经问过她：“你为什么不让我去见他最后一次？”

林诗音就又问她的儿子：“你为什么还要去见他？”

龙小云回答的时候咬着牙，道：“我至少要让他知道，我父亲是为了什么死的。”

龙啸云无论做错过什么事，现在都已用血洗清了。

做儿子的自然希望别人知道。

但林诗音却不这么想：“他这么样做，只因为他自己觉得应该这么样做，并不是要求别人原谅，也并不是想要别人知道。”她顿了顿，又道，“他不但为自己洗清了债，也为我们还清了债，只要我们能好好地活下去，他在九泉之下也就瞑目了。”

她不想再去见李寻欢，因为她知道见了只有令彼此痛苦。

他们也没有再去寻找龙啸云的尸身，因为江湖中人都知道，金钱帮处理尸体的方法不但很特别，而且很迅速。

他们若去找，找到的也只有痛苦——这也正如孙小红所知道的一样，她爷爷的尸身也是永远找不到的了。

世上本就有很多无可奈何的事，无论谁都无能为力。

这种事虽痛苦，但一个人若要活着，就得想法子将这种痛苦甩掉。

他们都决心要好好地活下去，因为死也不是解决这种问题的好法子——死根本就不是解决任何事的法子。

长亭中又有人在饯别。

这次要去的是阿飞，他说他要到“海上”去看看，找找是不是真有长生的仙草、不死的神仙。

他说的当然不是真话，但李寻欢也并没有阻拦他。

因为他的身世始终是个谜，甚至在李寻欢面前，他也从来不愿提起，但每当李寻欢说起沈浪、熊猫儿、王怜花、朱七七这些传奇人物的传奇故事时，他脸上总会现出一种很奇特的表情。

难道他和这些前辈名侠有某种很奇特微妙的关系?

他这次要远游海外，为的就是要去寻访他们?

李寻欢并没有问。

因为他认为一个人的身世并不重要——人既不是狗，也不是马，难道一定要“名种”的才好?

一个人要成为怎么样的人，全都要看他自己。

这才是最重要的。

朋友间的离别总少不了祝福，也免不了伤感，但他们的离别却只有祝福，没有伤感。

因为他们确信彼此都会好好地活着，确信以后还有见面的日子。

尤其当阿飞看到李寻欢的手时，他觉得更放心了。

李寻欢的手还是和孙小红的紧紧握在一起。

这双手握刀的时候太多，举杯的时候也太多了，刀太冷，酒杯也太冷，现在正应该让它享受温柔的滋味。

世上还有什么比情人的手更温柔的呢?

阿飞知道孙小红一定会比任何人都珍惜这双手的，这双手上纵然还有剑痕，也一定会渐渐平愈。

至于他自己，他当然也有过剑伤。

但他不愿再想。

“过去的，全都已过去……”

这句话看来仿佛很简单，其实真能做到的人并不多。

幸亏李寻欢和阿飞全都已做到了。

阿飞忽然道：“三年后，我一定会回来。”

他微笑着，瞧着他们的手，又道：“我回来的时候，你们当然要请我喝酒。”

李寻欢道：“当然，只可惜三年未免太长了些。”

阿飞道：“我要喝的那种酒很特别，不知道你们肯不肯请？”

孙小红抢着道：“你要喝什么酒？”

阿飞道：“喜酒。”

喜酒，当然是喜酒。

就因为要喝喜酒，所以才得等三年——无论为谁守丧，三年都已足够。

孙小红的脸红了。

阿飞道："我什么酒都喝过，就是没喝过喜酒，只希望你们莫要令我失望。"

孙小红的脸更红，垂下头，却又忍不住偷偷去瞧李寻欢。

李寻欢的神情很特别，"喜酒"这两个字，似乎令他有些不知所措，过了很久，他才缓缓道："我什么酒都请人喝过，就是从未请人喝过喜酒，你可知道为了什么？"

阿飞当然不知道，李寻欢也不想要他回答。

李寻欢自己说了出来，道："因为喜酒太贵了。"

阿飞怔了怔，道："太贵？"

李寻欢笑了笑道："因为一个男人若要请人喝喜酒，那就表示他一辈子都得慢慢地来付这笔账，只可惜我又偏偏不愿令朋友失望。"

孙小红"嘤咛"一声，投入他怀里。

阿飞也笑了。

他已有很久很久没有这么样笑过。

这一笑，使他骤然觉得自己又年轻了起来，对自己又充满了勇气和信心，对人生又充满了希望。

就连那凋零的木叶，在他眼中都变得充满了生机，因为他知道在那里面还有新的生命，不久就要有新芽茁长。

他从不知道"笑"竟有这么大的力量。

他不但佩服李寻欢，也很感激，因为一个人能使自己永葆笑音，固然已很不容易，若还能让别人笑，才真正伟大！

"画蛇添足"不但是多余的，而且愚蠢得可笑。

但世人大多烦恼，岂非就因为笑得太少？

笑，就像是香水，不但能令自己芬芳，也能令别人快乐。

你若能令别人笑一笑，纵然做做愚蠢的事又何妨？

《小李飞刀1：多情剑客无情剑》完

相关情节请看《小李飞刀2：边城浪子》